D1924770

*Gabriele Engelbert*

# *Hier bin ich, Marjellchen*

## *Briefe über Masuren*

*Husum*

Umschlagbild: Hans Peter Feddersen, „Masurische Pappeln", 1875
(Abdruck mit freundlicher Erlaubnis der Kunsthalle zu Kiel)

CIP-Titelaufnahme der Deutschen Bibliothek

**Engelbert, Gabriele:**
Hier bin ich, Marjellchen : Briefe über Masuren / Gabriele Engelbert. – Husum : Husum Druck- und Verlagsges., 1991
(Husum-Taschenbuch)
ISBN 3-88042-506-X

© 1991 by Husum Druck- und Verlagsgesellschaft mbH u. Co. KG, Husum
Satz: Fotosatz Husum GmbH
Druck und Verarbeitung: Husum Druck- und Verlagsgesellschaft
Postfach 1480, D-2250 Husum
ISBN 3-88042-506-X

„Liljecrona setzte sich auf das grün angestrichene Schaukelbrett und betrachtete sein Besitztum. Lieber Gott, einen schöneren Ort gab es gewiß nicht wieder! Es war nichts Merkwürdiges da, und doch war es so schön! Es war schön, weil es eine gute, friedliche Heimat war. Hier war das Leben leicht. Alles, was anderswo Bitterkeit und Haß hervorgerufen hätte, wurde hier mit Milde ausgeglichen. So sollte es in jedem Hause sein."

*Selma Lagerlöf*

# *Liebes Marjellchen!*

Du hast mich besucht, nach langer Zeit einmal. Und so kann ich mir mein liebes Enkelchen wieder vorstellen. Kann mir Dein Gesicht wieder denken, während ich an Dich schreibe.

Du hattest mich um ein Foto gebeten. Hier ist es, eines von meinem 76. Geburtstag im letzten Jahr. Ein Großvater-Foto mit trotziger Kahlheit und vielgefaltetem, aber ungebändigtem Lachen. Ein altes Gesicht also, denn als ich jung und schmuck war, kanntest Du mich nicht.

Bei mir ist es umgekehrt: ich kannte Dich früher. Ach Gottchen, das kleine, dralle, goldlockige Friedchen von früher kannte ich. Nahm Dich oft auf die Knie und erzählte Dir. Erzählte von früher, alles mögliche aus meiner Jugend, während Du mit Deinen Fingerchen an meinem Bart herumposamentiertest. Aber daran kannst du Dich nicht mehr erinnern, höchstens an den Bart, der war damals für Dich das Interessanteste an mir.

Dann bist Du mit Deinen Eltern weggezogen. Und ich verlor Dich zwar nicht aus dem Sinn, aber weitgehend aus den Augen. Ja, und jetzt bist Du groß, fast 24, und die meisten Leute sagen Friederike zu Dir.

Aber Du hast mich besucht, und das war schön. Da habe ich Dich doch wiedererkannt. Und mich auch, weißt Du? Meine Dickköpfigkeit, Widerborstigkeit von früher, meine Lustigkeit, Gemütlichkeit, – all das erkannte ich bei Dir wieder. Anderes an Dir war mir fremder, aber das macht nichts. Ich kann es ja kennenlernen.

Komm mich wieder besuchen, wann immer Du Lust und Zeit hast. Mit der Lust ist es so eine Sache und mit der Zeit eine andere, – ich weiß.

Aber Du kannst sicher sein: ich freu' mich, wenn Du kommst. Also mach's gut! Mit dem Foto und mit Dir!

Immer hat Dich lieb

Dein Großvater

## *Mein liebes Großvaterchen!*

Jetzt fange ich erst richtig an mit Dir.

Mit Deinem Gesicht, das nun im Fotorahmen auf meinem Schreibtisch steht, mit Deiner Stimme, die ich seit dem Besuch bei Dir wieder im Ohr habe, mit Deinem Lachen, das mir nun im Sinn ist, mit all dem fange ich an.

Mach's gut, hast Du gesagt. Das weiß ich nicht: ob es etwas Gutes oder Sonstwas wird. Es ist wie ein Puzzle, verstehst Du? Man steht vor den einzelnen Teilchen und betrachtet ihre Farben und Formen und wird nicht müde, darüber zu sitzen, bis es ein Bild oder einen Sinn ergibt.

Bis jetzt halte ich Einzelteile, Bruchstücke aus meiner Erinnerung in den Händen. Einzelteile kann man hin und her und auf den Kopf drehen, bis ein anderes Teil plötzlich dazu paßt – und dann, und dann ... sitzt man mitten in einem Gebilde, das um einen herum wächst und Formen annimmt und das man immer neugieriger und staunender erlebt.

Und vielleicht wird es sogar so, daß man dieses Erlebnis nicht mehr einfach abschütteln kann, sondern mit sich trägt, so wie man kostbare Dinge mit sich herumschleppt, oft sein Leben lang.

Lieber Großvater! Das ist der Anfang.

Ja, das muß der Anfang sein, daß ich Dich liebhabe. Ich will nicht fragen, warum ich Dich liebhabe, denn das ist wohl eine dumme Frage.

Lieber Großvater, was bist Du denn für einer? Ist das eine bessere Frage?

Laß Dich grüßen, und schick' mir mal 'n paar Puzzleteile rüber, ja?

Dein Friedchen

# *Mein liebes Friedchen!*

Hier bin ich wieder. Hast Du Zeit, Dein Puzzle anzufangen?

Dann komm rein in die gute Stube und setz' Dich zu mir aufs Sofa am Ofen. Laß uns schabbern.

Womit ich anfange? Mit der guten alten Zeit natürlich, meiner guten alten Zeit. Ich denke, eine einigermaßen schöne Kindheit wird später immer zu einer „guten alten Zeit".

Was willst Du zuerst? Bei einem Puzzle fängt man am besten mit dem Rahmen an.

Der Rahmen, das sind hauptsächlich die masurischen Wälder. Wohin du gehst, mit Füßen oder nur mit Blicken, überall und immer ist Wald. Nadelwälder am Horizont hinter den Feldern oder dunkel und dicht um dich herum oder licht mit duftendem, blühendem Unterwuchs, stundenlang nur Wälder.

Darüber gehört der Himmel. Auch er hat überall seinen gebührenden Platz, weit und hoch über Hügeln und Seen, die ihn wie blanke Augen spiegeln.

Erst beim genauen Hinsehen bemerkst du die vielen kleinen Höfe, die sich zwischen Seen und Wälder hineinducken wie Bickbeeren ins Kraut. Viele kleine Höfe, nicht zu weit auseinander, aber jeder für sich mit seinem Atem zwischen Himmel und Erde.

Einer davon ist unser Hof bei Giesanken. Er liegt mit seinen Feldern und Wiesen, dem Wald und dem Stückchen Seeufer ganz im Osten. Nur etwa zwei Stunden Radweg, und Du bist an der polnischen Grenze. Der Grenze von damals natürlich.

Mit etwas Mühe kannst Du, – das heißt: konntest Du früher –, aus der Fremde nach Giesanken gelangen. Du nimmst den Zug bis Treuburg. Der braucht natürlich fast alle Tagesstunden, mühsame Stunden von Königsberg bis in so eine einsame, weit entfernte Ecke. Und dann steigst Du in die Kleinbahn bis Schwantikken. Wenn Du Glück hast, hält sie am Haltepunkt Sattfelde, und Du kannst zu Fuß über die Äcker laufen. Wenn nicht, warte ich mit dem Pferdewagen in Schwanticken. Du willst auch von da zu Fuß marschieren? Irrtum! Zeit haben wir zwar, – Zeit hast Du immer in Ostpreußen –, aber schließlich wollen wir bis Dunkelwerden dasein. In leichtem Trab geht es also den Sandweg entlang, der links neben der gewölbten Schotterstraße dahinführt.

Hier ist Giesanken. Die lange Dorfstraße kreuzt unseren Weg. Giesanken stell Dir vor als Straßendorf mit niedrigen, breiten Giebelhäusern aus rotem Backstein. Jedes hat seinen Garten drumherum, wohlgemerkt, sie stehen einzeln in gemütlicher Entfernung voneinander. Es gibt hier zwei Schmiede, – Mikeit und

Jakoschek –, einen Tischlereibetrieb, Schuster Bapken, Stellmacher Trapp und eine, nein, sogar zwei Wirtschaften. Die von Turowski liegt etwas außerhalb, die im Ort gehört Papendiek, dessen Sohn Joseph wirst Du noch kennenlernen. Rechterhand, ganz am Ende, siehst Du die Windmühle, die der alte Notsch betreibt, auf dem Hügel zwischen den hochgelegenen Feldern. Auf der anderen Seite, sieh hin: das breite Backsteinhaus mit dem hohen Giebel und den großen Fenstern, das ist die Schule.

Und jetzt laufen meine Gedanken unseren Pferden voraus den Schulweg entlang, vorbei an den Feldern der Bauern Kassok, Scharitzki, Ludin bis zum Wäldchen von Kowallik. Da, auf der Anhöhe, machen wir Pause.

Rechts den Weg hinunter liegt der Hof. Sieh ihn Dir an! Der weiße Giebel des Wohnhauses mit der großen Birke dahinter wird von der Abendsonne gerade noch beleuchtet. Aus dem Schornstein raucht es. Das niedrige Gebäude rechts daneben ist der Stall, gegenüber die Scheune.

Und jetzt bist Du also da, springst auf dem sandigen Hofplatz vom Wagen und steigst langsam die Stufen zur Tür hinauf.

Es ist eine Doppeltür, aber der eine Flügel ist meistens geschlossen. Linkerhand geht es in die gute Stube hinein. Von rechts duftet es aus der Küche, Mutterchen bereitet das Essen. Anders kann es nicht sein. Deine liebevolle Urgroßmutter mit den geschickten, braunen Händen und dem sorgenden Lächeln erwartet uns natürlich.

Sie setzt sich mit uns an den Tisch am Fenster. Und während wir uns unterhalten, läßt Du Deine Blicke aus dem Fenster schweifen und siehst seitwärts, bitteschön, Muttchens Gemüsegarten mit den sauberen Beeten, den Kirschbäumen und Johannisbeersträuchern. Hinter dem Zaun, neben der Scheune, wuseln die Enten und Hühnerchen über die etwas abschüssige Wiese.

Aber Du darfst Dich auch hier drinnen weiter umsehen. In der Küchenecke steht der Webstuhl. Daran wurde immer fleißig gearbeitet, besonders im Winter. Die meiste Wäsche und Kleidung wurde selbst gewebt und genäht. In der Ecke steht auch die alte Schemelbank. Die rückte Mutterchen früher von der Wand ab und stellte abends den Topf mit Klunkersuppe darauf. Wir Kinder hatten schon jeder unseren Löffel ergriffen und knieten uns gierig rund um die Bank herum. Alle löffelten wir aus dem einen Topf. Jeder beeilte sich natürlich, um möglichst viel davon zu bekommen und einigermaßen sattzuwerden. Ich muß gestehen, daß ich selbst oft rücksichtslos war, meine Ellenbogen benutzte und es der Schwester schwer machte, wenigstens ein paar Löffel voll

Suppe ungestört zu ergattern. Ernachen war so klein, sie brauchte eigentlich kaum etwas, fand ich, und zum Arbeiten taugte sie ohnehin nicht.

Manchmal, wenn die Cousinchen aus Markgrafskirchen zu Besuch kamen und wir also sechs Kinder waren, hatte es jeder noch schwerer, zu einem genügenden Anteil zu kommen.

Die große Holztonne dort? Die ist für die Wäsche, na, – zum Einweichen natürlich! Zum Wäschewaschen hatte jeder Bauer seinen Brunnen oder Teich. Bei uns wurde für die große Wäsche Wasser mit einer Tonne aus dem Teich geholt, für die kleine Wäsche genügte der Brunnen.

Du meinst die Tonne in der andern Ecke, neben der Tür? Nein, das ist unsere Wassertonne. Die mußte immer gefüllt sein für Muttchens Bedarf in der Küche und zum Waschen. Das Waschen ging so vor sich: nacheinander goß jeder sich einen Stippel Wasser, – das sind ungefähr zwei Liter –, aus der Tonne in die Waschschüssel und wusch sich. Wenn du ganz sauber werden wolltest, nahmst du von der grünen Kernseife.

Muttchen achtete darauf, daß die Küche nach dem Geplantsche wieder trockengewischt wurde. Jeder mußte seine eigenen Spritzer aufwischen. So war es ganz natürlich, daß wir uns vorsahen. Sobald wir Jungen groß genug waren und es das Wetter eben zuließ, wuschen wir uns mit Vaterchen draußen am Brunnen. Dort konnten wir plantschen, wie wir Lust hatten! Meistens hatten wir große Lust...!

Die kleine Tür dort führt in die Speisekammer, und die andere, neben dem Kachelofen, ins Hinterzimmer. Da kann man auf der Bank am Tisch sitzen und hinter sich die andere Seite des Ofens genießen. Da haben wir meistens unsere Schularbeiten gemacht und schliefen auch hier, zumindest im Winter. Zu beiden Seiten liegen das Schlafzimmer der Eltern und das der Tante. Als wir Jungen größer wurden, richteten wir uns oben auf der Lucht ein, – das ist der Dachboden. Da schliefen wir und trieben unser Unwesen, aber nur im Sommer, denn für den Winter gab es keinen Ofen.

Oben auf dem Sims des Kachelofens in der Küche bewahrte Mutterchen die schönsten Äpfel auf. „Na, nimm' schon einen!“ sagt sie, wenn du geduldig und verlangend hinaufsiehst.

Fast hätte ich vergessen, daß Dir natürlich etwas fehlen wird. Die Toilette ist, na bitte, über den Hof rüber.

Und das Wichtigste: siehst Du, draußen gibt es aus unserem Brunnen nicht nur Wasser zum Waschen, sondern vor allem das beste und gesündeste Brunnenwasser, das Du Dir denken kannst.

Es ist so gut, daß es noch jetzt ab und zu durch meine Träume rinnt.

Und jetzt, Marjellchen, machen wir erstmal Pause und verschnaufen.

Wandre in Gedanken den Weg entlang und sieh Dich auf dem Hof um, bis Du Dich zu Hause fühlst.

Dann sehen wir weiter.

Für heute grüßt Dich von Herzen

Dein Großvaterchen

# *Hallo Großvaterchen!*

Da bin ich wieder. Nein, nicht in Deinem Zimmer, sondern auf dem Hof in Masuren natürlich. Mach' weiter so mit Erzählen, bitte!

Aber, halt, ich habe noch jemanden mitgebracht. Wir sind nämlich zu zweit gekommen, Thomas und ich. Von Thomas habe ich Dir schon viel erzählt, aber Du kennst ihn noch nicht. Er ist groß und dünn, fast zerbrechlich, und borstig blond, bebrillt und hauptsächlich lieb. Du darfst ihn nicht vergessen. Denn er wird jetzt meistens mitkommen, und im Herbst wollen wir heiraten.

Wir sind also neugierig, wie es auf dem Hof mitten in den Wäldern zuging, Großvaterchen. Es hört sich an wie ein Märchen. Aber das war es sicher nicht.

Es grüßt Dich mit gespitzten Ohren

Dein Friedchen

# *Liebes Marjellchen!*

Nein, ein Märchen ist es nicht.

Weder der Giebel des Wohnhauses, den man zuerst sah, wenn man von der Landstraße her kam und auf der Anhöhe das Birkenwäldchen hinter sich gelassen hatte, ist ein Märchen, noch die Amsel, die jeden Morgen auf dem Pumpenschwengel saß, wenn man aus dem Küchenfenster nach dem Wetter sah; auch nicht die schwarzen Kiefernhügel hinter dem Kartoffelacker und nicht der abendliche Ruf des Haubentauchers aus dem Schilf des Seeufers. Es mag sich für Dich vielleicht so anhören, kann sein. Weil alles so weit weg ist und lange her.

Unerreichbar.

Du könntest zwar hinfahren heute, ja, das könntest Du. Aber so wie früher ist es dort nicht mehr. Weder die Äcker und Wiesen, weder die Seen, noch die Höfe sind wie früher. Höchstens die Wälder, die halten einigermaßen stand, wenn man sie in Ruhe läßt.

Natürlich, sagst Du jetzt, nirgendwo ist es heute so wie früher. Auch unsere Höfe hier, in Holstein, Bayern oder wo auch immer, auch unsere Äcker und Wälder haben sich verändert. Das ist richtig. Aber siehst Du: wenn Du, – mal angenommen –, einen netten, kleinen, alten Familienbesitz in Ostholstein hast, dann kannst Du hinfahren, und wahrscheinlich triffst Du Deine Schwester oder Deinen Cousin oder wenigstens Deinen angeheirateten Nenn-Onkel dritten Grades, der jetzt dort wohnt und es sich gemütlich macht und Dich hoffentlich jederzeit willkommen heißt. Natürlich sieht dieser nette und alte Familienbesitz heute modern aus, und vieles darum herum ist sicher verändert, aber es schimmert überall etwas von früher durch, wo Du auch hinguckst. Überall kannst Du die Spuren und die Entwicklung der Familie erkennen. So ein Haus, weißt Du, in dem eine Familie so vieles erlebt hat, manchmal sollte man es ruhig in den Stammbaum einzeichnen.

Ja, siehst, Marjellchen, daran ist dann nichts Märchenhaftes. Wenn Du aber heute nach Masuren kommst, dann ist es dort ganz anders.

Mag sein, daß Du den Hof oder seine Überreste noch findest, mag sein, daß die Kiefern rauschen und der Roggen reift wie damals. Aber wenn Du in die Küche kämest, – sagen wir mal, Du könntest das –, dann wohnten dort Fremde. Dann hingen nicht die Bilder Deiner Vorfahren an den Wänden und Du könntest nicht in Seelenruhe Dich auf der Ofenbank niederlassen in dem

Bewußtsein, daß Du ja eigentlich dahingehörst. Nein, das alles wäre anders, wäre wahrscheinlich unruhig und beklemmend. Oder eben wie ein Märchen. Aber es ist kein Märchen. Ganz und gar nicht. Das Gehöft am Waldrand mit dem Brunnen und der großen Birke gab es wirklich. Und jetzt laß Dir erzählen, wie es da zuging, als wir Kinder waren.

Auf dem Hof bei Giesanken gab es einen Vater, eine Mutter und drei kleine Jungen, das waren Ottmar, Georg und ich.

Ottmar hatte den meisten Verstand im Kopf. Darüber war Mutterchen froh, kann ich Dir sagen. Sie wußte: was er auch anpackte, er stellte sich nicht dammlich an. Und: auf ihren Ältesten konnte sie sich verlassen. Er war ein ziemlich kräftiger Kerl mit schmalem Gesicht, blauen Augen und glattem Haar. Alle mochten ihn gern, sogar der Lehrer, denn obendrein war Ottmar fleißig und gut in der Schule.

Das alles konnte man von Georg und mir nicht behaupten. Wir beide waren so zwei Lorbasse, etwa wie Max und Moritz im Bilderbuch.

„Von Ottmar bekommen wir gute Zeugnisse“, sagte Vaterchen, „und von euch graue Haare und Kummerfalten!“

Georg war nur knapp zwei Jahre jünger als ich. Er war ein kleiner, stämmiger Bursche mit wunderschönen, großen Augen. Die Leute bei uns wußten ja Bescheid über Georg, aber Fremde meinten, er könnte nie Unsinn im Kopf haben und sei fast zu hübsch für einen Jungen. Tatsächlich hatte er fast nur Unsinn im Kopf, das kannst Du glauben!

Ich selbst, nu’, ich war so von allem etwas. Hatte runde, grünliche Augen und eine neugierige Knubbelnase, die ich in alles reinstecken mußte, besonders in Dinge, die mich nichts angehen sollten. Hatte auch eigensinnig zusammengepreßte Lippen und häufig die Stirn in Falten. Außerdem waren meine ewig ungleich rutschenden Strümpfe bezeichnend für mich, wie auch arbeitsmäßig schwarze Fingernägel. Schließlich waren Hände zum Zupacken da, fand ich, und nicht zum Sauberschrubben.

Wir drei Brüder waren die besten Freunde, die Du Dir denken kannst! Natürlich, ab und zu haben wir uns gekloppt und geärgert. Gute Freundschaften taugen nichts ohne gelegentlichen Streit. Ich war dann brummig, denn ich hatte den dicksten Dickkopf, verkroch mich und war böse.

Meistens hatte ich solchen Ärger mit Ottmar. Aber der kam dann, nach einem Weilchen: „Los, zieh’ dich an! Wir geh’n zur Jagd!“

Sofort war ich wieder da und liebte ihn heiß. Er hatte eine feine, rauhe Art, die Welt wieder richtigzustellen.

Aber vor allem hielten Georg und ich zusammen. Wie Pech und Schwefel, wir Racker.

Der dritte, – oder vierte – im Bunde war Daniel Amoneit, der Nachbarssohn. Das war ein spillriges Bürschchen mit flachsblondem Lockenkopf, blauen Unschuldsaugen und etwas vorstehenden Schneidezähnen. Dieser Daniel –, weißt', eigentlich mochte ich ihn oft lieber als den kleinen Bruder. Wir waren fast gleich alt und wurden später auch zusammen konfirmiert. Manchmal ließen wir Schorsch, so wurde Georg genannt, einfach stehen und liefen zu zweit davon.

Liefen zum Beispiel zu einem unserer Lieblingsplätze. Der befand sich hinter der Scheune im Löwenzahn unter dem alten Holzapfelbaum. Da saßen wir, wenn wir Zeit hatten, ließen uns die Mittagssonne auf den Pelz brennen, schubberten uns den Rücken am Baumstamm und redeten und schwiegen von Mann zu Mann.

Mein allergeheimster Platz aber, der gehörte nur mir allein, das war eine Tannennadelstelle über dem Seeufer. Man konnte sich gegen den Stamm einer uralten Kiefer lehnen, die nannte ich die „Urkiefer". Zwischen den Zweigen sahst du den kleinen See, dunkel zwischen dem Schilf, dunkel auch die jenseitigen Erlenbrüche und darüber ein Stück Himmel, weiß Gott, ein besonders schönes Stück unseres so verschwenderisch großen Himmels.

Diesen Platz kannte außer mir nur Großvater Amoneit. Nie im Leben durfte irgendeine andere sterbliche Seele diesen Ort kennenlernen, am allerwenigsten kleine Kinder wie Schorsch und die Nachbarsjungen. Das hatte ich mir selbst hoch und heilig geschworen.

Außer Daniel, Georg und Ottmar hatten wir in der Nachbarschaft noch ein paar Jungen, keine große Auswahl, aber für die meisten Spiele reichte es gerade.

Mädchen gab es zu Hause nicht. Leider nicht, fanden Vater und Mutter. Erst als Schorsch und ich schon in die Schule gingen, wurde Erna geboren. Weißt', Deine lustige Tante Ernachen. Das war ein wahres Glück, meinten Vater und Mutter. Aber uns schien es, als dauerte es eine lange Zeit, bis sie sich von dem Schreibaby zu einem richtigen Kind entwickelt hatte. Aber dann wurde sie ganz niedlich: eine kleine, drugglige Marjell mit strohblonden, steifen Zöpfchen, die ihr fast waagerecht vom Kopf abstanden, was ihr ein lustiges, immer etwas atemloses Aussehen gab. Aber für unsere Spiele taugte sie doch nicht. Und erst recht nicht zum Arbeiten.

Wir mußten viel arbeiten. Es war in keiner Weise irgendwie märchenhaft. Aber für uns so selbstverständlich wie das Amen in der Kirche.

Wir Jungen hatten zum Beispiel darauf zu achten, daß der Holzkasten in der Küche nie leer wurde. Selbstverständlich war es auch unsere Sache, die Kühe oder Gänse zu hüten. Außerdem fuhren wir mit Vaterchen aufs Feld oder im Sommer zum Torfstechen ins Moor.

Ins Moor, na, also, im Dämmern liefen wir nicht so gerne dahin. Es gab zu viele grausige Geschichten von Moorgeistern und Spuk dort. Das Moor, es war, so schien es uns, wie eine Brücke in eine andere, längst vergangene Zeit. Vielleicht kam es uns deshalb manchmal unheimlich vor. Das Vergangene stieg fremd und glucksend aus den Moorlöchern an die Oberfläche und sah uns ins Gesicht. Wir fanden Reste uralter Mooreichen, deren Holz richtig blau war, und ein andermal gruben wir Geweihe von alten Hirschen aus. Die waren da mal in den See gestürzt, früher mal, ganz früher...

Aber bei hellem Tageslicht stachen wir den schwarzen Torf, ohne irgendwelche Geister zu sehen. Jeden Sommer gruben wir ein neues Stück ab, drei Meter tief oder mehr. Die Wände wurden abgestützt. Aber unten saßest du wie in einem tiefen Kellerschacht. Der dicke, weiche Torfgeruch war um dich, es gluckste von unsichtbarem Wasser, und oben sahst du den großen Himmel nur als viereckigen, weit entfernten Ausschnitt.

Es war anstrengende und manchmal nicht ganz ungefährliche Arbeit. Zweimal ist es mir passiert, daß ich da unten im Moor hockte und auf einmal die Wand anfing zu schwanken und zu reißen. Da mußte ich machen, daß ich heraussprang!

Nach der Arbeit aber zogen wir uns aus und schwammen in dem trübbraunen Wasser des kleinen Moortümpels. Währenddessen spannte Vaterchen das Pferd vor die Torfpresse. Es wurden dicke Blöcke Torf damit gepreßt. Die mußten wir für den Winter als Brennmaterial haben.

Aber, wie gesagt, nicht nur im Moor gab es Arbeit für uns.

Mittags, nach der Schule, hatte Muttchen am Ecktisch in der Küche aufgetischt. Wenn wir gegessen hatten, sagte Vater, was es draußen zu tun gab.

Auf die Weide nahm ich den Schulranzen mit. Die Schularbeiten wurden meistens draußen erledigt. Dann saß ich im Schatten der Holunderbüsche, die Vögel krakeelten über mir in den Zweigen, und ich kritzelte auf meiner Schiefertafel, wischte aus, kratzte neu, und die Gedanken liefen schon ganz woanders durch

Wald und Feld. Und manchmal ließ ich alles liegen, weil es mich ärgerte, oder ein Regenguß verdarb mir die ganze Mühe.

Wenn mein Vater uns mit aufs Feld nahm, war es schwieriger mit den Schularbeiten. Die Feldarbeit war härter als Vieh zu hüten, aber sie mußte erledigt werden.

Beim Kartoffellegen liefen wir hinterm Pflug. Und im Herbst mußten wir beim Kartoffelgraben helfen. Unsere jungen Kreuzknochen konnten es oft nicht aushalten, den ganzen Tag in gebückter Haltung die Kartoffeln auszuhacken und in die Körbe zu sammeln. Manchmal legten wir uns wenigstens alte Säcke unter die geschundenen Knie. Später, als wir größer waren, wetteiferten wir dann, wer die schwersten Kartoffelsäcke stemmen könnte. Aber auch früher schon, ja, seit ich mich erinnern kann, war mein Vater froh, daß er seine drei Jungen zur Hilfe hatte.

Mein Vater, warte, jetzt muß ich Dir Vaterchen erst vorstellen.

Vaterchen also: er war schlank und behende, Dein Urgroßvater. Hatte den Kopf voller Unternehmungsgeist und die Hände immer mit einer Arbeit beschäftigt. Du mußt ihn Dir mit nachdenklichem Gesicht, aber fröhlichem Lächeln vorstellen, und mit dichtem, dunklem Haar. Als wir Kinder größer wurden, sagte er manchmal: „Ihr eßt einem auch die Haare vom Kopf!“ So wurde sein Schädel allmählich etwas lichter und blanker, was uns dann gar nicht erstaunte.

Den Hof hatte Vater in ziemlich verwahrlostem Zustand gekauft, als er sein elterliches Erbteil ausgezahlt bekommen hatte.

Zuerst wurde der Stall gebaut, dann das alte, verfallene Holzhaus abgerissen und nach und nach Wohnhaus und Scheune gebaut. Das dauerte viele Jahre, zumal alle Arbeiten während des ersten Weltkrieges unterbrochen werden mußten. Mein Vater wurde eingezogen und meine Mutter mit uns kleinen Kindern nach Schwerin evakuiert.

Daran habe ich keine Erinnerung mehr, wir waren noch zu klein. Die Russen fielen über die deutschen Höfe her und plünderten und verschleppten, was nicht niet- und nagelfest war. Als wir zurückkehrten, standen zwar die Gebäude noch, aber alles war in verwahrlostem Zustand und bis auf die Katze kein Stück Vieh mehr am Leben. Es wurden schwere Zeiten für Mutterchen. Sie hatte allein Kinder und Hof zu versorgen. Dazu kam immer die Sorge um Vater. Sie wußte lange Zeit nicht, wo er steckte. Endlich meldete er sich von der Front in Mazedonien.

„Gott sei Dank! Er lebt!“ höre ich sie noch heute rufen. Nun hatte sie frische Kräfte. Das war nötig. Einmal stürzte plötzlich die Decke in der alten Wohnküche ein. Ich wäre fast erschlagen worden. Ich erinnere mich, daß Großvater Amoneit vom nächsten Hof zu Hilfe kam. Er und Nachbar Skellka, der gerade auf Urlaub daheim war, zogen einen neuen Deckenbalken ein.

1916 kam Vater kurz auf Urlaub. Ich kam gerade mit dem Milchtopf aus dem Stall, da trat er plötzlich um die Hausecke! Mir blieb die Sprache weg, ich glaube, ich ließ die Milch fallen vor Freude und Überraschung, als ich ihn erkannt hatte!

Die Brüder kamen dann aus dem Haus gestürzt, Ottmar machte einen Luftsprung und Mutterchen, Mutterchen hielt sich am Türrahmen fest, kreideweiß im Gesicht. Aber dann fiel sie fast die Treppe hinunter direkt in Vaters Arme und geriet ganz aus dem Häuschen.

Danach kam er an die Front nach Frankreich.

Unsere einzige Milchkuh ging ein, als Ernachen noch ein Säugling war. Dann erfuhr Mutterchen, daß ihr Bruder gefallen war. Gottlob kehrte Vater unversehrt zurück. Und von neuem begann er zu bauen und zu wirtschaften.

Nu' bin ich in schlimme Zeiten abgeschweift, Marjellchen. Aber „macht nuscht". Ich habe kaum mehr Erinnerung daran. Schlimme Zeiten vergißt man eher als gute.

Bei allen Bauten auf dem Hof haben wir Jungen ordentlich mitgeholfen, ebenso wie mancher der Nachbarn. In Dullen gab es eine Ziegelei. Da holte mein Vater die roten Backsteine zum Mauern. Das war zur Zeit der Inflation. Am nächsten Tag fuhren wir mit einem Zentner Getreide los und bezahlten damit die Ziegel.

Auf älteren Fotos sieht man manchmal die Holzgiebel der uralten masurischen Häuser. Unser Haus aber war moderner. Es bekam einen gemauerten Giebel. Das Holz für den Dachstuhl wurde aus den Forsten geholt. Und wieder halfen meine Brüder und ich beim Nageln und Hämmern.

Auch später noch gab es am Hof immer etwas zu vervollständigen. Aber die Feldarbeit, je nach Jahreszeit, war natürlich wichtiger.

Und manchmal durften wir auch mit nach Markgrafskirchen fahren. Dort wohnte Vaters Bruder Heinrich auf dem elterlichen Hof. Wir besuchten Onkel Heinrich, Tante Berta, Agnes und Josephina, die Cousinchen, und natürlich unser Omchen.

Solche Fahrten wurden meistens dann fällig, wenn wir Fleisch gepökelt hatten und es dann zu meinem Onkel Heinrich in die Rauchkammer gebracht werden sollte.

Einmal wollten wir gerade losfahren, meine Mutter und ich, als dicke Gewitterwolken am Horizont aufzogen. Wir würden vermutlich naß werden.

„Macht mir nuscht aus!“ rief ich und kletterte schnell auf den Wagen. Schorschchen wollte auch mit. Aber Tante Luise, die bei uns wohnte, trat vor die Haustür und hielt ihn zurück. Sie schlug angstvoll die blauen Augen gen Himmel und zeigte auf das drohende Gewitter. „Guck! Der Liebe Gott ist am Schimpfen!“ sagte sie ehrfurchtsvoll.

Ich schickte ein schnelles, heimliches Grinsen zu meinem Bruder hin und hob bedauernd die Schultern. Tante Luise hielt auf keinen Fall etwas von dem Zusammentreffen schrecklicher Naturgewalten mit kleinen Kindern, auch wenn sie noch so unerschrockene, bockige Gesichterchen machen konnten. Schorsch schnitt mir eine Grimasse. Diesmal durfte ich mit Muttchen allein fahren.

Und das Gewitter kam.

So ein Sommergewitter, das macht ja in der Stadt nicht viel her, wo man nur den Regen spürt, aber sonst wegen der hohen Häuser nicht viel davon zu sehen bekommt. Aber bei uns früher, an diesem riesigen Himmel, da hatte ein Gewitter schon etwas Gewaltiges.

„Ach, wir werden sicher vorher dasein“, sagte ich verächtlich, als wir in den Sandweg durch die Felder einbogen. Und „Hü, Lore! Lauf!“ rief Muttchen. Sie lächelte, aber auf ihrer Stirn stand doch ein Schimmer von Besorgnis.

Lange vorher hatten wir es über den Waldrand heraufziehen sehen, die weißen, unschuldigen Wölkchen ballten sich höher und dichter, wurden grau und finster. Nach einer Weile, als wir den Hang hinunter und in die Wiesen kamen, türmten sie sich in einer blauschwarzen Wand direkt vor unserem Weg, und die Wiesen darunter färbten sich lila. Kein Lüftchen rührte sich in den Birken am Wegrand, man selbst zog unwillkürlich den Kopf ein und schwieg.

Muttchen warf mir einen forschenden Blick zu, und da grinste ich kühn. „Keine Angst!“ sagte ich großspurig, „wir haben doch die Plane.“

„Die Plane, richtig!“ Muttchen hatte mehr an mich gedacht. „Ein Glück, was?“

Kein Haus weit und breit und keine Menschenseele. Nur das gleichmäßige Geräusch der Pferdehufe auf dem Weg und das leise Knarren der Räder war zu hören.

Am Rand des Erlenwäldchens hielten wir an, ich breitete die Plane über das Fleisch und die Eier, die wir noch für Tante Berta und Omchen mithatten. Hinter dem Horizont wartete der Donner mit leisem Grummeln.

Wir hatten noch eine Strecke Wegs vor uns. Auf dem nächsten Hügel bogen wir in die lange Pappelallee ein, und da wisperte es in den Zweigen um uns, und die Spitzen dieser mageren, langen Bäume schienen geradewegs in die Wolkenschwärze hineinzustechen.

Das Donnergrummeln wurde lauter, dann spitzte Lore die Ohren, und plötzlich fuhr ein Windstoß brausend durch die Pappeln. Der Wegstaub vor uns wirbelte hochauf, so daß ich mir schnell die Augen zuhielt.

„Hü, hü!" mahnte Muttchen, und die brave Lore trabte unbeirrt weiter.

Aber nun zuckten Blitze durch die Schwärze, die Donnerschläge krachten immer schneller hintereinander durch die Finsternis, und der ganze schöne, unendlich weite Himmel war von dem Gewitter verschlungen worden.

Ehe wir's uns versahen, hielten Muttchen und ich uns aneinandergeklammert.

„Paß auf, daß dich der Wind nicht vom Wagen reißt!" schrie ich in das Getöse um uns, wie um sie zu beschützen, war aber froh, ihren Arm um meinen Nacken zu spüren. Schwärze um uns, Wind und Staub in den Gesichtern, wir wußten kaum noch, wo wir herfuhren und konnten weder Baum noch Weg erkennen.

Dann fielen die ersten dicken Tropfen. Der Donner polterte, so schien es, jetzt rund um uns, und die Blitze zackten und rissen durch den Himmel, oder vielmehr das, was von ihm übrig war. Ein Himmel, weiß Gottchen, voller Dunkelheit und Blitze und Donner, ein Gewitter, genauso riesig und übermächtig wie der gewöhnliche Himmel ... Das war wirklich wie so ein Schimpfen und Donnerwetter vom Lieben Gott. Kannst Du verstehen, daß dieser Gedanke sehr naheliegend war?

Bald darauf fielen die Tropfen weniger mühsam und vereinzelt, es goß und schüttete nur so wie aus Kübeln auf uns herunter. Ehe wir irgendeinen notdürftigen Unterstand unter einem Baum finden konnten, waren Muttchen und ich naß bis auf die Haut.

Vor uns wurde es schon wieder heller, als wir den Hof des Onkels hinter den dicken Linden erreichten.

Tante Berta stürzte heraus und schlug die Hände zusammen. Zitternd vor Nässe, aber schon wieder lachend, in der Erwartung trockener Kleidung, heißer Suppe oder des köstlichen Brotes, das die Tante immer buk, stiegen wir vom Wagen, während Tante Berta erstmal das Pferd abschirrte und in den Stall führte.

Drinnen in der Küche aber kam dann die große Begrüßung. Omchen umarmte uns, Onkel Heinrich beklopfte uns und lachte sein lautes, lustiges Lachen. Die beiden Cousinchen Josephina und Agnes, etwas älter als ich, kicherten albern, wie sie es immer taten. Und es dauerte nicht lange, da dampfte unser nasses Zeug über dem Ofen, da waren Muttchen und ich in trockene Sachen gehüllt und erwärmt und bis obenhin angefüllt mit Suppe und Brot, Kaffee und Fladenkuchen.

Aber während wir uns nun eine Weile mit Schabbern und Essen und Trinken aufhalten, will ich in Gedanken Dich schon mal wieder nach Giesanken auf unseren Hof zurückführen, wo Schorsch bei Tante Luise geblieben war.

Tante Luise lebte bei uns. Sie war Mutters ältere Schwester und hatte immer einen besonderen Draht nach oben zum Lieben Gott. Ich sehe ihr kleines, in sorgenvoller Strenge gefaltetes Gesicht vor mir unter dem grauen Haarknoten, sehe ihre weißen, stark geäderten Hände. Ich glaube, sie war fast ein bißchen zu gut und zu ängstlich für unser hartes Leben da draußen in den Wäldern. Viel zu gut jedenfalls für den rauhen Umgangston, der meist bei uns herrschte. Tante Luise, ja, sie war manchmal wie das schlechte Gewissen. Ihr Blick genügte, daß man ein hartes Wort schnell hinunterschluckte oder der Mutter ohne böses Knurren gleich gehorchte.

Mutterchen und Tante Luise hatten noch eine dritte Schwester, das war Tante Anortha in Königsberg. Tante Anortha mit ihrem Mann, Onkel Wilhelm, war so weit entfernt, so unsichtbar für uns und so atemberaubend elegant in ihrer völlig unvorstellbaren Stadt, daß sie für uns den gleichen Rang hatte wie eine Märchenfee.

Eine Stadt, na, so etwas kannten wir natürlich nicht. Das Äußerste an Größe, was wir sahen, war Treuburg. Dorthin fuhren die Bauern zum Wochenmarkt. Der Marktplatz war das Eindrucksvollste an dem Städtchen. Ich sage Dir, Treuburg hatte den größten Marktplatz im ganzen Deutschland damals. Eine fast unübersehbare Fläche, weiß Gott, wie ein ostpreußischer „Place de la Concorde“. Mitten auf diesem Platz thronten, umgeben von Grünanlagen und nicht zu übersehen, die evangelische Kirche, das Rathaus und die Mittelschule.

Jede Woche kamen die Bauern aus der Umgebung auf dem Markt zusammen, boten ihre Mastgänse, Ferkel, Suppenhühner, Blumen, Gemüse, Honig und Butter an. Und nutzten die Gelegenheit zu ausgiebigem Plachandern. Und natürlich zum Besuch der Wirtschaft! Mein Vater war nicht so auf Alkohol versessen. Aber Nachbar Kulessa, zum Beispiel, konnte der Verlockung nie widerstehen. Im Laufe der Jahre vertrank er fast seinen ganzen ansehnlichen Kiefernwald. An Markttagen fiel er abends stockbesoffen auf seinen Wagen, und das brave Pferd mußte allein den Heimweg finden.

Das Problem des Autofahrens nach Alkoholgenuß gab es ja nicht. Keiner konnte wegen Trunkenheit am Steuer angezeigt werden. Trunkenheit, das war weiter nichts Strafbares damals und der Alkohol für manchen leider einzige Abwechslung und Ausweg zwischen anstrengendem Arbeitsalltag in der Einsamkeit der Wälder.

Mein Vater verkaufte auf dem Markt hauptsächlich Eier aus Mutterchens Geflügelzucht, manchmal auch Suppenhühner und ab und zu ein Ferkel oder Kalb.

Wenn wir Kinder Zeit hatten, durften wir mitfahren. Dann wanderten wir mit Vaterchen über den Markt. Mir klingt noch heute das Geschrei der Marktfrauen in den Ohren, wenn sie ihre Waren feilboten.

Die Käuferinnen waren nicht weniger kritisch als heute. Mit Kennermiene kosteten sie von der „Schmeckbutter“ und hatten manchmal allerhand auszusetzen:

„Die schmeckt nach Keller!“

„Diese hat, weiß Gottchen, Stallgeschmack!“

So fanden sie gleich heraus, wo die Butter gelagert worden war. Erinnere Dich, Marjellchen: Kühlhäuser und Gefriertruhen gab es nicht. Unsere Butter zu Hause wurde zum Beispiel im Brunnen gelagert, und sie hatte einen ausgezeichneten, frischen Geschmack.

So ein Markttag war schon ein Erlebnis, das kann ich Dir sagen. Und eines Tages kam Vaterchen mit Ottmar aus Treuburg zurück und hatte ein zweites Pferd gekauft. Wir stellten es zu Lore in den Stall und standen alle eine Weile stolz darum herum.

„Hans!“ sagte Vaterchen, „das ist unser Hans!“

In den ersten Jahren hatten wir kaum Vieh. Erst nach dem ersten Weltkrieg konnte Vater sich mehr als eine Kuh leisten und war stolz auf seinen eigenen Gaul. Später hatte er sogar drei Pferde im Stall stehen. So konnten wir mit dem Pferdewagen sonntags zur Kirche fahren.

Zur Kirche also. Dazu wurden wir gestriegelt und gebügelt, mußten die besten Kleider anziehen, und dann ging es im Feiertagstrab nach Schwanticken. Das war der Kirchort. Von allen Seiten kamen die Bauern mit ihren Fuhrwerken, alle fein herausgeputzt. Man wollte zeigen, daß man ein Paar gute Pferde hatte, bißchen angeben, bißchen stolz sein, bißchen sich umsehen und Atem holen nach der harten Arbeitswoche.

Auch wir Kinder fanden es fein, auf dem Wagen zu sitzen und sich flott über die Landstraße ziehen zu lassen, anstatt wie sonst quer über Äcker und Wiesen zu laufen.

Unsere Kirche lag auf einem Hügel über dem See, weißgekalkt mit viereckigem Turm, daneben das geschmückte Kriegerdenkmal. Die Kirche war im 18. Jahrhundert abgebrannt und zunächst ohne Turm wieder aufgebaut worden. Erst 1909 errichtete man den jetzigen Turm.

Auch innen, fand ich, war es eine hübsche Kirche. Die Holzdecke wölbte sich über dem ganzen Innenraum, und auch die Emporen ruhten auf Holzsäulen.

Es wurde meistens auf deutsch und masurisch gepredigt. Masurisch, ja, das klingt nicht wie ein deutscher Dialekt, sondern eher wie ein polnischer. Früher wurde noch mehr masurisch gesprochen als in meiner Jugend. Wenn die Kinder in die Schule kamen, verstanden die meisten kein Deutsch, so daß auch der Unterricht oft in masurischer Mundart erteilt wurde. Du würdest kein Wort davon verstehen, glaub' mir.

Nach der Kirche unterhielt man sich auf dem Vorplatz. Aber uns Jungen brannte die Freiheit schon unter den Nägeln. Wir traten von einem Fuß auf den anderen und konnten nicht begreifen, wie Erwachsene sich so viel Zeit nehmen konnten für unwichtiges Geschabbere.

Bis auf die Kirchfahrt war der Sonntag nämlich unser Tag. Fast die ganze Woche hatten wir mit Arbeit und Schule verschwendet. Aber unser eigentliches Kinderleben, ja, das spielte sich hauptsächlich am Sonntag ab.

Bevor ich Dir aber von unseren sonntäglichen Streichen erzähle, Marjellchen, meinst Du sicher, ich müßte von der Schule plachandern. Also, ich werde Dir davon berichten. Es war, weiß Gott, meistens eine unerfreuliche Sache.

Das Schulhaus in Giesanken stell Dir vor als breiten Backsteinbau mit hohem Giebel. Davor beschirmten zwei alte Kastanien fast den gesamten Schulhof. Innen befanden sich die beiden Klassenräume mit jeweils vier Klassen: auf einer Seite des Ganges die Abc-Schützen und die drei folgenden Klassen, auf der anderen Seite die vier höheren Jahrgänge. Oben wohnten die beiden Lehrer und die alte Frau Lieken. Die, mit einem netten, grauen Haarknoten und runden, tröstlichen Augen versehen, wußte überall Bescheid und machte sauber. Ihr verdanke ich so manches Pflaster für geschundene Knie und zahlreiche süße, kleine Äpfel von der rotbackigen Sorte des Lehrerbaumes.

Der Schulhof wurde seitlich von dem niedrigen Holzhaus mit

den Toiletten begrenzt, und an der hinteren Seite lagen der Kartoffelacker und die Gemüsebeetchen der Lehrer. Den jüngeren der beiden erinnere ich kaum mehr. Aber der ältere war unser Lehrer, ein hagerer, bebrillter Bursche namens Sembritzki. Er hatte einen ruckweisen Gang und trug die Schultern immer etwas angehoben. Am wenigsten mochten wir seine Art, uns mit schiefgehaltenem Kopf doch geradeaus anzustarren. Dabei zog er den linken Mundwinkel gleich mehrmals hintereinander schnell nach unten. Das war ein Grinsen auf seine Weise.

Wir nannten ihn „den Schläger“.

Weißt Du, die Lehrer hatten damals das Züchtigungsrecht. Und viele wußten sich nicht anders zu helfen als mit Schlägen. Traurig. Wir Kinder, ach Gottchen, wir hatten keine Möglichkeit, dem zu entgehen. Meistens haßten wir den „Schläger“, das kannst Du glauben!

Die Mädchen bekamen nur Stockschläge auf die flache Hand. Aber uns Jungen wurden ordentlich die Hosen strammgezogen. Ich weiß nicht, wie wir das aushielten. Das taten wir aber. Die Not machte erfinderisch. Zum Beispiel nähten wir uns weiches Leder in den Hosenboden ein. Das nutzte allerdings nicht allzuviel. Meistens bissen wir die Zähne zusammen.

Oder wir schwänzten die Schule. Aus Angst. Wenn ein Thema angesagt war, das ich nicht gelernt hatte, oder ein Aufsatz, sagen wir mal, in Geschichte, da konnte ich sicher sein, Schläge zu bekommen.

„Du Racker hast nich' gelernt!“ stellte Sembritzki dann fest, und es setzte Schläge auf den Hosenboden. Um dem zu entgehen, ging ich manchmal nicht in die Schule. Ich bummelte durch die Wälder, ich kleiner Lorbas und großer, verkannter Jäger, bummelte also, untersuchte meine Fallen, faulenzte in der Sonne, – aber mein Herz klopfte dabei vor Angst.

Meistens bekam man die Prügel am nächsten Tag doch noch.

Du mußtest dich vor Sembritzki bücken, dann klemmte er, „der Schläger“, deinen Kopf zwischen seine Knie, zog die Hosen stramm, und mit einer Weidenrute drosch er drauflos auf deinen armen Hintern, daß du nur so hin- und herjauchztest.

Und mittags schlichest du dich nach Hause und hieltest den Mund. Du mußtest essen, konntest kaum sitzen wegen des geschundenen Hinterteils, und dann wurdest du aufs Feld geschickt oder die Kühe hüten. Aber selbstverständlich hieltest du den Mund! Denn sonst ging doch zu Hause die Fragerei los: „Warum bist' geprügelt worden? Warum hast' nich' gelernt?“ Und dann war es gut möglich, daß du zu Hause noch einmal Senge bekamst.

Aber eine Mutter habe ich erlebt, die hatte Courage und keine Scheu vor diesem Lehrer. Ihr Söhnchen August war ein kleiner, dicker Bengel, der ein wenig hinkte. Ihm fiel das Lernen nicht leicht. Er hatte ein gutmütiges Gesicht, aber den Kopf voller Streiche. Dieser August wurde sehr oft erwischt und durchgeprügelt. Einmal legte ihn Sembritzki vorne über die Schulbank, aber als er draufloshaute, schlug August sich die Nase am Pult blutig.

Am nächsten Morgen erschien seine Mutter, eine dralle, eindrucksvolle Person. Erschien vor dem langen Sembritzki in der Schule und hatte einen Stock mitgebracht, wie man ihn zum Futterrühren im Stall braucht. Ohne viel Worte schlug sie dem Lehrer damit über den Schädel, daß ihm Hören und Sehen verging. Es war ein Wunder, daß seine Brille nicht entzweibrach.

Aber, natürlich, es änderte Sembritzkis Bemühen, uns zu erziehen, nicht.

In der Klassenecke hatte er einen Vorrat an Schlagstöcken, nämlich an Weidenruten stehen, schön geordnet nach Länge und Dicke. Der Verbrauch war beträchtlich. Und ab und zu schickte er zwei der größeren Jungen los, Nachschub zu holen.

Einmal hatten Pawel und ich auch dieses Vergnügen. Wir sollten frische Weidenruten schneiden.

Pawel Rudanski, ein schmächtiges Bürschchen mit wenigen Flachshaaren und lieblichem, etwas symmetrischem Lächeln, war eines der Nachbarskinder. Mit ihm heckte ich viel Schabernack aus.

Wir schlenderten also, gutgelaunt wegen der fröhlichen Unterbrechung des Unterrichts, pfeifend hinter der Scheune des Lehrers den Wiesenabhang hinunter und stürzten uns ins Weidengebüsch am Seeufer.

„Hast' das Messer?"

Sembritzkis Messer, ich holte es aus der Hosentasche. Wir betrachteten es wohlwollend von allen Seiten, prüften die Schneide mit dem Daumen, köpften probeweise ein paar Sumpfdotterblumen und konnten keinen Makel daran finden.

Ich nickte Pawel zu. Sein Grinsen war wie ein Befehl. Nach geraumer Zeit war das Messer weg. Einfach verschwunden.

„Es ist, glaube ich, ins Wasser gefallen", sagte Pawel betrübt.

Es blieb uns nichts weiter übrig, als mit leeren Händen zur Schule zurückzukehren.

Sembritzki schoß von seinem Lehrerstuhl hoch. Ihm blieb fast die Spucke weg, als er uns ohne Weidenruten sah.

Wir ließen uns Zeit.

„Herr Sembritzki, wir bitten um Entschuldigung", begann ich

gemütlich, „man kann Weidenruten nicht mit den Händen schneiden ..."

„Nämlich, das Messer", sagte Pawel niedergeschlagen, „Es ist ins Wasser gerutscht."

„Ha! Ihr Racker!" schrie der Lehrer, fuhr auf uns los, hielt meine Arme fest und durchwühlte unerschrocken meine Hosentaschen.

Pawel sah ihn erstaunt an. Weder er noch ich hatten etwas zu verbergen.

Leider herrschte ein ausgesprochener Mangel an Weidenruten. Wohl oder übel mußte Sembritzki in seine Wohnung hinauf und ein zweites Messer herausgeben.

Bedächtig stapften wir damit am Seeufer entlang. Es war ein altes Messer mit abgewetzter Klinge. Es dauerte eine geraume Zeit, um nicht zu sagen: unverschämt lange, sonnenwarme Schulzeit, bis wir mit diesem alten Messer einen kümmerlichen Vorrat an Ruten geschnitten hatten.

Sembritzki, froh, uns pünktlich zum Schulschluß wiederzusehen, entriß uns aufatmend die kostbaren Weiden sowie das Messer. Wir dienerten achtungsvoll, entfernten uns in angemessener Würde und trabten gehorsam die Straße entlang nach Hause.

Nach Hause? Pawel blickte mich fragend an.

„Laß sein!" zischte ich ihm zu, „sicher steht er oben am Fenster mit dem Fernglas!"

Aber am Abend klopfte Pawel bei uns ans Fenster, als ich noch beim Nachtessen saß. Und dann liefen wir über die Wiesen am Waldrand entlang und setzten über die Gräben hinterm Erlenbruch. Am Ufer des Flüßchens bückten wir uns im zunehmenden Dämmerlicht über eine frische Stelle im Laub.

„So'n Schemmerstündchen kann's doch in sich haben, wie?" sagte Pawel liebevoll und ließ ein schönes Messer in seine Hosentasche gleiten.

Zurück schlenderten wir langsam am Schilfufer entlang. Zwei Störche staksten gravitätisch über die Wiesen, und über dem Waldrand schimmerte leise die Mondsichel herauf.

Der Lehrer hatte, wie ich schon erwähnte, auch ein Stück Land mit seinem Garten, und auch da gab es Arbeit für uns.

„Fragt mal eure Eltern, wer morgen kommen kann, Kartoffeln lesen!" konnte Sembritzki zum Beispiel ohne weiteres sagen.

Und natürlich kamen wir, sozusagen, um gut Wetter zu machen. Kamen also, wir Schülerchen, nach der eigenen Arbeit zu Hause gegen Abend nochmals den Weg zur Schule gelaufen und knieten uns in seine Kartoffeln.

In einem Herbst war es, als die alte Frau Lieken um uns herumlief und uns Brote mit Apfelkompott anbot. Sie hatte auch Kaffee und Spitzbohnen für uns. Das war nett von ihr. Leider färbte ihre Freundlichkeit nicht auf Sembritzki ab. Und es waren s e i n e Kartoffeln, die wir auflesen sollten. Also machte es uns nichts aus, recht viele Steine zu den Kartoffeln in die Körbe zu sammeln. So nahmen wir Rache. Er hatte nachher mehr Steine als Kartoffeln im Keller. Mußte natürlich dann, der Sembritzki, wieder Jungchen bestellen, die seine Kartoffeln und Steine im Keller sortieren kamen. Wir feixten heimlich, denn seinen verdienten Ärger hatte er gehabt, unser schlauer Lehrer, und das war uns die Hauptsache.

Natürlich hatten wir nicht nur den Lehrer auf dem „Kieker", wie man so sagt, sondern, als wir etwas größer waren, natürlich auch besonders die Mädchen. Dazu werd' ich Dir eine andere Geschichte erzählen, die mir gerade einfällt:

Die Kirche spielte immer eine große Rolle. Und als wir älter waren, gingen wir auch zum Konfirmandenunterricht nach Schwanticken. Daniel und ich waren die einzigen in unserem Jahrgang, und so mußten wir einmal in der Woche nachmittags nach Schwanticken laufen zum Unterricht. Es waren ungefähr zehn Kilometer.

Wir gingen aber selten brav den Weg entlang. Das war etwas Langweiliges für Erwachsene. Stattdessen gab es eine Menge, was wir unterwegs erkunden und erledigen mußten.

Wenn wir den Hügel vor Schwanticken hinaufrannten, gab es da oben zum Beispiel die weithin sichtbaren, riesigen Kiefern. Da horsteten jedes Jahr die Rabenkrähen. Du weißt, das sind große, gierige Vögel, die schwankten da oben im Wind mit ihren eindrucksvollen Nestern, dicht an dicht.

Eines Tages ließ es uns keine Ruhe, und ich kletterte hinauf auf eine der Kiefern. Daniel stand unten und rief mir zu, wie ich klettern sollte. Die Vögel machten natürlich ein Mordsgeschrei um uns herum. Aber ich schaffte es, blickte endlich über den Rand eines Nestes und holte eine ganze Mütze voll Eier heraus.

Gut so.

„Ich hab' viele!" schrie ich Daniel zu. Der zappelte unten voller Erwartung.

Der Rückweg war schwieriger. Aber ich machte, daß ich hinunterkam, denn die alten Vögel mit ihrem Geschrei und Flügelschlagen ärgerten mich.

Und da, natürlich, blieb ich an einem trockenen Aststumpf mit dem Strumpf hängen, verlor das Gleichgewicht und fiel vom Baum. Ich stürzte rückwärts ab in die Tiefe und landete unsanft auf dem Kreuz.

„Die Eier! Mensch, die Eier, du Dammelskopp!" schrie Daniel.

Ich hatte Mühe mich aufzurappeln. Vor meinen Augen schwankte alles. Aber wen störte das? Daniel hatte die Mütze aufgehoben und fluchte. Es war ein Jammer. Von all den Eiern waren nur zwei ganz geblieben. Die anderen waren nu' Rührei.

„Nochmal geh' ich nich' rauf!" sagte ich zornig und rieb mir den Rücken, „jetzt kannst du mal!"

Daniel zischte ärgerlich durch die Zähne.

„Is' doch viel zu spät, Mensch!" Er war nicht ganz so kräftig wie ich und manchmal sogar ein bißchen ängstlich.

Wir rannten zum Fluß hinunter und wuschen die Mütze aus.

Nach einer Weile grinsten wir uns an, und dann lachten wir. Zwei Eier hatten wir immerhin noch.

Als wir nun geradewegs über die Dorfstraße nach Schwantikken hineintrabten, wollte es unser Glück, daß gerade ein paar Mädchen daherkamen. Die hatten wohl Schulschluß gehabt.

Ich erkannte gleich die Gustchen, und Daniel boxte mich vielsagend in die Rippen und deutete auf die dicke Lina. Wir ließen nie eine Gelegenheit aus, die Mädchen zu uzen! Zu ärgern, würdest Du sagen. Besonders die, die man vielleicht so auf dem Pik hatte.

Wir liefen also hinterher und warfen die Eier gegen ihre Tornister, Daniel ein Ei und ich das andere.

Es klatschte nur so! War uns glänzend gelungen! Der Ausflug auf den Baum, er hatte sich doch gelohnt.

Aber am nächsten Tag hatten sie uns gemeldet, die Gänse. Unserem Lehrer gemeldet, und da bekamen wir natürlich ordentlich Senge.

Wir nahmen sie hin. Wir ertrugen eine Menge. Sie konnten uns schlagen, die Erwachsenen, aber mehr nicht. Sie konnten nicht an unserem Leben teilhaben, ich meine, an unserem geheimen Kinderleben. Oh nein, davon verstanden sie wenig.

Wir wußten immer eine Menge Dinge, die die Erwachsenen nicht wußten. Wenn Muttchen gewußt hätte ...! Aber, ein Glück, sie hatte keine Ahnung. Sie war viel zu beschäftigt. Hatte nicht viel Zeit, sich um uns zu kümmern.

Vaterchen erst recht nicht. Allerdings war er auch nicht so besorgt. Um ihn brauchten wir uns nicht weiter Gedanken zu machen. Aber Muttchens liebevolle Fürsorge bereitete uns sommers wie winters oft Kopfzerbrechen.

Und jetzt, meine ich, solltest Du mich an die Sonntage erinnern. An die Sonntage nach der Kirche, wenn wir „frei" hatten.

Wir tobten über die Wiesen. Im Sommer und im Winter.

Jetzt will ich Dir vom Sommer erzählen. Da hatten wir zum Beispiel unser Vergnügen mit den Viehketten.

Nachbar Ludin, ein tüchtiger, aber etwas älterer, schwerfälliger Bauer, ließ sie oft draußen liegen, die Ketten. Na, Du wirst fragend die Stirne runzeln, merk' ich. Siehst', wenn es keine Zäune gab, wurden die Kühe draußen mit Ketten angepflockt, fraßen einen Kreis, und nach einer Stunde vielleicht setzte man den Pflock um. Nicht jeder hatte einen Zaun. Die waren oft unrentabel, gingen leicht kaputt oder das Vieh beschädigte sich daran.

Diese Ketten, nu', die konnten wir nicht einfach liegenlassen im Vorbeirennen. Also warfen wir sie oben in die Heu- oder Kleehaufen hinein. Die waren da aufgeschichtet, zwei bis drei Meter hoch, mußt' Dir vorstellen. Auch den Hammer, mit dem Ludin den Pflock einschlug, steckten wir oben in einen Haufen hinein.

Na, da konnte der gute Ludin am nächsten Tag seine Ketten suchen!

Wir aber liefen weiter zu Lobotkas. Georg und ich waren das, Daniel, Pawel Rudanski und der lange Fritz Kowallik, der oft ein bißchen schielte. Georg wollte den kleinen Jochen dabeihaben, aber bei Lobotkas war niemand zu Hause.

Wir gingen um die Hausecke und klopften umsonst ans Fenster.

Da hatten sie wunderbare Birnen, sahen wir, die wuchsen als Spalierobst an der sonnigen Hauswand. Ich hob eine vom Boden auf und biß hinein. Sie war unreif und hart, aber gut.

„Sind gerade richtig", meinte Daniel, der mir zugesehen hatte.

„Müßten unbedingt geerntet werden!" sagte Schorsch und kratzte sich am Kopf. „Verstehe gar nicht, daß keiner von Jochens Leuten hier ist, die Birnen zu ernten!"

Wir erledigten also für Lobotkas die Arbeit, ernteten ihre harten Birnen und versteckten sie im Heu.

Am nächsten Abend fuhren mein Vater und ich vom Feld nach Hause und trafen Lobotka auf dem Weg.

Der, ein spillriges Mannchen mit spitzem Gesicht, wie dasjenige des Schneiderleins aus meinem Märchenbuch, Lobotka also sah betrübt und ärgerlich aus.

„Ach", sagte er, „mir hat einer die ganzen Birnen geklaut! Das war ein Schweinehund! Wer kann das gewesen sein?"

Wir bedauerten ihn zutiefst, konnten ihm jedoch nicht helfen.

Nach Wochen, als die Birnen reif waren, kamen wir wieder in Lobotkas Garten zusammen, der Nachbar, seine kleinen Jungen Jochen und Felix, Georg, Daniel, ich und noch ein paar.

„Hier haben wir noch Birnen aus dem Heu! Die müßten jetzt gut sein!“ sagte ich und bot sie freigebig an.

„Oh!“ sagte Lobotka und verdrehte genießerisch die Augen, „Die sind prima! Schmecken genau wie unsere!“

So schmausten wir gemeinsam seine Birnen und hatten natürlich unser Vergnügen dabei. Daniel rammte mir begeistert seinen Fuß ans Schienbein, daß ich fast von der Gartenbank gekippt wäre.

Gegen Abend aber trafen wir uns oft hinter Amoneits Stall, rotteten uns zusammen, vier, fünf Jungchen, und bolzten da herum. Unsere Kräfte wuchsen mit zunehmender Dunkelheit.

An einem dieser Sonntagabende im Herbst zog Georg, der Schlauberger, ein paar Korken aus der Hosentasche, die betrachteten wir gedankenvoll. Durch unsere Köpfe blitzten hundert Möglichkeiten, sie zu verwenden.

Joseph, der dicke Gastwirtssohn aus Giesanken, der selten bei einem Schabernack fehlte, war der Schnellste. Er riß Georg die Dinger aus der Hand und lief los.

„Ich weiß, was wir machen!“

Er lachte sein helles Lachen und rannte über die Stoppelfelder davon. Als wir ihn eingeholt hatten, begann er flüsternd zu erklären. Wir nickten zu seinem Plan.

„Und daß ihr keinen Lärm macht! Und hinterher den Mund halten, verstanden?“ Mundhalten, das war selbstverständlich.

Wir querten den Fichtenwald, stolperten krachend durchs Unterholz. Bei Nachbar Kulessa oben an der Straße brannte trübes Licht im Wohnzimmer. Du mußt wissen, damals gab es nur Petroleumlampen, und das war ja kaum mehr als 'ne Friedhofskerze.

Wir schlichen uns unters Fenster und linsten hinein. Da saß der arme Kulessa mager und liederlich am Tisch. Saß da mit der Zeitung, und seine dünnen Lippen bewegten sich beim Lesen. Laura, sein Frauchen, die lustige, schnelle Person, sahen wir nicht. Die war sicher, weiß Gottchen wo, bei Nachbars, um zu schwatzen.

Daniel verteilte die Korken, machte uns ein Zeichen, und wir streckten schnell die Arme hoch. Wunderschön, sage ich Dir, quietschten die Korken über die Scheibe!

Kulessa hob den Kopf. Da war Stille.

Ein Käuzchen schrie spottend vom Wald herüber.

Stille. Kulessa seufzte und las weiter.

Da quietschte es, quietschte erneut und emsig, zum Steinerweichen.

Der Hund schlug an.

„Weg!" zischte ich.

Kulessa war aufgesprungen und glupschte hinaus. Er schüttelte den Kopf und griff nach der Stallaterne.

Meine Augen hingen wie gebannt an dem langen Kulessa. Bis er hinter mir die Tür öffnete. Wir sprangen über den Hof.

„Jemand da?" Kulessa tappte hinaus.

Es knallte ein paarmal laut. Das waren Josephs Knallplättchen. Der Hund bellte. Wir rannten davon.

Kulessa schrie los: „Ihr Racker! Wartet, ich wer' euch...!"

Und er erwischte einen Stock und tappte mit der Laterne hinter uns her.

Das war natürlich was für uns! Hinter dem Wald trennten wir uns und liefen in verschiedenen Richtungen davon.

Georg und ich jagten nach Hause. Wir sprangen die Stufen hinauf, stürzten in die Küche, schnappten uns ein Buch und ließen uns auf die Ofenbank fallen.

„Muttchen! Wir war'n hier!" japste ich beschwörend.

Georg schleuderte noch seine Stiefel in die Ecke. „Wir waren nich' weg!"

Da trampelte Kulessa auch schon draußen die Stufen hinauf und schlug an die Tür.

„Wo sind die Lorbasse?" keuchte der lange Nachbar und hustete vor Anstrengung. Er war lange hinter uns her über die Felder gerannt.

Muttchen blickte ihn vom Webstuhl her erstaunt an. Kulessa sah eine friedlich versammelte Familie.

„Wie? Ihr seid hier?" Er gaffte uns Jungen erstaunt an.

Ich war etwas in Sorge wegen Tante Luise. Aber sie öffnete nur erstaunt den Mund und begriff wohl gar nicht so schnell, was vorging.

„Ja, was is' los, Herr Kulessa?" fragte ich höflich.

„Wenn Sie Fritz sprechen wollen", sagte Muttchen bestimmt, „Er ist im Stall. Und die Jungchen", sie warf uns einen strengen Blick zu, „sie sitzen hier, wie Sie sehen, über ihren Büchern. – Vielleicht möchten Sie einen Kaffee?"

Kulessa, der arme Kerl mit seinen wasserblauen, schutzlosen Augen, er schneuzte sich enttäuscht und schüttelte den Kopf. Doch dann plinkerte er pfiffig. „Der Joseph, ich weiß! Ich geb' euch ..." er fuhr mit der Hand in die Hosentasche, „da! Drei Mark geb' ich euch, wenn ihr mir den Joseph angebt!"

„Ja, wie soll'n wir? Wir wissen doch nuscht ...", sagte ich achselzuckend.

Georg schüttelte den Kopf. „Wir war'n nich' dabei!"

Wir redeten hin und her, dann zog der Nachbar erfolglos ab. Er polterte draußen die Stufen hinunter und murmelte Drohungen. „... euch schon noch erwischen!“ hörten wir, „Schubjacke!“

Solche „Schubjacke“, weißt Marjellchen, die lassen sich aber nicht erwischen. Wir tollten von einem Erlebnis ins nächste, trieben unseren Schabernack, ertrugen nebenbei die Schule und alle Widrigkeiten, lebten aber im Grunde unser eigenes Leben, das voller Streiche und Abenteuer war. Ich glaube nicht, daß wir im Ausdenken von Blödsinn gescheiter waren oder witziger als Kinder zu anderen Zeiten. Nur das „wie“ und „wo“ gab unseren Erlebnissen die spezielle Note.

Zum Beispiel hatten wir natürlich keine Uhren. Richteten uns nach der Sonne und nach unseren Bäuchen, wir Stromer. Kamen also heim, wenn es dunkelte oder wenn wir allzu hungrig wurden. „Wir haben Hunger, Muttchen!“ Für kurze Zeit unterbrachen wir unser Leben, – unser Märchen, wenn Du so willst –, und kehrten in die Wirklichkeit zurück, während wir unser Essen hinunterschlangen. Aber schon die Träume nachts, oder zumindest der nächste Morgen brachten uns neue Abenteuer.

Und im Winter? Ja, davon willst Du wohl auch hören.

Im Winter liefen wir Ski. Hinter Giesanken gab es einen Hügel nach Schwanticken zu, den Fuchsberg, da hat sich manch einer die Knochen gebrochen beim Skifahren.

Außerdem liefen wir natürlich Schlittschuh auf dem Eis der kleinen Seen. Klar, Schlittschuhe hatten wir alle drei.

Wir trafen uns in Dämmerlicht und Eiseskälte der Wintertage, der scharfe Wind jagte Wolken über den Grauhimmel, aber wir Jungen waren nicht empfindlich.

Unser schönstes Spiel war das Eiskarussell. Ich glaube, Du weißt nicht, was das ist. Sieh': zuerst wurde ein dicker Pfahl ins Eis gestochen bis unten in die Erde, – die verwachsenen Brücher waren ja nicht tief.

Der Pfahl fror gleich fest. Oben wurde ein dicker Nagel als Dorn angebracht, dann schleppten wir eine Holzstange herbei, 3 bis 4 Meter lang, die befestigten wir mit einem Loch in der Mitte oben auf dem Drehpunkt.

An das eine Ende der Stange wurde ein Schlitten gebunden und der nu' immer rundgedreht, indem zwei oder drei Jungen am anderen Ende die Stange in Schwung brachten. Sie brauchten nicht lange zu drehen. Mit richtigen Stollen, also Schlittschuhen, unter den Füßen begann der Schlitten gleich zu sausen, weil das Ganze sehr schnell in Bewegung geriet.

Einer von uns saß also auf dem Schlitten. Der hatte zu tun, daß er sich überhaupt festhielt, so flog er immer rund übers Eis. Wie ein Karussell war das. Unser Eiskarussell.

Einmal geschah es Schorsch, daß er sich nicht mehr halten konnte. Wir hatten ihn wohl zu sehr in Schwung gebracht. Plötzlich sahen wir den Schlitten alleine herumfliegen. Georg, ein schreiendes, kleines Knäuel, sauste auf dem Eis lang und rutschte bis weiß Gott wo!

Weitab gegen das Ufer hin blieb er liegen. Daniel und ich rannten ihm zu Hilfe. Pawel Rudanski und der kleine Jochen Lobotka waren auch dabei. Ich war der Schnellste in meiner Sorge um den Bruder.

„Mein Knie, mein Knie!" hörte ich Georg jammern. Und ich achtete überhaupt nicht auf das Eis.

Plötzlich knackte es um mich herum, krachte bedrohlich, ich verlor das Gleichgewicht und brach ein. Mir blieb die Luft weg, so eisig war es! Ich bekam einen richtigen Schock, kann ich Dir sagen.

Nu', da konnten die Kameraden uns beide retten.

Georg humpelte zum Schlitten und ließ sich darauf nieder, er hatte sich nur ein paar blaue Flecken geholt.

Aber Daniel warf sich längelang aufs Eis und hielt mir einen dicken Stecken hin, den Pawel abgebrochen hatte. Er und Jochen Lobotka hielten Daniel an den Füßen fest, während er langsam heranrutschte, bis er mich an dem Stock herausziehen konnte.

Dann begann ich zu rennen! Ich japste, schlug mir die Arme an den Leib und trampelte wie verrückt übers Eis, um warm zu werden. Natürlich durfte Muttchen nichts merken!

Zum Glück war es noch nicht so spät. Blieben uns noch gut ein, zwei Stunden, um das nasse Zeug am Leibe trocknen zu lassen.

„Los, zieh' dich aus!" sagte Daniel. „Kannst meine Sachen haben! Du bist zu naß!"

So tauschten wir unsere Kleidung. Meine nassen Hosen, Hemd und Jacke trockneten und froren eine Weile an Daniels warmem Körper, ich rieb mich mit Daniels Schal, bis ich krebsrot war und schlüpfte dann in seine Sachen. Nach einer Weile zog Pawel das nasse Zeug an, und so ging es reihum. Der letzte war Georg.

Als wir schließlich nach Hause liefen, kam uns Ottmar entgegen, der zur Jagd wollte.

Was für ein Glück! Wir zogen ihn in die Scheune.

„Nimm meine Sachen, los", sagte ich, „sie sind schon fast trokken."

Er sah mich erstaunt an. Ich trug ja Georgs trockenes Zeug. Aber Georg riß sich die halbgefrorene Kleidung vom Leib und tauschte sie mit Ottmars. Der würde ja erst später nach Hause kommen.

Es war selbstverständlich, daß wir uns da halfen und, um Mutterchen zu schonen, zusammenhielten.

Es war auch ganz und gar unnötig, ihr Sorgen zu machen, fanden wir. Wir waren vom ständigen Draußensein so an Wind und Wetter gewöhnt, daß wir uns nicht so leicht einen Schnupfen oder gar Schlimmeres holten. Wie gesagt: wir waren da nicht empfindlich.

Sommers wie winters liefen wir barfuß über den Hof und die Felder, wie es eben kam. Schnee und Frost störten uns dabei keineswegs. Unangenehmer war es eigentlich, über ein Stoppelfeld zu laufen: da konnte man nicht so schnell rennen, um die Stoppeln umzubiegen beim Gehen und nicht draufzutreten.

Ottmar, unser „Leittier", machte uns in allem vor, was er wußte und konnte. Der verwegene Kerl lief im Winter zum See und stieg nackend ins eiskalte Wasser. – Wir hackten da immer Löcher ins Eis, damit die Fischchen Luft bekamen. – Ottmar brachte das fertig, der Lorbas. Er tauchte unter, sprang wieder aufs Eis, rieb sich ab und lief ein paarmal rundum. Dann kam er in großen Sätzen wieder angetrabt.

Vaterchen fand das etwas übertrieben, aber wir kleineren Brüder eiferten Ottmar nach und genossen Ernachens liebevolle Bewunderung.

Es war eigentlich keine Kunst, sich abzuhärten. Sommers wie winters waren wir draußen. Immer nur draußen, von morgens bis abends.

Und Tage, Monate und Jahre vergingen uns zeitlos wie die Ewigkeit, angefüllt bis obenhin mit Taten, Ideen und Zukunftsträumen.

Jetzt sitze ich hier und denke in die Vergangenheit, und die Zeit rückt mir allmählich näher und näher und wird mir immer wirklicher. Aber nicht verständlicher. Das durchaus nicht. Ich finde das ganz gut so, denn alles, was man nicht versteht, behält etwas Wunderbares an sich, nicht wahr?

Diese wunderbare, oder besser gesagt: wundervolle Zeit also, sie bestimmt jetzt den Schluß des Briefes, indem sie mich allzu müde und bettreif gemacht hat.

Gute Nacht und schöne Träume wünscht uns beiden

Dein Großvaterchen

## *Liebes Großvaterchen!*

Du glaubst nicht, wie gut ich mich jetzt schon auskenne in Deinem Masuren! Es macht Spaß, in märchenhaft schöner Landschaft und vergangenen, glücklichen Zeiten herumzuwandern. Auch bei Dir kenne ich mich jetzt besser aus. Ich sehe Dich, wie Du da mit verstrubbelten Haaren und krimskramsgefüllten Hosentaschen umhertrabst, wie Du allen Dingen auf den Grund gingst und Dir über alles Deine eigenen, dickköpfigen, liebevollen Gedanken machtest. Ich sehe Dich durch den Wald traben und den Schulweg entlang und begleite Dich in Deine heimlichsten Verstecke. Ich stelle mir den Hof mit der hohen Birke und dem langen Pumpenschwengel vor und sehe die Wolken über den großen Himmel dahinziehen, ohne euren waldigen Horizont zu berühren, und es ist mir, als hörte ich das Lied des Windes in den Kiefern.

Ach, wie hattet Ihr es schön früher! Ja, wirklich, Ihr hattet es leicht und einfach. Du mußt sehr glücklich sein, daß Du gerade da geboren und aufgewachsen bist, nicht?

Ach, Großvater, erzähl' mir noch mehr von Deinem Masuren!

Ich umarme Dich und sperre die Ohren auf. Immer!

Dein Marjellchen

# *Mein liebes Friedchen!*

Siehst Du, das haben mir schon viele gesagt: „Ach, wie toll habt ihr es damals gehabt!“ oder „Was für eine glückliche, sorglose Zeit haben Sie damals genossen! Es muß ja der Himmel auf Erden gewesen sein!“ Toll, zauberhaft, romantisch, traumhaft und ähnliches höre ich. Und was ihnen noch so alles einfällt.

Im ersten Moment stimme ich Dir und den Leuten, die so zu mir sagen, zu. Aber dann muß ich doch über mich selbst lächeln und den Kopf schütteln. So toll war es doch gar nicht. Auch damals bei uns in der direkten Umgebung hatten alle Menschen irgendwelche Sorgen und Krankheiten, Not und Unglück. Meine Eltern, zum Beispiel, wußten oft nicht, wie sie uns sieben Esser sattbekommen sollten. Dazu kam die schwere, anstrengende, oft eintönige Alltagsarbeit.

Freizeit, wie man sie heute erstrebt, gab es kaum, selten eine Gelegenheit, Hobbies zu entwickeln und zu pflegen, und für die meisten gab es weder irgendwelche „Aufstiegschancen“ noch Möglichkeiten, seine Nase mal in andere Winkel der Welt zu stecken.

Hatten deshalb die Feste damals eine größere Bedeutung? Wurden sie vielleicht ausgelassener oder auch bewußter gefeiert? Oder worin steckte das Tolle?

Kann es sein – aber ich bin wohl nicht der Richtige, eine solche Sache allgemeingültig beurteilen zu können –, kann es sein, daß die Menschen damals bei uns in Masuren auf ihre Weise zufriedener oder demütiger waren? Es fiel wohl kaum jemandem ein, meine ich, sich in irgendeiner Art übermächtig und übermütig vorzukommen. Liegt jenes „Tolle“ in der Demut und Zufriedenheit? Fehlt uns das heute, unbewußt? Ach, da ziehst Du schon nachdenklich die Stirn in Falten. Und ich weiß selbst nicht, ob ich das glauben soll.

Demütig kann man sein, wenn man etwas Mächtigeres als sich selbst anerkennt, wie wir damals auf jeden Fall die Naturgewalten, – waren sie nun für den einen oder anderen mehr göttlichen oder heidnischen Ursprungs. Zufriedenheit ist eine andere Sache, meine ich. Dazu muß eine Geborgenheit sein, ein Vertrauen in jemanden, der es besser weiß und kann als man selbst. Vertrauen nimmt einem die Last der alleinigen Verantwortung. Vertrauen, Geborgenheit, vielleicht waren das Grundlagen zu glücklicher Zufriedenheit.

Auf die meisten von uns Kindern traf das damals jedenfalls zu.

Wenn Du manche alten Leute von ihrer Jugend erzählen hörst, scheint die Zeit früher immer besser als die heutige gewesen zu sein. So hört es sich oft an. Ich meine dann, sie hatten sicher eine glückliche Kindheit. Und nur deshalb macht jene Zeit einen besseren Eindruck auf sie.

Vielleicht ist das das Tolle. Was ich jedem von uns wünschen möchte, das ist eine glückliche Kindheit. Eine demütige, zufriedene Kindheit mit ihrem „Tollen“, ihrem Zauber, ihrer Romantik, ihrem Traum, oder was Dir sonst noch einfällt. Eine Kindheit, die den Glanz ihres Glücks in das ganze, spätere Leben hineinstrahlt.

Und jetzt komm! Ich nehm' Dich an die Hand, daß Du mir wieder nach Masuren folgen kannst, Marjellchen.

Es wird gerade man so sachte Frühling.

In den vielen, vielen dunklen und kalten Winterwochen ist die Sehnsucht in unseren Herzen ihm vorangeeilt. Wenn die Sonne nach Weihnachten und erst recht nach Fastnacht wieder höher steigt, kracht in Gedanken schon das Eis auf den Seen, geht endlich wärmerer Wind, der erstes Grün und Vogelstimmen weckt.

Und dann kommt Ostern. Und man meint, nun muß es wirklich soweit sein. Und wenn es tatsächlich noch sehr früh im Jahr ist, wenn wirklich noch dicker Schnee liegen sollte, muß man doch lachen und ihn herbeisingen, den Frühling. Aus aller Kraft singen und erste, grüne Kräuterspitzen in die Suppe streuen; muß auf jeden Fall im Wald nach Leberblümchen ausspähen und die Kuckucksrufe sozusagen herbeilauschen!

Am Gründonnerstag gab es den dicken, süßen Gründonnerstagskringel, den Muttchen und Tante Luise gebacken hatten. Ach, der schmeckte! Wir Jungen hatten ja immer Hunger, aber nun kauten wir mit vollen Backen und strahlten uns siegessicher an; mit dem Gründonnerstagskringel war der Frühling da! Die gute Birke im Hof schimmerte in ihrem ersten, zarten Grün, die Stare waren angelangt und hüpften kühn über die Felder, am Sonnenhang hinter der Scheune hatte Ottmar den ersten Huflattich entdeckt, und der dicke Amselvater protzte jeden Abend auf dem Stallfirst mit endlosen Jubelliedern.

Mit dem Gründonnerstagskringel hatten wir sozusagen den Winter besiegt.

Am Karfreitag wurde gefastet. Es gab kein Fett, keine Milch, keinen Kuchen, kein Fleich, nur Fisch, süße Mehlsuppen und süßes Weißbrot.

Wir Kinder entwischten dann manchmal heimlich zu Nachbar Ludin. Da wurde nicht gefastet.

Und dann kam der Ostersonntag.

Frühmorgens erwachte ich vom Geräusch der Kammertür und

wußte auch im Halbschlaf, daß es nicht Muttchen war, die leise durchs Zimmer ging und in die Küche schlüpfte. Gewöhnlich war Muttchen nämlich die erste. Aber heute kam die leise Bewegung anders, tastender, langsamer, und plötzlich wußte ich: Vater war es. Ostern! Ostern mußte er der erste sein.

Im gleichen Moment stolperte er am Ofen über den Schemel, der wohl nicht unter den Tisch gerückt war. Schnell öffnete Vater die Küchentür, und ich sah, wie es draußen vor dem Küchenfenster schon dämmerte. Da sprang ich aus dem Bett.

„Darf ich mit?"

Vaterchen erschrak, und als er sich umwandte, wäre er fast noch einmal über den Schemel gestolpert. Aber dann erwischte er mich, fuhr mir schnell über den Haarschopf, lächelte geheimnisvoll und schüttelte den Kopf.

Weg war er. Ich hörte ihn in der Küche seine Stiefel anziehen, ein Eimer klapperte, dann stapfte er draußen die Treppe zum Hof hinunter.

Um mich war nichts als Finsternis und Kälte. Schaudernd schlüpfte ich wieder unter die warme Decke.

Ostersonntag. In Gedanken begleitete ich Vaterchen auf seinem Gang durch die weißbereiften Wiesen. Schweigend hob er seine Blicke und spähte durch Morgendunst und Stille zum Horizont, wo es über dem Waldrand langsam heller wurde. Und Vaterchen wanderte wohl am noch wintergefrorenen Acker entlang. Vielleicht stieg links hinter den kahlen Rieseneichen schon Rauch aus Amoneits Schornstein, vielleicht traf er auch Daniels große Schwestern Christina und Katharina, die ebenfalls mit Gefäßen und Schöpfkellen daherkamen, ebenfalls schweigend und nur mit freundlichem Nicken grüßend.

Ganz still war es, nur die Schritte im reifknackenden Gras, aber über dem Waldrand vor ihnen wurde es immer heller, und dann blendete die Sonne über die Wipfel. Sicher blieben sie stehen. Ostern mußte man „das Sonnchen hüpfen" sehen, wie man sagte. Die Sonnenstrahlen hüpften wirklich über den Wald an so einem Morgen. Sie strahlten über die Wiesen, der graue, kalte Reif war plötzlich Goldglanz und Leuchten.

Ebenso der kleine Bach, der hier munter durch Kulessas Wiesen herabsprudelte und vor den südlichen Hügeln gen Sonnenaufgang in die Brücher abbog.

Vaterchen würde nun, so stellte ich mir vor, am Ufer hocken und sich Gesicht, Hals und Arme mit dem kalten Wasser erfrischen, bevor er andächtig in seinen Eimer schöpfte. Osterwasser! Das war etwas Besonderes.

Behutsam trug er es nach Hause zurück, und da waren die beiden Frauen inzwischen auf und warteten auf ihn. Muttchen hatte schon den Ofen angeheizt, und Tante Luise blätterte im Gesangbuch und hielt aus dem Küchenfenster Ausschau nach dem Osterwasser.

Draußen wurde der Morgen heller.

Aber wir Lorbasse, wir durften liegenbleiben, uns unter die warme Decke kuscheln und halbwach durch die offene Tür in die feiertagsstille Küche blinzeln.

Dann hörten wir Vater über den Hof und die Treppe hinaufkommen. Schnell zogen wir uns die Decken über die Köpfe. Nun wurden die Frauen wohl mit dem Osterwasser besprengt. Das sollte Gesundheit und Gedeihen bringen. Und schon polterte Vaterchen in unsere Stube.

„Na, wo sind hier die Langschläfer?"

Ehe wir's uns versahen, hatte er uns die Bettdecken weggezogen und spritzte uns das eisige Wasser mit Birkenreisern über unsere nackten Beine. Hu, das gab aber Geschrei! Im Nu waren wir aus den Betten.

„Wachstum und Gesundheit für euch!" rief Vaterchen und lachte und versuchte uns obendrein in ungewohnter Zärtlichkeit zu drücken. Unser Gejohle erfüllte die Stube. Aber wir gaben auf das kostbare Osterwasser acht. Vater nahm es und ging auch zu Ernachen in die Kammer. Wir hörten ihr Gequietsche.

Und als wir alle besprengt und schnell in unsere Hemden und Hosen geschlüpft waren, nahm Vaterchen den Eimer und trug den Rest des Wassers vorsichtig hinaus und zum Stall hinüber. Da durften wir Jungen ihm voranspringen und die Tür aufmachen und zusehen, wie er Pferd und Kühe ebenfalls bespritzte.

Als wir mit dem leeren Eimer über den Hof zurückgingen, schob ich schnell meine Hand in Vaters große.

„Glaubst du, daß es was nützt?"

Vaterchen blieb unten an der Eingangstreppe stehen und sah mich nachdenklich an.

Die Morgensonne blendete jetzt hell über den Hofplatz, und die eben erst zartgrünen Birkenblätter flimmerten in dem Glanz wie vor Freude.

„Ist doch schön", sagte Vaterchen, der, wie ich wußte, manchen Aberglauben für Unsinn hielt, „am Ostermorgen die Auferstehung zuerst mit einem Gang zu Gesundheit und gutem Gedeihen für die liebe Familie zu feiern, – ich weiß nichts Schöneres."

Zu der Zeit muß Ernachen noch klein gewesen sein. In späteren

Jahren war sie es, die am Ostersonntag das Osterwasser holen ging, denn eigentlich war das Sache der jungen Mädchen.

Der zweite, sehr gewichtige Brauch zu Ostern war – nein, immer noch nicht die Ostereier! –, sondern „Schmackoster". Ja, was war das nu'?

Spät am Abend des Ostersonntags, manchmal schon nachts, hörten wir es über den Hof trampeln.

Muttchen sprang von ihrer Näharbeit auf. „Da komm' sie! Luischen, die Eier!"

Wir Jungens rückten voll Spannung auf der Ofenbank zusammen.

Draußen waren Stimmen. Es polterte die Treppe herauf und bommerte an die Haustür.

Vaterchen lachte. Meine Brüder und ich sprangen auf und rannten hinter ihm her in den Flur. Sobald wir öffneten, fragte jemand mit komischer Stimme: „Ist es erlaubt?"

Da standen drei vermummte Gestalten. Aber Vaterchen nickte lächelnd, und sogleich fing es draußen an zu singen: „Als Jesus noch durch die Welt ging..." Sie sangen alle zehn Strophen, allerdings in masurischer Sprache. Das würdest Du gar nicht verstehen, Marjellchen.

Es waren drei Gestalten, in Decken und Tücher gehüllt, die da standen und sangen. Ihr weißer Atem dampfte in die kalte Nachtluft. Ich meinte Ottmars Stimme zu erkennen. Die anderen beiden waren möglicherweise Richard Ludin und Max Skellka.

„Hast' den Speck, Fritz?" fragte Muttchen leise, und Vater nickte und hielt ihn schon in der Hand. Denn jetzt kam das Bittgedicht. Das konnte nun jeder verstehen:

Schmackostern, green Ostern,
sieben Eier, Stück Speck,
dann lauf' ich gleich weg!
Und ein Dittke zu Beer,
dann komm' ich nicht mehr!

Und so folgte der „Loskauf", damit die vermummten Gestalten wieder gingen. Sie bekamen Eier und Speck in ihren Korb. Da sah ich auch schon eine Flasche Schnaps hervorgucken. Aber bei uns bekamen sie keinen Alkohol.

Mit den komischen, gedämpften Stimmen bedankten sie sich. Ich glaubte wirklich, der eine in der karierten Wolldecke war Ottmar. Obwohl die Decke natürlich nicht von uns war. Der schwarze Zylinderhut, den einer seiner Kameraden trug, kam mir dagegen merkwürdig bekannt vor.

Ich beschloß, der Sache auf den Grund zu gehen und mich im nächsten Jahr auch zu verkleiden.

In derselben Nacht aber, eine Weile später, gerade, als wir endlich zu Bett gehen wollten, polterte es noch einmal an unsere Tür. Mutter und Vater sahen sich erstaunt an. Gewöhnlich kam nur ein Trupp zum „Schmackoster-Singen".

Wieder liefen wir an die Haustür, und wieder standen ein paar vermummte Gestalten da.

„Ist es erlaubt?"

Was sollten wir machen? „Ja", sagte Vaterchen, „singt man!"

Sie sangen. Mit rauhen Stimmen sangen sie das gleiche, lange Osterlied.

Natürlich hätten wir sie auch abweisen können. Ich wußte gar nicht, ob wir noch Eier oder Speck bereitliegen hatten. Aber eine Weigerung hätte uns eine Menge böser Wünsche beschert, das war klar. Und dieses Risiko wollte ja wohl keiner eingehen, nicht wahr?

Ich stieß Georg heimlich mit dem Ellenbogen an. Wir blinzelten uns zu und zuckten ratlos die Schultern. Diesmal hatten wir wirklich keine Ahnung, wer das sein könnte.

Tatsächlich brachte Muttchen noch ein paar Eier aus der Küche. Außerdem ein Stück Fladenkuchen. Damit waren die Sänger auch zufrieden.

Zum Dank sangen sie ein weiteres Lied in masurischer Sprache, das auch mit „Schmackoster ..." begann. Ich kannte es damals noch nicht, aber später sang ich es selbst oft und kann es Dir also übersetzen:

Schmackostern, Schmackostern,
höret, ihr Leut', wir gehen heut von Haus zu Haus
und bitten die Ostereier aus.
Gebt uns reichlich, gebt uns bald,
denn es ist hier draußen bitterkalt.
Uns frieren die Füß' und Nas' vom langen Stehen,
wir wollen doch noch weitergehen.
Gibst, Herrchen, du uns fünf Eier,
kommt zu deiner Tochter ein hübscher Freier,
auf einem Wagen mit Gold beschlagen
und die Pferde mit roten Bändern behangen.
Für eure Gaben danken wir schön,
behüt euch Gott, auf Wiedersehn!

Am nächsten Morgen war Ottmar schwer aus dem Bett zu kriegen. Seine Augen waren klein und gerötet, seine Nase schien uns schief und dicker als gewöhnlich. Und es sah aus, als rappelte er auch innerlich nur mühsam seine Teile zusammen.

Beim Frühstück betrachteten Georg und ich ihn argwöhnisch. Er war damals etwa 15, und in dem Alter hatte er schon seine Geheimnisse vor uns Kleinen. Wir sahen zu Vater hinüber, was er sagen würde. Aber die Eltern schienen gar nichts zu bemerken. Vaterchen warf nur einen kurzen Blick auf seinen Ältesten, kniff die Augen einen Moment scharf zusammen und senkte dann den Kopf, um ein Schmunzeln zu verbergen.

Ein paar Tage später hörte ich in der Schule, wie ein paar der größeren Jungen sich erregt über eine Schlägerei unterhielten.

„O Mannchen! Dem hab' ich's aber gegeben!" prahlte der eine, „dem fiel ja die Nase fast aus 'm Gesicht!"

Ottmars Nase, dachte ich plötzlich, aber das konnte ja wohl nicht sein.

Ein anderer empörte sich: „War 'n doch unsere Höfe! Dammlich, die Gnossen! Brauchen sie sich nich' zu wundern, wenn wir ihnen eins auf 'n Dups geben, die dreibastigen Piesjahne!"

„Kann ich mir doch die Plautz vollärgern! Daß der ‚Bärenfang' entzweiging!" sagte der erste wieder. „Sonst hätten wir im ‚Grünen Jäger' mehr gehabt!"

Es mußte enorm aufregend sein, wenn man groß war. Wieder einmal wünschte ich mir nichts sehnlicher als endlich größer zu werden und die Abenteuer der Großen zu erleben.

Ein paar Jahre später zogen wir dann selber los, Daniel, mit dem ich inzwischen auf die höhere Schule nach Treuburg ging, Pawel, Fritz Kowallik und der dicke Joseph. Wir trabten in der Dunkelheit von Hof zu Hof, tüchtig vermummt. Unser Gesang klang sicher nicht sehr schön, da wir den Stimmbruch noch nicht ganz hinter uns hatten. Dafür sangen wir laut. Laut, das konnten wir.

Bei Skellkas klopfte uns das Herz, und natürlich guckte die hübsche Regina hinter ihrer Mutter aus der Tür, samt ihren kleinen Geschwistern. Bei Kowalliks öffnete Maria, die war fast so schön wie ihre Mutter Julie.

Meistens bekamen wir etwas, aber manchmal wurden wir auch übel empfangen und mußten uns vor einem Eimer kalten Wassers vorsehen.

Schlägereien gab es selten, höchstens wenn wir einem anderen fremden Trupp in die Quere kamen. Immer jedoch spielte der ziemlich weit entfernte Gasthof „Zum Grünen Jäger" an der großen Straße, die nach Treuburg führte, eine Rolle.

So wurde das „Schmackostern“ meistens tüchtig erwandert und ersungen und hinterher die restliche Nacht hindurch kräftig gefeiert.

Aber sei beruhigt: unsere Ostereier, die suchten wir auch. Natürlich keine aus Schokolade mit süßer Füllung und wer weiß was. Muttchen und Tante Luise färbten Eier mit Zwiebelschalen, darauf ritzten wir Motive und Verzierungen, kratzten Anfangsbuchstaben oder selbsterdachte Muster. Glaub' mir: unsere Ostereier sahen sehr hübsch aus, besonders die von Muttchen und Georg, die beide so geschickt im Zeichnen waren.

Die Eier suchten wir dann zwischen Muttchens noch winterlichen Blumenbeeten oder, wenn es zu kalt war, in der guten Stube.

Und dann hatten wir damals noch den Osterdienstag.

Keinem fiel es etwa ein, am Osterdienstag, auch bei noch so günstigem Wetter, mit der Frühjahrsbestellung zu beginnen. Denn dieser dritte war der größte Feiertag, wie man allgemein sagte, und er wurde überall als solcher eingehalten.

In den Wochen nach Ostern wurde es dann allmählich wirklich Frühling. Die Störche kehrten zurück und wurden überall freudig begrüßt. Eines Tages hörten wir den Kuckuck wieder rufen und standen still und horchten und zählten die endlosen Rufe. So viele Rufe, so viele Jahre, so endlos alt würden wir werden ...

Im Wald blühten die Leberblümchen, und dann blühten die Haselsträucher, und die Waldränder wurden hellgrün und weiß von Birken und Ebereschen.

Vielleicht war das die schönste Zeit, wenn plötzlich alles blühte und leuchtete, wenn die Weiden sich in goldgelbe Teppiche von Löwenzahn verwandelten, wenn die Wiesen von vielen Kräutern dufteten und in allen Farben blühten und die Bläulinge und andere Schmetterlinge darüber hinschwebten, wenn die Bienen überall herumsummten und die Lerchen nicht aufhörten, ihre Lieder zu trillern, und dabei hoch und höher in die blauen Lüfte stiegen.

Die Tage wurden länger, und der Himmel schien sich zu weiten und auszudehnen, schien mit jedem Tag blauer und unendlicher zu werden. Hoch oben kreisten die Bussarde bei ihrem Hochzeitsflug und ließen ihr stolzes „Kiä, kiä!“ erklingen, während unten auf den Koppeln die Fohlen galoppierend ihre Mütter umkreisten. Wir wurden nie müde, den Fohlen zuzusehen, wie sie ungelenk hoch in die Luft sprangen und dabei kräftig nach rückwärts ausschlugen. Sie waren wie wir, die Fohlen, voll Kraft und Begierde, wild und ungestüm, und sie genossen den Frühling, ohne nachzudenken, in vollen Zügen. Wir streiften durch die Wälder, liefen durch die Wiesen, die zartlila von Wiesenschaumkraut oder gelb von Sumpfdotterblumen waren, und fanden eine Menge an den Ufern der kleinen Teiche und Bäche zu tun und zu beobachten. Im Roggenfeld wucherten Winden, Kamillen, Kornblumen und Mohn, zwischen den Kartoffeln schossen Disteln und Melde aus der Erde.

Zu Pfingsten wurden Haus und Hof mit Birkengrün geschmückt, und wenn wir dann am Pfingstsonntag zur Kirche fuhren, hatten wir Ehrgeiz, auch unser Pferd Hans, Geschirr und Wagen mit Blumen und Grün hübsch herauszuputzen.

Siehst Du, nun sind wir in Gedanken schon fast mitten im Sommer. Aber vor meinem Fenster sinkt die Dämmerung. Und für heute laß es genug sein.

Bis zum nächsten Schabberstündchen,

Dein Großvaterchen

# *Ach, lieber Großvater!*

Du weißt ja, nun ist Tante Lonni gestorben.

Das macht mich trauriger als ich dachte. Immerhin hatte sie entsetzlich veraltete Ansichten und war so voll disziplinierter Energie, die sich schon ein Umfeld vor ihr eroberte, überall, wo sie auftauchte.

Erinnerst Du Dich? Sie ging ja nicht wie normale Menschen. Weder trippelte sie, noch schritt sie würdevoll oder wie auch immer, sondern sie schoß regelrecht auf einen zu, ihre Nase voran, daß wir als Kinder ein bißchen Angst vor ihr hatten und später zumindest Respekt.

Aber irgendwie gehörte sie am Rande immer zu meinem Leben. Und jetzt, wenn ich – zu spät natürlich – darüber nachdenke, weiß ich, daß sie uns geliebt hat und daß wir darauf vielleicht hätten mehr achten sollen.

Ach, Großvaterchen, mehr schreibe ich heute nicht. Es ist schon eine merkwürdige Sache, wenn Leute, die immer dawaren, plötzlich nicht mehr dasind.

Sieh zu, daß das mit Dir nie passiert! Hörst Du? – Das ist natürlich albern, aber im Grunde doch ernst gemeint, verstehst Du?

Liebe, traurige Grüße und einen Kuß

Dein Friedchen

# *Mein liebes Friedchen!*

Ja, über den Tod sind die Leute schon immer gestolpert. Seltsam, wenn jemand stirbt und man merkt plötzlich, daß man ihn gern hatte. – Ich hoffe aber, daß Du jetzt schon etwas darüber hinwegbist. Ja? Wie ist es damit?

Als ich Deinen Brief las, fiel mir ein, wie es war, als ich zum erstenmal bewußt den Tod miterlebte. Das war damals, als der alte Johann Amoneit starb. Das will ich Dir erzählen. Früher bei uns ging es nämlich sehr seltsam zu, wenn jemand starb.

Ich erinnere mich an einen Abend, als wir in der Schummerstunde zusammensaßen. Es war ein paar Wochen nach Ostern. Nachbars alte Anna, Daniels Großtante, redete leise mit meiner Mutter und Tante Luise am Ofen, während wir unter der Lampe bei den Schularbeiten saßen.

Der Tante Anna gingen wir sonst am liebsten aus dem Wege. Sie hatte eine erstaunlich herunterhängende Unterlippe und finstere Brauen. Ich glaube, sie lachte nie. Und jetzt war ihr vom Alter gekrümmter Nacken womöglich noch gebeugter und ihre rauhe Stimme noch rumpelnder als sonst.

„Amoneit", hörten wir sie, „vorige Woche schon. Jetzt wieder. Es wird immer schlimmer ..." Und nach einer Weile: „Jetzt haben wir sogar nach der Przygallik geschickt."

Den Namen hatte ich schon gehört. Es war eine alte Frau aus Schwanticken, vielleicht eine Heilige, dachte ich. Die Leute sprachen nie laut von ihr.

Tante Luise schüttelte streng den Kopf.

Muttchens Augen wurden weit, sie zog ihr Wolltuch fester um die Schultern.

„Vielleicht nützt's was."

„Ja", sagte Tante Anna und starrte meine Mutter bedeutungsvoll an, „sicher nützt's was!"

„Gottes Wege ...!" hörte ich Tante Luise murmeln. Sie stand auf und ging empört hinaus.

Mutterchen senkte den Blick auf ihre Näharbeit und rieb mit einer Hand angestrengt ihr Kinn. Das tat sie immer, wenn ihr etwas im Kopf herumging. „Weiß nich'", sie hob zweifelnd die Schultern, „man kann's ja versuchen."

Tante Anna rutschte noch näher an sie heran und redete leise und eindringlich auf sie ein.

„... nicht mehr lange, der Alte!" hörte ich.

Da saß ich und malte angestrengt meine Buchstaben. Und dachte, daß drüben der alte Johann Amoneit lag und es nicht mehr lange machte. Ich stellte mir sein breites Gesicht mit den geröteten Wangen und dem beachtlichen Doppelkinn vor, seine guten, hellen Augen unter den dichten Brauen und seine langsame, tiefe Stimme. Er war Daniels Großvater. Ich konnte ihn gut leiden. Er hatte uns manchmal zum Fischen mitgenommen, und am See unten hatte er mir einmal etwas über Angelhaken erklärt. Mir allein, ohne Daniel!

Und nun lag er also da, der Alte, und es ging ihm schlecht.

Sehr schlecht. Am nächsten Abend kam Daniel herübergerannt. Er klopfte ans Fenster und bedeutete mir hinauszukommen. Ich sprang auf.

„Komm mit!"

Wir rannten am eben grünenden Weizenfeld entlang und über die Wiese, die schon gelb von Löwenzahn war, setzten in der Dämmerung über den Zaun, und im Zickzack durch Nachbars Gemüsegarten.

„Die Przygallik ist da!" zischte Daniel.

„Was tut sie?" Ich dachte, sie würde wohl beten.

„Na, du Dämlack!" Daniel packte mich am Arm. „Sie ist bei Großvater. Er hat doch die Hexe im Bauch." Wir standen keuchend unter dem Zwetschgenbaum still. „Stöhnt und ächzt die ganze Zeit, du!"

„Die Hexe?" Ich schluckte gespannt.

„Nee, Großvater, du Dammelskopp! Die Przygallik kann das, hat Omchen gesagt. Sie ist doch – psst, hat sie gesagt – die Heilerin! Mit Hexen und sowas kann sie's!"

Daniel sah halb ängstlich, halb stolz aus. Seine gelben Strohhaare standen ihm zu Berge.

„Na und?" sagte ich. Bei uns wurden die Leute von allein gesund. Ärgerlich spuckte ich aus und traf genau auf einen Maulwurfshügel.

Wir schlichen ums Haus und kauerten uns unter das Schlafzimmerfenster. Es stand einen Spalt offen, aber die Gardinen waren zugezogen. Von drinnen kam leises, unregelmäßiges Stöhnen.

Daniel und ich sahen uns mit aufgerissenen Augen an. Ich entdeckte einen Spalt neben der Gardine, der im Luftzug mal schmaler, mal breiter wurde. Wortlos spähten wir ins Zimmer, Daniel zuerst. Aber er fuhr gleich zurück. Ich hielt ihm vorsichtshalber den Mund zu. Er durfte ja keinen Laut von sich geben. Oha, nu' war ich aber neugierig!

Da lag Daniels Großvater im Bett, halb aufgerichtet. Aber ich erkannte ihn kaum. Er war weiß im Gesicht und sein Mund und seine blauen Augen weit aufgerissen. Die Przygallik saß auf der

Bank an der Wand, aufrecht, die Hände auf die Knie gelegt. Uh, ich glaube, wenn ich Magenkrämpfe gehabt hätte, wären die beim Anblick dieses Weibes sofort geflüchtet! Sie hatte lange, zottelige Haare und schwarze Borsten auf der Oberlippe. Und sie war ganz allein mit dem Kranken.

Beugte sich jetzt dicht über den alten Amoneit und blubberte vor sich hin. Das war wohl ein Zauberspruch. Ihre langen Haare schleiften dem Kranken über die Brust, ich hörte das Weib blubbern und zwischendurch gähnen wie einen hungrigen Löwen. Dann hauchte sie den Alten an, gähnte erneut, hauchte wieder und atmete über den ganzen kranken Körper.

Daniels Großvater lag jetzt mit geschlossenen Augen da. Bestimmt hatte er die Besinnung verloren.

Daniel drängte mich von meinem Guckloch weg. Ich ließ ihn, denn schließlich war es sein Großvater. Er linste atemlos hinein.

„Aus!" flüsterte er nach einer Weile. Er starrte mich an wie ein Gespenst, dem die Augen fast aus dem Kopf fielen. „Siehst du, sie kann's!"

Aber ich zog ihn vom Fenster weg. „Sie geht! Komm schnell!"

Und wir galoppierten über die Blumen- und Gemüsebeete davon. Daheim krochen wir in den Kuhstall, wo man um diese Zeit seine Ruhe hatte. Außerdem war es warm.

Es gab nicht mehr viel zu sagen, wir hatten etwas gesehen, reden würden wir später.

Ich erzählte niemandem von diesem Erlebnis. Nicht einmal Georg erfuhr davon.

Abends wälzte ich mich lange schlaflos in meinem Bett. Das war noch nie vorgekommen.

Die Heilerin Przygallik war mir zu nahe gewesen. Jetzt meinte ich, sie schliche durchs Zimmer, ihre zotteligen Haare streiften meine Bettdecke und dann meine Wangen. Man konnte nicht so leicht mit ihr fertigwerden.

Ich kroch tief unter die Decke und lag ganz still. Aber schlafen konnte ich nicht.

Mir fiel ein, daß ich neulich nachts den Uhu gehört hatte. Morgens hatte ich Vaterchen gefragt, wer denn gestorben wäre. Aber Vater hatte gelacht. „Was? Totenvogel? Glaub' doch nicht so 'n Unfug!" Ich hatte gestaunt. Mein Vater war mutig. Ich hatte beschlossen, ebenfalls über „so'n Unfug" zu lachen!

Auch der Lehrer in der Schule hatte gesagt, die Eule wäre ein Nachtvogel, aber sonst nichts. Er war ein gelehrter Mann, der Sembritzki, wenn er uns auch schlug. Er glaubte auch nicht an solche Sachen. Wenn der Hofhund heulte, hieße das nicht, daß jemand stürbe, hatte er gesagt. Wenn der Waldkauz sein Kiwittkiwitt erschallen ließ, verkündete er nicht die Geburt eines Kindes! Wenn die Glucken brüteten, sollte man keine Schere gegen Taubheit der Brut danebenlegen! Bei Gewitter brauchte man keine Axt an die Hoftür zu stellen! Fiel ein Spiegel von der Wand, bedeutete das nicht sieben Jahre Pech auf dem Hof! Das alles sei Quatsch und was für alte Weiber! Wir staunten insgeheim. Und überlegten, ob der Sembritzki denn wohl jemals den schauerlichen Ruf des Uhus in der Nacht gehört hatte. Was konnte denn ein Fremder wie er von solchen Sachen wissen? Und mein Vater behielt seinen Mut wohlweislich für sich, das hatte ich gemerkt.

Auch in der folgenden Nacht schlief ich unruhig und hatte schreckliche Alpträume. Einmal war ich plötzlich hellwach. Das Zimmer war so stockfinster, daß man es ordentlich mit Händen greifen konnte. Jemand hatte geschrien, wußte ich. Und hielt den Atem an und lauschte.

Vielleicht war es nicht nötig, sofort mit dem Mutigsein anzufangen.

Dann hörte ich es. Ein lautes „U-hu-hu“ gellte schauerlich durchs Dunkel. „U-hu-hu-hu!“, ganz nahe.

Amoneit, durchfuhr es mich, jetzt ist er also gestorben, der alte Großvater.

Als ich das wußte, konnte ich weiterschlafen.

Ja, siehst Du, Marjellchen, der Aberglaube steckte tief in uns allen drin. Und er wurde auf Schritt und Tritt bestätigt und bestärkt.

Am nächsten Morgen spielten Daniel und ich vor Amoneits Stall mit dem jungen Hund, der braunes Fell und hinreißend blanke Augen hatte. Es war noch ganz früh. Wenn wir den Schulweg im Laufen zurücklegten, blieb uns noch Zeit für den Welpen.

Bei dem klappernden Geräusch der Fensterläden sahen wir auf. Warum wurden am frühen Morgen die gerade geöffneten Läden geschlossen? Daniel stieß mich an, seine blauen Augen wurden groß. Es waren die Läden von Großvater Amoneits Zimmer.

Natürlich hätten wir aufspringen und ins Haus rennen und fragen können. Aber wir wollten es nicht hören, nicht wissen! Alles in uns sträubte sich dagegen.

Wir saßen ganz still und sahen wie gebannt zu dem Fenster hinüber. Die Heilerin Przygallik war umsonst gekommen. Der Uhu hatte gerufen, und nun war Großvater Amoneit da drüben tot.

Und wir saßen vor der Stalltür, schweigend aneinandergekauert, und unsere Finger fuhren wie besessen durch das junge, struppige Hundefell.

Nach einer Weile steckte die alte Tante Anna den Kopf aus dem Küchenfenster. Sie schimpfte kein bißchen, obwohl es für den Schulweg, selbst im Dauerlauf, sicher schon zu spät war. Sie nickte uns nur sanft zu, wobei ihre Unterlippe noch weiter als gewöhnlich herunterzuhängen schien.

„Daniel, komm rein!“ rief ihre rumpelnde Stimme. „Und du, Jungchen, lauf zur Schule! Johann Amoneit ist gestorben.“

Da sprang ich auf, packte meinen Tornister, stolperte in eine Pfütze und trabte allein los.

Es war mir eigentlich gleichgültig, ob ich zu spät kommen würde. Selbst die unweigerlichen Prügel waren mir gleichgültig. Es gab etwas, worüber ich nachdenken mußte.

Die Veilchen und Leberblümchen dufteten am Waldrand, die Bienen summten emsig, und das schwarze Fohlen von Nachbar Ludin tollte mit staksigen Beinen unter dem weiten, blauen Himmel um seine Mutter herum.

Und ich stellte mir Großvater Amoneits helle Stube vor mit dem braunen Schrank, der Marmorplatte für Krug und Waschschüssel, dem ovalen Spiegel, mit dem Lehnsessel am Fenster und der gemütlichen Wanduhr. Die Uhr hatten sie nun angehalten, von ihr hörte man keinen Ton mehr. Der Spiegel war verhängt und blind, das Fenster geschlossen, und alles dunkel hinter den braunen Läden. Das Gesicht des Zimmers war ausgelöscht wie das Antlitz des Verstorbenen.

Die Sonne stieg strahlend über die Baumwipfel, Perlmuttfalter und Bläulinge tanzten über den Blüten am Wegrand. Wie konnten sie das tun, wenn Großvater es nicht mehr sah?

Es wurde ein einsamer und langer Schulweg. Etwas zog sich in meiner Brust zusammen, daß es wehtat. Ich war traurig und froh zugleich. Schließlich holte ich tief Luft. Meine nackten, braunen Füße in den Sandalen liefen den Weg von allein weiter, die Sonnenwärme brannte auf meinen Schultern, ich war froh über meine Augen, die sehen konnten, wie sich die Birkenzweige in den Windhauch schmiegten, und wie die Wolken weit oben vorüberzogen …

Gegen Mittag kam Karl Amoneit und bat meinen Vater, ihm beim Einsargen zu helfen.

Daniels Vater war ein großer, gewandter Mann mit durchdringend hellen Augen und energischem Kinn. Alle hatten sie Respekt vor ihm, aber er konnte auch herzlich laut lachen und gut mit den Leuten umgehen. Als ich ihn aber am Todestag seines Vaters sah, war sein Gesicht grau und seine Bewegungen tastend wie die eines Schlafwandlers oder als wäre er betrunken.

Zuerst sah mein Vater ihn etwas erschrocken an. Aber dann klopfte er ihm auf die Schulter. „Nu nu, Karl! Ja, ich komme." Denn das konnte er schlecht ablehnen. „Ja, es tut mir auch leid!"

Dann kramte er einen alten Rasierapparat mit neuer Klinge heraus, einen Pinsel und ein Stück Seife und ging mit.

Wir drei Jungen saßen am Küchentisch und beugten uns über unsere Schularbeiten, die heute gar nicht fertig werden wollten. Mutterchen saß mit ihrem Stopfkorb, der immer voller zerrissener Socken war, gegenüber. – Dabei wäre draußen genug zu tun gewesen jetzt im Frühjahr ... – Die Uhr tickte, wir schwiegen.

Nach einer ganzen Weile hörten wir meinen Vater über den Hof kommen. Ohne ein Wort zu sagen wusch er sich lange und umständlich die Hände mit Lysol-Wasser.

„Wo hast du die Seife und das Rasierzeug?" fragte Georg beklommen.

Mein Vater sah ihn eine Weile an, dann setzte er sich zu uns an den Tisch.

„Die Rasiersachen", sagte er und räusperte sich, „sind schon im Herdfeuer drüben."

Ottmars schmales Gesicht wurde blaß, und Georgs Augen wurden noch größer als sonst. Ernachen kam aus ihrer Ecke, wo sie am Boden gespielt hatte, und kletterte auf Mutterchens Schoß.

Vater berichtete. Seine Stimme funktionierte manchmal nicht richtig. Zunächst hatten sie den Verstorbenen rasiert und mit Essigwasser gewaschen. Dann zogen sie ihm seinen dunklen Anzug an, mit dem er zuletzt die Kirche besucht hatte. Sie bahrten ihn in der guten Stube auf. Weißt, Friedchen, Leichenhallen gab es auf den Dorffriedhöfen nämlich nicht. So wurde die gute Stube als Totenzimmer hergerichtet. Nur bei Platzmangel kam der Verstorbene manchmal auch in die Scheune.

Johann Amoneit wurde also in der guten Stube aufgebahrt. Sie legten ihm ein Gesangbuch in die gefalteten Hände und zupften an ihm herum, bis er richtig schön aussah.

Der Katafalk bestand aus zwei Holzböcken, die mit Tannengrün verblendet wurden.

So erzählte Vater. Und dabei sah sein hartes, wettergegerbtes Gesicht ehrfürchtig und fast verzagt aus. Das hatte ich noch nie gesehen.

Als es dunkel wurde, ging meine Mutter hinüber ins Trauerhaus. Sie sah fein aus in ihrem schwarzen Rock und machte mutige, kleine Schritte. Ich wußte, daß sich einige der nächsten Nachbarn um den Toten versammelten und Kirchenlieder sangen. Sie wechselten sich ab. Ich war stolz auf Mutterchen, die so schön und tapfer aussah.

Am nächsten Abend sollte Tante Luise gehen. Aber sie sträubte sich.

„Nein, Kinderchen, was glaubt ihr! In der Dunkelheit ...! Da falle ich ja über meinen Rock oder verlaufe mich!"

Vaterchen verbarg ein Schmunzeln. Wir wußten ja alle, daß Tante Luise im Dunkeln immer von Geistern umgeben war. Ganz und gar unbegreiflich, was die gerade von der guten Tante wollten! Aber es war eben so: alle dunklen Nächte hatten etwas gegen Tante Luise und zogen seit jeher sämtliche Geister um sie zusammen.

Unmöglich also, sie allein gehen zu lassen.

„Robert kann mit dir kommen!" bestimmte Vater.

„Ottmar soll auch ...!" begann ich mürrisch. Aber Vater duldete keinen Widerspruch. Außerdem hatte Ottmar noch zu lernen, er war ja schon auf der höheren Schule in Treuburg.

Mutig ergriff ich Tante Luises Hand. Wir marschierten über den Lehmweg, patschten in die Pfützen und lachten laut darüber. Die Dunkelheit machte mir wirklich nichts aus.

Als wir in Nachbars Diele traten, schlugen uns Kerzenduft und fremde Gerüche entgegen, so daß ich beklommen stehenblieb. Tante Luise zog mich jedoch ins Zimmer. Eine Menge dunkler Gestalten waren schon da versammelt: Daniels Eltern, seine Großmutter, die Tante und ein paar andere Nachbarn. Sie waren wie Fremde. Auch das Totenzimmer war nicht mehr Nachbars gute Stube, die ich kannte.

Dieses Zimmer war verdunkelt und umgeräumt und die Uhr schwieg.

In der Mitte stand der offene Sarg auf dem Katafalk. Zu beiden Seiten brannten hohe Kerzen. Ihr flackerndes Licht tanzte wie ein ungreifbarer Geist auf dem Gesicht des Toten. Auf Großvater Amoneits Gesicht.

Es war wirklich sein Gesicht, obwohl weder die Augenbrauen lustig in die Höhe zuckten, noch der Unterkiefer gemütlich einen Priem von einer Backentasche in die andere schob. Soviel ich auch blinzelte und ächzte, Großvater Amoneit war es nicht mehr. Nur sein Gesicht hatten sie da hingelegt.

Und, ach Gottchen, gerade jetzt bekam ich etwas in den falschen Hals. Ich japste verhalten, rang vergebens nach Luft und begann zu husten und zu keuchen. Da lag das stille, leere und lichtüberhuschte Gesicht und verschwamm vor meinen Augen ...

Die dunklen Gestalten hoben ihren traurigen Singsang und blickten mich vorwurfsvoll an.

„Ach, Jungchen, Jungchen!“ zischte Tante Luise und versuchte ihre Hand loszumachen. Aber ich umklammerte sie nur noch fester.

Wenn wenigstens Daniel dagewesen wäre! Aber ich erspähte ihn nirgends. Wahrscheinlich hatten sie ihn schon zu Bett gebracht.

Erst am nächsten Morgen sah ich ihn. Er lief stolpernd und hopsend vor mir den Schulweg entlang. Ich rannte, bis ich ihn eingeholt hatte und am Arm packte.

„He!“

Auch er war nicht mehr derselbe wie früher. Seine Strohhaare waren mit Wasser sauber gekämmt worden. Er brachte ein fast großartiges, aber doch jämmerliches Grinsen zustande. „Wollte nicht wieder zu spät kommen!“

Ich nickte zerstreut. Es gab Wichtigeres zu reden.

Aber nun steckte er die Hände in die Hosentaschen, reckte das Kinn und pfiff tatsächlich ein paar Töne vor sich hin. Ich sah ihn scheu von der Seite an. Und irgendwie brachte ich es nicht fertig, ihn nach all dem Wichtigen zu fragen. Wir trabten nur nebeneinander her und grinsten uns an.

Es war schon gut, den Freund nur neben sich zu haben.

Als wir das Schulhaus vor uns liegen sahen, rief ich ungläubig: „Sieh, die Sonne blinkt sogar aufs Dach!“ Das sollte Daniel ablenken.

Da stand er still und sah mich plötzlich richtig an wie früher.

„Morgen“, stieß er hastig hervor, „morgen holen sie ihn ab.“

Sein beschwörender Blick verbot mir jede weitere Frage. Ehe ich nachdenken konnte, hatte ich ihm auf die Schulter geklopft und zog ihn zum Schultor.

„Erst haben wir Geographie, nich’?“

Obwohl ich versuchte, Muttchen umzustimmen, mußte ich – wie wir alle – am nächsten Mittag nochmals mit in das Totenzimmer.

„Ich werd’ bestimmt wieder husten!“ sagte ich, „das stört doch nur. Außerdem war ich neulich schon da und habe ihn gesehen.“

„Alle kommen mit!“ sagte Mutter sanft und beharrlich, „sogar Ernachen. Das sind wir Johann Amoneit schuldig.“

Man wußte, was sich gehörte. Und das war wichtiger als persönliche Wünsche, Lust- oder Unlustgefühle. „Was sich gehörte“ umschloß auch meistens keine leere, sinnlose Geste. In diesem Fall war es für die Nachbarn hilfreich und ermutigend, sich in ihrem Verlust mit allen Lebenden des Dorfes verbunden zu fühlen. Das war wichtig, und wenn ein Lorbas wie ich sich einfach graulte, spielte das keine Rolle. Man lehrte uns beizeiten Selbstdisziplin. Ich glaube nicht, daß ein bißchen Selbstdisziplin in bezug auf Nächstenliebe und Toleranz schlecht war, was meinst Du?

Ich ging also mit. Wir gingen alle. In unserem guten, schwarzen Zeug mit sauberen Taschentüchern, sauberen Ohren und gekämmten Haaren.

„Heb' die Füße hoch!" sagte Vater, als ich im Staub hinter den anderen herschlurfte.

Ich rümpfte die Nase. Mir stanken die guten, schwarzen Röcke der Tante zu sehr nach Mottenkugeln.

Im Nachbarhaus drückte ich mich unauffällig hinter die breite Tante Anna, die an der Tür stand. Auf keinen Fall wollte ich das leere Gesicht des armen alten Amoneit noch einmal sehen! Aber Georg und Ottmar drängelten sich neugierig nach vorne, während Erna auf Muttchens Arm zu weinen anfing. Sie hatte Angst, weil es so dunkel im Zimmer war.

Die Kerzen brannten. Alle stellten sich um den Sarg und beteten gemeinsam das Vaterunser. In die rauhen, murmelnden Stimmen mischte sich leises Schluchzen. Das waren sicher Tante Luise oder vielleicht Daniels große Schwestern Katharina und Christina. Frieda Amoneit, Daniels Omchen, jedenfalls stand aufrecht wie ein Denkmal am Kopfende und wachte bis zuletzt mit schmalen, energisch betenden Lippen über ihrem Johann.

Anschließend wurden einige Choräle gesungen. „O Welt, ich muß dich lassen", „Jesu, meine Zuversicht" und noch andere. Dann ging eine Bewegung durch die Leute, der Sarg wurde angehoben und hinausgetragen.

Sofort kippte Lene, Daniels Mama, die Holzböcke um, die als Katafalk gedient hatten. Das mußte man nämlich machen, damit nicht sobald der nächste Angehörige darauf aufgebahrt würde.

Ich war hinter die Tür geschlüpft und hatte mit großen Augen alle an mir vorbeigehen lassen.

„Mach die Fenster weit auf, Lene!" sagte Tante Anna. Aber die Kerzen durften nicht ausgeblasen werden. Sie flackerten aber jetzt im Luftzug. Die frische Luft tat gut. Abends sollte hier der Leichenschmaus stattfinden.

Ich schlüpfte hinaus. Eben hoben sie den Sarg auf den Wagen. Es war ein umgebauter Ackerwagen. Davor hatte Karl den alten, geduldigen Braunen gespannt sowie den Schecken vom Nachbarn. Das waren beides Wallache. Stuten durften nämlich keinen Leichenwagen ziehen, weil man wußte, daß sie sonst keine Nachzucht mehr bringen würden.

Na, die Fahrt zum Friedhof in Schwanticken will ich Dir ersparen, Marjellchen. Es war ein herrlich blauer Frühlingstag. Darüber wunderte ich mich. Der Herrgott mußte doch wissen, daß der alte Amoneit gestorben war. Aber die Vögel krakeelten durch den Wald wie jeden Tag, die Bienen summten, die Birkenstämme glänzten in der Sonne, die Getreidefelder lagen in zartem Grün hingebreitet, und oben am weiten, blauen Himmel schaukelten weiße Wölkchen vor dem Wind. Vielleicht war das zu Ehren des Verstorbenen und uns zum Trost gedacht.

Am offenen Grab hatte Lehrer Sembritzki alle seine Schülerchen – Daniel und seine Schwestern diesmal ausgenommen – in musterhafter Ordnung aufgebaut. Wir sangen die Choräle, so gut wie wir sie eben gelernt hatten. Das war so üblich. Alle Frauen begannen zu weinen, auch das gehörte dazu.

Auf der Heimfahrt wurde der Wind beachtet.

Ottmar streckte prüfend den feuchten Finger in die Luft, und Georg, der neben mir auf dem Wagen saß, faßte meine Hand und machte große Augen. Es konnte immerhin sein, daß der Wind von Amoneits Hof in Richtung Friedhof wehte. Das wäre ein Unglück gewesen. Es hätte bedeutet, daß der Verstorbene, der ja der Altbauer und Hofbesitzer gewesen war, allen Wohlstand aus der Wirtschaft zu sich unter die Erde zog. Man mußte sich also auf ein Unglück nach dem anderen gefaßt machen.

Auch Muttchen bog den Kopf zurück und betrachtete aufmerksam die Richtung der hohen Wölkchen. Wir hofften, daß der Wind vom Friedhof zu unseren Höfen hin wehen würde, das wäre ein gutes Zeichen. Der Verstorbene schickte dann mit dem Wind sein ganzes Wohlwollen der Wirtschaft zu.

Diesmal war die Windrichtung schwer auszumachen. Es schien schräg von der Seite zu wehen und also die Bedeutung nicht recht klar zu werden.

Daniel drehte sich im Wagen vor uns herum, legte die Hände an den Mund und schrie etwas herüber.

„Von schräg hinten! Sagt Papachen!“

Wir atmeten erleichtert auf. Karl Amoneit, Daniels Vater, war ja ein tüchtiger Mann. Man konnte glauben, daß er auch mit dem Wind Bescheid wußte. Wir hofften, daß er recht hatte. Und ich kann mich auch eigentlich nicht an irgendwelche schweren Schicksalsschläge nach dem Tod des Alten erinnern. So sorgte Johann Amoneit noch aus dem Grabe heraus für seine Familie.

Am Abend fand der Leichenschmaus statt.

Alle Beteiligten versammelten sich in der guten Stube. Morgens hatte hier noch der Tote gelegen, aber nun erkannte man wieder, daß es eigentlich die Stube war. Allerdings roch es noch etwas merkwürdig, fand ich. Aber das war wohl nur das Gemisch all der guten Dinge, die gleich aufgetischt werden sollten.

Über den Schränken hingen die Leintücher, mit denen der Sarg in die Gruft hinabgelassen worden war. Und auf einem kleinen Tisch in der hinteren Ecke brannten immer noch die Totenkerzen, die nicht ausgepustet werden durften, sondern restlos herunterbrennen mußten.

Es war ein anstrengender Tag gewesen. Deshalb konnte man sich nun wohl erstmal ein gutes Schluckchen genehmigen, meinten die Männer. Sie prosteten Karl zu, der ab morgen die Nachfolge des Verstorbenen als Familienoberhaupt antreten würde.

Allmählich wurden die Stimmen lauter. Karl lehnte sich in seinem Stuhl zurück und lächelte erleichtert. Er schlang meinem Vater den Arm um die Schulter. „Dank dir, Fritz!" Sie nickten sich zu, hörten nicht auf, sich gegenseitig auf die Schultern zu hauen und leerten ihre Schnapsgläser in einem einzigen Zug.

Ich sehe mich selbst noch immer mit hinter dem Rücken verschränkten Armen an der Wand stehen und das Zimmer mit den Augen absuchen. Natürlich sah ich nichts von ihm, aber mir war ganz so, als sei Johann Amoneit noch hier. Irgendwo im Zimmer, irgendwo zwischen den Männern. Auch er hatte den Schnaps nie verachtet und war dann laut und fröhlich geworden.

Daniel zupfte mich am Ärmel. Ohne ein Wort stahlen wir uns hinaus und rannten zu unserem Platz hinter der Scheune. Aber gerade als wir es uns bequem machen wollten, rief Ottmar vom Hof aus nach uns. Wir sollten zum Essen kommen.

Essen und Trinken, das war bei den Erwachsenen immer die Hauptsache. Aber als ich drinnen all die leckeren Sachen auf dem Tisch sah, wurde ich sofort hungrig.

Jeder stellte sich vor einen Sitzplatz, und Frieda Amoneit, Daniels Omchen, sprach ein Tischgebet. Am Kopfende des langen Tisches hatte man ein Gedeck für den Verstorbenen aufgelegt und mit Tannengrün garniert. Dazu rückte man auch seinen Lehnstuhl.

Denn dies war nun die Abschiedsfeier für den bisherigen Hausherrn. Dem Toten zu Ehren hatte Karl sogar ein Schwein geschlachtet. Also bog sich der Tisch förmlich unter der Last der Speisen, und in Küche und Kammer türmte sich der Nachschub. Da gab es Berge von Schweinefleisch, Sülze, Gelee, Schinken, Wurst, dazu Brot, eingemachte Gurken und Gemüse, Quarkkäschen mit und ohne Kümmel und andere Arten von Käse und Kartoffeln natürlich und überhaupt alles, was Keller und Speisekammer hergaben!

Wir alle konnten, wenn es sein mußte, gewaltig viel essen. Jetzt, nach der Anstrengung, mußte es unbedingt sein, und alle langten gleich ordentlich zu. Nach einer Weile mußte das Essen mit einem Schnäpschen ins Rutschen gebracht werden, und daraufhin konnte man sich getrost wieder neu den Teller füllen.

Mein Vater hatte sich wohlweislich so weit wie möglich von Muttchen weggesetzt. Ich sah ihn hinten unter den Ahnenbildern mit dem alten Gustav Ludin eifrig schabbern. Ludins hatten die mageren Fischrechte am Seechen gepachtet und besaßen etwas mehr Land als die übrigen Nachbarn. Sicher besprachen die Beiden nun die Vorteile der neuen Erntemaschine, die Gustav Ludin sich gerade gekauft hatte.

Die Gläser der beiden wurden immer schnell leer. Vaterchen hatte rote Ohren. Er demonstrierte Gustav etwas mit weit ausholenden Gesten. Als er plötzlich seine Faust auf den Tisch donnern ließ, fuhr Daniels Mutter Lene in die Höhe wie das andere Ende einer Wippe. Frau Amoneit war kräftig und allerhand gewöhnt, aber heute hatten die vielen Pflichten sie wohl etwas erschöpft. Sie machte einen kerzengeraden Rücken und holte tief Luft, bevor sie gutmütig und breit in die Runde lächelte.

Die Schnapsflasche kreiste unermüdlich. Auch Karl Amoneits Gesicht sah angestrengt aus. Er blickte bedächtig von einem Gast zum anderen und kaute lange an jedem Bissen herum.

Muttchen unterhielt sich leise mit Julie Kowallik, genannt „die schöne Julie“. Die beiden waren befreundet und hatten sich natürlich nebeneinandergesetzt. Ab und zu warf Mutterchen einen abschätzenden Blick zu ihrem Mann hinüber. Ich meinte, ihr Gesicht würde jedesmal etwas blasser. Einmal fing mein Vater ihren Blick auf, lächelte siegessicher und warf ihr eine liebevolle Kußhand zu.

Etwas Kopfzerbrechen bereitete mir der Bauch von Ludwig Rudanski. Herr Rudanski sah in seiner schwarzen Hose, die er ja nur sonntags anziehen mußte, erschütternd eingeengt aus. Oberhalb des tiefsitzenden Hosenbundes trat Ludwig sozusagen beträchtlich über die Ufer. Er hatte einen ausgleichend wiegenden Gang entwickelt, mit Hilfe der etwas abstehenden, in die zu enge Jacke gezwängten Arme behielt er das Gleichgewicht. Als er sich vorsichtig auf eine Stuhlkante niederließ, krachten dennoch die Nähte nach dem reichlichen Genuß der Speisen. Ich bangte, daß der Stuhl unter ihm zusammenbrechen würde. Aber er hielt, solange Rudanski sich nicht allzu stürmisch darauf bewegte.

Ich mochte ihn nämlich gut leiden, den Nachbar Rudanski. Sein fast kahler Graukopf verlor fast nie seinen gutmütig-lustigen

Ausdruck, nur wenn er das Gesicht über den Teller senkte, ließen die geröteten Wangen und das füllige Doppelkinn manchmal einen besorgten Zug erkennen.

Erstaunlicherweise verschlang er eine Menge Sülze und Schinken und schüttete den Schnaps nur so in sich hinein. Nach einer Weile rötete sich seine Nase. Ab und zu wischte er sich mit einem karierten Taschentuch den Schweiß von der Stirn, während er andererseits nie das angeregte Plachandern mit Jakob Skellka vernachlässigte.

So ein Essen kostete immer einige Anstrengung. Das fand sicher auch Familie Skellka, die mit ihren zahlreichen Kindern vollzählig anwesend war. Die Skellkas hatten es mit ihrem bißchen Land und den zahlreichen Mäulern, die zu stopfen waren, besonders schwer. Aber Jakob und seine Sophie schafften mit Hilfe der größeren Kinder von früh bis in die Nacht, waren sparsam und tüchtig. Sicher steckte Lene Amoneit der Nachbarin Skellka nachher eine Menge guter Reste in die Taschen. Jakob Skellka war ein kleines Mannchen mit dünnem Hals, das genaue Gegenteil von Rudanski. Aber nun hatten beide ihr gemeinsames Vergnügen und ihre Mühe mit dem schönen Essen.

Plötzlich fiel mir Großvater Amoneit wieder ein. Alle taten so, als säße er auf seinem gewohnten Stuhl am Kopfende des langen Tisches. Aber der Stuhl war leer. Da schlich ich mich hinaus.

Hinten auf dem Hof spielten die Nachbarskinder. Georg und Jochen Lobotka hauten und zergelten sich, der lange Fritz Kowallik, Daniel, Pawel, auch Ottmar und sein Freund Richard Ludin rissen die Mädchen an den Schürzenbändern und Haarschleifen, daß sie kreischten. Dann hielten sie sich aber immer schnell die Hände vor den Mund, denn heute durften sie nicht so laut sein.

Georg rief mich, ich sollte mitmachen. Aber ich hatte keine Lust zum Schabernack.

In der Dämmerung rannte ich zum See hinunter.

Ich kroch oberhalb des Ufers durch die Himbeerranken und setzte mich auf meinen Lieblingsplatz unter der Urkiefer. Wohin sonst? Kein anderer Platz kam jetzt in Frage. Die Urkiefer war so groß und so unendlich alt, vermutlich älter als Großvater Amoneit.

Die Sonne stand schon dicht über dem Wald. Eine Bahn aus Lichtpunkten zitterte auf dem Wasser. Ich schloß die Augen halb und sah nur noch diese Lichtflecken, die wie Bilder eines Kaleidoskop tanzten und vielfarbige Muster auf das bewegte Wasser malten.

Ich saß da lange und wußte nicht recht, was mit mir los war.

Eines Tages hatte Großvater Amoneit mir diesen Platz gezeigt. Es war an einem Sonntagabend im letzten August gewesen. Wir hatten hier gesessen und über Angelhaken geredet. Ein Abend hinter dem mückenübertanzten Seegrün, ohne Daniel, ohne sonst jemanden, nur mit uns beiden – lautlos und unvergeßlich.

So wie wir beide damals, so wie ich jetzt, so hatte jeder seinen Platz zum Alleinsein.

Der See glänzte wie Muttchens Kristallschale, die sie heute aus den Tiefen des Schrankes hervorgesucht und Nachbarin Lene geliehen hatte. Wegen des Leichenschmauses für Großvater Amoneit ... Der Kristallglanz lag in glitzernden Spiegeln über dem Wasser. Aber nur in der Mitte. Die Ufer drüben lagen im dämmernden Dunkel der Erlenschatten und der gebeugten Weide von Lobotkas Wiese. Mein höher gelegener Platz war noch beleuchtet, heller und warm, und das war gut so.

Automatisch fuhren meine Finger in die Hosentasche nach meinem Messer. Denn überall gibt es Holz, das man betrachten und befühlen muß. Ganz von selbst entsteht etwas daraus. Mit dem Messer holt man Bilder und Figuren aus dem Holz.

Aber heute hatte ich meine gute Hose an. Und darin war leider nur ein sauberes Taschentuch, aber nichts Nützliches. Also saß ich ohne Messer da auf Großvater Amoneits und jetzt meinem eigenen Platz. Saß da, ziemlich lange, und merkte, daß ich traurig war.

Als ich wieder hineinging, war es wohl schon spät. Sicher gegen elf Uhr nachts. Daniels Mutter und die alte Tante Anna waren dabei, den Tisch noch einmal besonders reichlich zu decken. Tante Anna, schwitzend und rotwangig, hatte die ungewohnten, beengenden Schuhe ausgezogen und lief barfuß wie gewöhnlich.

Das sollte nun also das Abschiedsessen für die Gäste und den Geist des Verstorbenen werden, dessen Gedeck natürlich noch immer auf dem Tisch stand. Ich glaube, man nannte es Schweinsvesper.

Alle langten noch einmal tüchtig zu. Auch ich hatte wieder Hunger. Georg und Ernachen sah ich nirgends mehr. Sicher waren sie bereits von Muttchen schlafen gelegt worden. Ottmar hatte sich mit Richard Ludin in eine Ecke verzogen und flüsterte mit ihm. Die beiden waren dicke Jagdfreunde.

Daniel hockte noch tapfer auf seinem Stuhl neben dem uferlosen Onkel Ludwig. Ich zwinkerte meinem lieben Freund ermunternd zu. Aber er plierte halb träumend geradeaus und war sehr blaß.

Plötzlich gab es ein Stühlerücken. Es war Mitternacht. Geisterstunde.

Alle erhoben sich von ihren Plätzen.

„Steh auf!" sagte Muttchen, denn ich war vor Schreck sitzen geblieben. Sie zog mich hoch.

Karl Amoneit räusperte sich. Er begann mit lauter Stimme zu beten.

Alle fielen ein. Es war ein besonders feierlich gemurmeltes Gebet.

Dann wurde es ganz still.

Daniel schwankte.

Ganz still.

„Geist!" klang es laut und feierlich. So wurde der Geist des Toten angesprochen. „Geist! Du hast nun genug gegessen und getrunken. Du mußt jetzt heim in Dein Reich gehen!"

Links und rechts neben dem leeren Stuhl des Verstorbenen saßen mein Vater und Martin Kulessa als seine nächsten Nachbarn. Die beiden taten so, als faßten sie Johann Amoneit unter die Achseln. So, mit dem Geist zwischen sich, gingen sie hinaus. Langsam wanderten sie über den Hofplatz und durch den Garten, wobei der halbe Mond ihnen vom kalten, klaren Frühlingshimmel leuchtete. Die erste Grenze – denn die Grenzen waren nun das Entscheidende! – war wohl der Gartenzaun. Da bekam Kulessa Schwierigkeiten mit seinen langen Beinen und mußte den Geist kurze Zeit loslassen. Dann querten sie die Wiese und kamen an Rudanskis Acker. Auch Kulessas Wiese erreichten sie glücklich ohne weitere Zäune und Hindernisse. Nur einmal trat Vaterchen in ein Erdloch und stolperte und verknackste sich den Knöchel. Etwas humpelnd bugsierte er den Geist und den stangenlangen Kulessa am Kartoffelfeld entlang zum Waldrand. Da kam an Amoneits Flurgrenze wieder ein Zaun. Kulessa kämpfte um sein Gleichgewicht und gelangte schließlich erfolgreich über diese vierte Grenze.

Vom Hofplatz aus konnten wir die beiden nun nicht länger beobachten. Daniel und ich sprangen die Bodentreppe hinauf. Aber auch von da oben konnten wir niemanden erkennen auf die Entfernung. Die beiden Nachbarn führten Amoneits Geist wohl zwischen den Feldern über die nächste, nämlich unsere – Kohsareks – Grenze und dann die Wiese hinauf auf den Weg, der unser Land von dem Jakob Skellkas trennte. Der Weg war verschlammt um diese Jahreszeit, wußten wir. Dann, so erzählte Vaterchen später, wankten sie den schmalen Pfad abwärts über die vorletzte Grenze an Lobotkas Seeufer. Unweit der Urkiefer also führten sie Johann Amoneits Geist zwischen Erlen und Schilf auf den Seesteg hinaus.

Sieben Grenzen sollten es sein. Und nun waren sie über die siebente Grenze, die Uferlinie gekommen. Dort verabschiedeten sie sich von dem Geist mit einem Gebet. Dann ließen sie ihn stehen und kamen ohne ihn zurückgewandelt. Sie durften sich nicht umsehen. Gingen links und rechts des schlammigen Weges, und Martin Kulessa schwankte heftig unter dem halben Mondlicht. Sie nahmen jetzt den nächsten Weg über unseren Hofplatz. Als Kulessa fast gegen einen unserer Pflaumenbäume gelaufen wäre und sich danach zwischen den Möhrenbeeten verhedderte, faßte mein Vater ihn unter. Gemeinsam schafften sie den Rückweg.

Aber es waren noch nicht alle Pflichten erfüllt.

Wir alle folgten Karl Amoneit wieder hinein. „Fritz? Martin?" fragte er.

Aber der lange Kulessa war von dem Gang sehr erschöpft, er saß in einem Sessel und schnarchte mit offenem Mund.

Ludwig Rudanski mußte einspringen. Gemeinsam mit meinem Vater und Karl Amoneit stellte er sich um den Lehnstuhl des Verstorbenen. Sie sahen sich ernsthaft an, nickten langsam und hoben den Stuhl hoch. Sie trugen ihn durch den Flur und traten hinaus. Im Mondschein schleppten sie den Lehnstuhl über den Hof zur Einfahrt. Erst draußen vor dem Tor stellten sie des Toten Stuhl ab. Der Geist Johann Amoneits hatte jetzt nicht mehr auf dem Hof zu bestimmen. Man setzte ihm den Stuhl vor die Tür. Karl Amoneit war nun Familienvorstand und Hofbesitzer.

Alle Nachbarn schüttelten ihm die Hand. Sie wünschten ihm Glück und bedankten sich für den Abend. Karl hatte natürlich auch zu danken. Und dann endlich konnten alle zufrieden auseinandergehen. Diese Nacht hatten sie gut hinter sich gebracht.

Mein Vater nahm mich an die Hand, wir stiefelten gemeinsam über die taufeuchte Wiese. Der halbe Mond wanderte lautlos durch den klaren Nachthimmel. Sein Licht rieselte über die schlafende Birke auf unserem Hofplatz. Ich überlegte, ob der Mond wohl wüßte, was die veränderte Zukunft mit uns vorhätte.

Ein paar Tage später hörte ich vor der Küchentür draußen Bruchstücke einer Unterhaltung. Meine Mutter, die gerade eines der großen Bettlaken auf die Leine in die Morgensonne hängte, schabberte mit der alten Tante Anna. Die trug den Eierkorb, denn alle Nachbarn holten sich frische Eier bei uns.

Ich schlüpfte mit dem Schultornister aus der Tür. Tante Anna strich sorgenvoll ihre Schürze glatt und sagte: „Nein, Gott behüte, noch gar nuscht! Hoffentlich keins der Huhnchens! Ich kümmer' mich schon besonders drum."

Siehst', Marjellchen, nu' schüttelst Du wohl wieder den Kopf. Aber ich verstand es damals auch nicht. Abends fielen mir ihre dunklen Worte wieder ein, ich fragte Muttchen, was die alte Anna denn gemeint hätte. Auch meine Brüder spitzten die Ohren.

Mutter lachte nicht. Setzte sich zu mir auf die Bettkante und druckste erst so'n bißchen herum.

„Dein Vater hält es natürlich für Blödsinn", sagte sie schließlich, „aber man kann's ja nich' wissen ... Bei Amoneits warten sie jetzt drauf, was für'n Stück Vieh eingeht."

„Warum soll's denn eingehen?" fragte Georg erstaunt.

„Natürlich soll's nich'! Aber es stirbt immer mal eins. Wenn's nu' 'n Pferd is' oder 'n Rind, dann wär's nich' schlimm ..."

„Na!" protestierte ich, „'n Pferd oder'n Rind? Nicht schlimm? Hör mal!"

Mutterchen war zwar keine richtige Bäuerin, sondern von Beruf Schneiderin, aber etwas mehr Verstand hätte ich ihr schon zugetraut.

Aber sie schüttelte den Kopf. „Stirbt jetzt 'ne Kuh oder ein Pferd als erstes nach dem alten Amoneit, dann könnten sie sich noch trösten. Aber wenn's 'n Huhn is', dann bedeutet das Unglück."

„Warum?"

„Die Federn", murmelte meine Mutter, „wie die Federn vor dem Wind muß dann die ganze Wirtschaft auseinanderfliegen."

Das spukte mir natürlich durch den Kopf. Einerseits, sagte ich mir, hält mein kluger Vater so ein Zeichen für Unsinn. Andererseits malte ich mir in den grausigsten Farben das Auseinanderfliegen oder den Untergang des Hofes Amoneit aus. Konnte Karl nicht jeden Tag etwas zustoßen? Der lahme Heinrich bei Ludins fiel mir ein, der vom Dach gefallen war und nun nichts mehr ausrichten konnte. Es gab auch Krankheiten genug, die Mensch und Tier blitzschnell dahinraffen konnten. Oder wenn sie drüben Streit bekamen, richtigen Streit, so daß Karl seine Familie verließ? Und schließlich fielen mir Explosionen ein. Davon hatte der schlaue Sembritzki erzählt.

Am Morgen, als ich Daniel zur Schule abholte, ging sein Vater über den Hof. Er sah so richtig schön stark und groß aus. Ich atmete erleichtert auf.

Aber auf dem Schulweg, als wir mitten in Ludins Birkenwäldchen waren, fragte ich Daniel doch: „Sag' mal, wie geht's euren Hühnern?"

Daniel riß die Augen auf. „Den Hühnern? Wie soll's denen schon gehen? – Aber hast du selbst vielleicht 'n Doktor nötig?"

Anscheinend wußte der arme Daniel nicht, wie katastrophal sich gerade jetzt ein totes Huhn auswirken würde. Ich hielt meinen Mund.

Aber insgeheim sperrte ich Augen und Ohren auf. Nach ein paar Wochen kalbte eine von Amoneits Kühen nachts draußen am Moor und bekam Zwillingskälbchen. Eines davon fand Karl am nächsten Morgen tot. Es war einen Abhang hinuntergekollert und im Moor ertrunken.

Als Daniel mir das mit traurigem Gesicht erzählte, sprang ich in die Höhe und lachte. Ich konnte nicht anders.

Mein Freund sah mich erschrocken an und dachte wahrscheinlich wieder an den Doktor für mich.

Aber ich fiel ihm fröhlich um den Hals. „Ach, Amoneitchen! Was ist schon ein Kälbchen! Ihr habt doch noch mehr davon. Stell dir vor, es wäre ein Huhn gewesen!"

Liebes Friedchen, nun können wir wohl aufatmen. Jetzt hab' ich Dir viel von unseren Toten-Gebräuchen erzählt. Über manches wirst Du wohl staunend, verächtlich oder lächelnd den Kopf schütteln. Ja, es war eben eine andere Zeit. Und Begebenheiten, die Dir heute lachhaft scheinen, waren für uns damals etwas Besonderes.

Du darfst auch nicht vergessen, daß wir Tag für Tag und Jahr für Jahr auf unserem lieben Fleckchen Erde dahinlebten. Wenn jemand mal in die Hauptstadt kam, war es schon etwas ganz Besonderes. Aber weiter als bis nach Königsberg wagte gewiß keiner zu denken. Alles, was etwa aus anderen Teilen Deutschlands erzählt wurde, klang uns kaum anders als die Sagen und Märchen der Großeltern. Nichts war um uns wirklich als Wälder, Seen und Himmel tagaus, tagein. Da wußten wir ganz gewiß, daß der einzelne Mensch vor der Übermacht von Natur und Zeit und ihren Schicksalsschlägen sehr wenig bedeutet. Wind und Hagel, Sonne, Ungeziefer und Krankheiten hatten hauptsächlich das Sagen, wir selbst dagegen sehr wenig. Also schien uns vieles, was geschah, bedrohlich, weil wir nicht so ohne weiteres damit fertigwurden. Wir hatten den Glauben, der uns eine Stütze war, und ebenso hatten wir den Aberglauben. Beides machte uns demütig.

Es ist spät geworden, einen Gute-Nacht-Kuß für heute, Marjellchen,

Dein Großvaterchen

# *Mein lieber Großvater!*

Jetzt kenne ich mich gar nicht mehr aus.

„Andi hat schon wieder 'nen neuen Computer geschenkt bekommen!" sagte Thomas neulich.

„Wer ist Andi?" fragte ich und überlegte, welchen seiner Kollegen im Büro er diesmal meinte.

„Weil der alte zu primitiv war", fuhr Thomas fort, „und sein Walkman taugt nichts mehr, schon kaputt! – Andi? Na, der Junge von meinem Cousin, weißt du?"

„Ach so", sagte ich, „ist der nicht noch klein?"

„Nee, nee! Acht geworden neulich!"

„Ach so! Fast erwachsen, wie?"

Thomas grinste. „Wir besuchen sie mal."

Das taten wir.

Andi war schmal und braungebrannt, sein Gesicht frischgewaschen unter dem strohblonden, gekämmten Haarschopf und seine Augen so blau wie der Sommerhimmel. Hinreißend! Er schielte so bescheiden und ohne ein Wort nach meiner Handtasche, daß ich sofort die Schokolade herauszog.

„Du magst doch Schokolade?"

„Och, es geht. Crispis und Schokkis sind besser. Aber die kennst du wohl nicht."

„Nein."

„Echt super! Naja, kauf' ich sie mir eben selber."

Ein Junge mit Augen wie Himmelblau – hinreißend! Und gerissen!

„Die Kinder haben soviel Süßigkeiten heuzutage", sagte seine Mutter entschuldigend, „immer was Neues!"

Ein ganz und gar selbstbewußter, gerissener Bengel, sag' ich Dir!

Kann mit Dir über Fußball diskutieren, – wenn Du Bescheid weißt. Betet Dir sämtliche Fernsehserien herunter – wenn Du so klug bist, ihn nicht nach den Kindersendungen zu fragen. Nennt Dir die Hauptdarsteller der Western- und Horrorfilme und geht nie ohne seine Wasserpistole aus dem Haus. Kann Dich auch aufklären, wenn Du willst. Und wenn Du einiges vertragen kannst, setzt er Dir haargenau auseinander, wie man in 'ne Bank einbricht. Ein fast unheimlicher Bengel!

Sah uns nachsichtig an und lächelte sein himmelblaues Lächeln.

Bevor wir gingen, fragte ich ihn: „Na, und was wünschst du dir – außer Crispis und Schokkis natürlich – zum nächsten Geburtstag?"

Er zuckte die Schultern. „Och, das krieg' ich ja doch nicht."

„Was denn?"

„'n Pferd – oder zwei. Und 'ne richtige, alte Burg im Wald. Eine, die noch kein Mensch entdeckt hat, wo man alle Wiesen betreten darf und rumklettern, wo man will und so. – Ist doch blöd – krieg' ich ja doch nicht!"

Wie gesagt: ich kenne mich nicht mehr aus. Was sind das für Wünsche?

Wünsche nach Raum, nach Freiheit, nach unbeobachteten Abenteuern, nach phantastischen Erlebnissen. Ist das nicht das, was Kindheit überhaupt bedeutet? Süßigkeiten hat er genug, der Andi. Und sonst? Abenteuer? Nur im Fernsehen. Ist ein hinreißender, gerissener, ein bißchen unheimlicher Bengel zum Liebhaben.

Ich glaube, Du würdest ihn mögen.

Lieber Großvater, was hattest Du denn für Wünsche früher? Kannst Du Dich noch daran erinnern? Ich wette, Du warst auch ganz schön gerissen!

Und zum Liebhaben!

Das tut mit vielen Grüßen

Dein Friedchen

# *Meine liebe Marjell!*

Weißt', ich hab' doch gelacht über Deinen Brief!

Du schriebst von dem Lorbas, dem Andi, und warst so entrüstet und hilflos. Wie meine Tante Anortha, wenn sie früher zu uns zu Besuch kam.

Diesen Andi würde ich gern mal kennenlernen. Und ihm was vorschabbern. Oder was zeigen, vielleicht Holzschnitzen. Oder ich würde mit ihm etwas weiter durch den Wald laufen zum Jagen und Fischen, da, wo wir's dürften. Das wäre bestimmt was für ihn. Vielleicht braucht er mehr Platz und Ruhe, mehr Arbeit, Aufgaben draußen oder so etwas. Etwas aus der Wirklichkeit. Nur in der Wirklichkeit kann er doch lernen und sich bewähren. Und kann daran froh werden. Jagen und Fischen also, daran dachte ich. Aber, natürlich: wo sollten Jungen aus der Stadt das tun? Wird's an der heutigen Zeit, an der heutigen Enge scheitern? Freizeit haben wir immer mehr, aber Freiraum, wirklich freien, von keiner Behörde verplanten Raum, – ja, damit wird es leider immer schwieriger. Was meinst Du? Denkst Du jetzt an Freizeitparks? Sind genau geplant. Vorprogrammiert. Kaum Platz, richtige Phantasie zu entwickeln. Oder doch? Schon die Zeit dahinzufahren muß ja geplant werden. Geplante Spielzeit. Widerspricht sich das nicht? Weißt du was anderes? Wir hatten es gut früher. Wir konnten fischen und jagen.

Ostpreußen – besonders Masuren –, so sagt man, ist das Land der Seen und Wälder.

In dem winzigen, wenn auch lieblichen Seechen zwischen unseren Höfen gab es nur ein paar unbedeutende Fischchen. Aber manchmal spazierten wir sonntags am Ufer des Laidener Sees entlang, und da sah ich zum erstenmal Hechte springen. Das war etwas! Wir mußten uns etwas einfallen lassen ...

Bald darauf schossen wir auf sie mit Katapulten, und manchmal erwischten wir einen. Aber es war nichts Dolles, fand ich, wirklich nichts, was einen zufrieden und glücklich machte, diese Kinder-Fischerei. Die meisten Hechte blieben dabei am Leben. Es mußte etwas Besseres geben als Katapulte. Du fragtest, was ich mir früher wünschte. Sieh', so einen Hechtspeer oder eine Harpune, die hätte ich damals gern gehabt. Ich weiß nicht, ob es so etwas zu kaufen gab. Sicher. Aber für uns natürlich nicht. Der Gedanke kam mir nicht. Es wäre mir auch nicht eingefallen, etwas zu kaufen, was man selber herstellen konnte. Also ging ich im nächsten Frühjahr an die Arbeit, mir einen Speer zu basteln.

Ich klopfte drei Nägel flach als Widerhaken, die kamen vorne an den Speer mit Draht dazwischen. Das sah ganz wirkungsvoll aus. Aber ich glaubte selbst nicht an mein Geschick und sagte keinem etwas von dem Plan.

Es war zufällig am Gründonnerstag, als ich losstapfte. Ich hatte meine alte Joppe übergezogen. Die bestand aus lauter Flicken, die wiederum geflickt waren oder Löcher hatten. Sah also recht seltsam aus, die Jacke. Aber an diesem Gründonnerstag leistete sie mir gute Dienste.

Natürlich ahnte ich das noch nicht, als ich zum See hinauswanderte. Es war ein Tag, an dem man richtig merkte, wie der Frühling mit all seiner Kraft und Frische Einzug hielt. Die Wiesen standen über und über voller Löwenzahn und, weiter unterhalb, gelber Sumpfdotterblumen, ein Kiebitz schrie, wie unternehmungslustig, und der hellblaue Himmel wölbte sich weit und hoch über den eilig jagenden Wolken.

Der Wind pustete mir durchs Haar, und ich rannte und hatte es eilig wie er. Augenblicke lang blieb ich auf der schmalen Brücke stehen. Die Rohrsänger riefen im Uferschilf. Über mir rasten die Wolken weiter, wie unter mir ihre Spiegel im Wasser vorüberglitten. Das war der Frühling mit seiner merkwürdigen Unruhe. Es würde nicht mehr lange dauern, dann war der Sommer da, dachte ich ungeduldig, unser Sommer ...

Dann hielt ich nach einem guten Platz Ausschau und stieg vorsichtig durchs Schilf.

Die ersten Versuche gingen daneben. Meine Schuhe waren bald durchnäßt. Ich warf sie ans Ufer hinauf. Und dann stach ich Hechte mit meinem Speer, es war wie ein Wunder!

Keine Zeit, länger auf den Frühling um mich herum zu achten! Ich hatte alle Hände voll zu tun mit den Burschen. Jeder von ihnen war gut sechzig Zentimeter lang!

Mein Speer war prima. Die Hechte schossen vorbei, und ich stach zu, daß das Wasser hoch aufspritzte um uns, um mich und die Fische nämlich. Meine Ärmel und Hosenbeine waren klitschnaß, und der Schweiß und Wassertropfen liefen mir übers Gesicht. Aber ich lernte es, Hechte zu stechen an diesem Morgen. So viele Hechte!

Ich packte die ganze Joppe voll und konnte sie kaum schleppen!

Muttchen machte natürlich große Augen.

„Da! Für morgen zum Essen!“ Denn Karfreitag aßen wir kein Fleisch.

Sie sagte nichts, aber ich sah ihr an, daß sie stolz und glücklich war.

In unserem Umkreis gab es nicht so viele und große Seen. Hauptsächlich Wälder.

Die Wälder, sie gehörten zu uns und um uns, wie – sagen wir – wie Jacke und Hose. In den Wäldern kannten wir uns aus, seit jeher, ohne große Lernprozesse. Wie oft hatten sich unsere Vorfahren in ihnen versteckt, sich bei den Kosakeneinfällen in vielen Kriegen ihre Undurchdringlichkeit zunutze gemacht.

Auch für uns war der Wald ganz selbstverständlich ein Teil unseres kindlichen Lebens.

Im Spätherbst, oft an einem Adventssonntag, wurden die Treibjagden abgehalten. Die wurden von dem jeweiligen Jagdpächter, also meist einem Großbauern, organisiert.

Daheim, auf dem Hof, hörten wir natürlich, wenn so eine Treibjagd im Gange war. Aufgeregt sahen wir Jungen uns an, und sobald es anging, schlichen wir uns davon und rannten in den Wald. So klein wir waren – damals etwa acht bis zehn Jahre –, lauerten wir doch auf jede Gelegenheit, zu Ansehen und Reichtum zu gelangen. Also rissen wir uns darum, als Treiber mitgenommen zu werden. Außerdem lockte natürlich das Jagdabenteuer.

Wir liefen also in den Wald zu den Treibern und schlugen und klapperten eifrig an die Bäume. Das Wild waren Hasen und Füchse. Die wurden durch den Lärm aufgescheucht und den Jägern vor die Flinte gejagt. Wir mußten nur laufen, laufen, den ganzen Tag laufen.

Gefährlich, meinst Du? Kann sein, aber daran dachten wir nicht. Und ob die Eltern sowas denn erlaubten? Ach, wo! Die wußten nichts davon. Wir steckten ja immer wer weiß wo, wenn wir keine Schule hatten. Keinem wäre es eingefallen, uns zu kontrollieren, denn das war ganz unmöglich.

Wenn die alten Treiber schließlich irgendwo ein Feuer anzündeten, um sich aufzuwärmen, hockten wir Jungen uns begierig neben sie. Manchmal bekamen wir ein Stück Brot und Wurst oder einen Schluck Kaffee, aber viel mehr lauschten wir auf das, was nun erzählt wurde. Die alten Treiber wußten eine Menge Geschichten, ihr Jägerlatein war großartig und immer spannend. Unsere Ohren wurden lang und länger.

Und spätabends kamen wir müder und hungriger denn je nach Hause geschlichen, wir kleinen Waldungeheuer und angehenden Geschäftsleute. Stell Dir unseren Stolz vor! Wir hatten 50 oder 80 Pfennig verdient! Das war jede Mühe wert!

Als Jagdtreiber gehörten wir zu den Männern. Es war selbstverständlich, daß sich allmählich unsere eigene Jagdleidenschaft entwickelte.

Wir alle waren Jäger. Wir wurden es ganz von selbst. Das war kein Wunschtraum, der eines Tages in Erfüllung ging, sondern eine Selbstverständlichkeit. Der Wunschtraum war etwas anderes: mal eigenes Geld in der Tasche zu haben.

Siehst Du, wir waren arm dran. Niemandem fiel es ein, uns Taschengeld zu geben, das wäre eine ganz und gar absurde Idee gewesen! Wir hätten auch nie darum gebeten. Als wir nach und nach Geld brauchten, mußten wir uns diesen Wunsch schon selbst erfüllen, eine andere Wahl hatten wir nicht. Es kam allein auf unsere eigene Schlauheit und Erfindungsgabe an.

So machte jeder für sich frühzeitig seine Erfahrungen als Jäger und Fallensteller.

Für einen Iltis bekam man schon dreißig Mark, für einen Fuchs noch mehr. Es gab viele Iltisse und in manchen Jahren auch viele Füchse. Jeden Herbst brannte ich darauf, daß die Zeit kam, meine Fallen aufzustellen. Ich hatte da meine geheimen Beobachtungen gemacht, hatte meine Verstecke und Erfindungen. Aus Ästen und Wurzelzeug zum Beispiel konnte man einen künstlichen Haufen bauen, getarnt mit Moos und trockenen Blättern, darin steckte eine Fangvorrichtung aus Draht und als Köder, na, sagen wir mal, ein totes Huhn.

In einem Herbst, als es richtig kalt wurde, zog Ottmar wie frierend die Schultern hoch, sah mich an und murrte: „Wann kommt denn mein Iltis?"

Na, er wartete wohl auf eine Jacke aus Iltisfellen. Ottmar, in vieler Hinsicht unser Anführer, war auch, was die Jagd betraf, uns weit voraus an Erfahrungen und Kenntnissen. Jetzt wollte er mir also zu verstehen geben, daß ich mit den Fallen beginnen könnte.

Ich sah ihn fragend an.

Er nickte mir zu. „Ja, jetzt kannst' sie aufstellen."

Da hatte ich ein paar Tage lang keine Zeit mehr für andere Dinge, am wenigsten für die leidige Schule.

Auch meinen Freunden ging ich aus dem Weg.

Als die Fallen eingerichtet waren, lief ich jeden Morgen, bevor es hell wurde, zum Waldrand und „erntete".

Eine besondere Einrichtung hatte ich mir am Luderschacht ausgedacht. Ach so, das kennst Du nicht: der Luderschacht, das ist ein Loch für Abfälle, eine Art Gestankgrube in einer weit entfernten Ecke des Grundstücks. In den Luderschacht warf Muttchen Abfälle, wenn sie zum Beispiel ein Huhn geschlachtet hatte.

Vor dieser Abfallgrube am Waldrand hatte ich einen Raum für meine Falle hergerichtet, mit einer Steinplatte oben zugemacht und davor eine Röhre gebaut, die den einfachsten Zugang zum

Loch bildete. Quer vor die Röhre steckte ich einen Strohhalm. Wenn der morgens umgeknickt war, wußte ich, daß da ein Tier durchgelaufen war.

Der Iltis kam alle drei Tage. Das hatte ich also mit Hilfe des Strohhalms beobachtet. Nun stellte ich die Falle auf.

Und es ergab sich wirklich, daß meine Idee ziemlich erfolgreich war. In dem Winter fing ich dreißig Iltisse und wurde ein reicher Mann.

Aber an einem Morgen, in eisiger Dämmerung, kam ich hingelaufen, da war alles auseinandergerissen. Jemand hatte die ganze, sinnig gebaute Angelegenheit zerstört. Empört bückte ich mich im Halbdunkel vor dem Loch.

Etwas wie eine buschige Lunte sah ich. Die kannte ich nicht.

Was, um alles in der Welt, ist das für ein Tier, dachte ich. Aufgeregt, aber bedächtig, schnitt ich mir aus einem Baumast einen Haken. Damit angelte ich die Falle mitsamt der Eisenkette zu mir ran. Zu der wedelnden Lunte gehörten ein dunkelbraunes Fell und gebogene Krallen.

Nein, so ein Tier hatte ich nie gesehen.

Es war mit einem Fuß in der Falle eingeklemmt, aber sonst vollkommen lebendig. Ich mochte es nicht totschlagen.

Stattdessen packte ich es vorsichtig an Schwanz und Hinterläufen und rannte mit dem Tier und der daranhängenden Falle nach Hause. Der frische, am Vortag gefallene Schnee knirschte unter meinen Füßen, und in den Birken am Wegrand klirrte der Frost.

„Ottmar!“ rief ich schon von weitem, „komm mal raus!“

Über dem Hügel erschien eben der rote Sonnenball am eisigen, klaren Himmel.

Ottmar – ein Glück, er war noch da – steckte den Kopf aus der Tür. Er sah verschlafen aus.

„Guck mal! Was ist das?“

„Ach“, Ottmar behielt die Hände in den Hosentaschen, „'n Marder. Laß den armen Deubel laufen!“

Ich betrachtete das Tier. Enttäuschend. Aber es hatte mir meine Röhrenkonstruktion auseinandergerissen.

„Was kost' der Marder?“

„Nu, achtzig Mark, glaub' ich“, sagte Ottmar und gähnte.

„Was?“ fuhr ich auf, „bist du verrückt? Ich armes Schwein, ich laß doch den Marder nich' laufen, wenn ich dafür achtzig Mark kriegen kann!“

Mein Bruder kniff die Augen zusammen. Dann lächelte er. „Ja“, er kratzte sich hinterm Ohr. „Na, komm: dann kaufen wir uns 'ne Flinte.“

Ich riß die Augen auf. „'ne Flinte? Aber für das Geld ...?"

Er hatte es überlegt. „Hundert Mark hab' ich schon an Büchern gespart."

Ich starrte ihn an. Eine Flinte kostete hundertachtzig Mark. Eine eigene Flinte!

Ottmar schlug mir auf die Schulter, grinste und sprang wieder ins Haus.

Ich betrachtete das dichte Winterfell des Marders in meiner Hand ...

Am Abend balgten wir das Tier ab. Und als der Jude wieder an unsere Tür klopfte, zeigte ich ihm stolz das Marderfell.

Der Jude, ein hageres Männchen mit vereistem Spitzbart, machte im Winter jeden Montag seine Runde auf den Höfen in unserer Umgebung. Er kannte mich. Ich wartete fast immer mit Iltisfellen auf ihn.

Diesmal strich er sich erstaunt den Bart, betrachtete das Fell mit seinen kleinen, flinken Augen und schüttelte geringschätzig den Kopf.

„Fünfzig Mark."

Ich reckte das Kinn vor. „Hundertzehn Mark", sagte ich unerbittlich. Ich kannte den Preis.

Schließlich bekam ich die achtzig Mark.

Die gab ich Ottmar.

Er sagte kein Wort. Aber ich sah in seinen Augen, wie er sich freute. Er haute mir nicht mal auf die Schulter, so aufgeregt wurde er. Wog das Geld in der flachen Hand, steckte es ein und zog die Stirne in geschäftige Falten.

Und Ottmar, der Jäger, kaufte uns eine eigene Waffe. Sie wog leicht in der Hand, der Lauf glänzte schlank und verheißungsvoll. Wir betrachteten sie stumm. Tausend mögliche Jagderlebnisse flogen uns durch die Köpfe.

„Kannst auch mal damit schießen!" sagte Ottmar.

Wir halfen uns immer gegenseitig aus, wir Brüder.

Den Bruder habe ich nicht mehr. Er fiel, Dein Onkel Ottmar, im ersten Kriegsjahr, wie Du weißt. Aber die Flinte hängt in meinem Schrank. Sie ist mir wertvoller als ein Goldstück. Kannst' Dir das denken, Marjell?

Wie gesagt, wir fingen auch Füchse. Dazu fällt mir ein anderes Erlebnis ein.

An einen Wintermorgen erinnere ich mich, da stürzte Ottmar in die Stube.

„Hab' 'nen Fuchs auf die Lucht geworfen. Keine Zeit jetzt. Sollst ihn bald abbalgen!"

Er mußte an dem Tag früher aus dem Bett als ich und war sogar bei der Kälte schon draußen im Wald gewesen.

„Hörst du, Robertchen?"

Ich steckte bis zur Nase im warmen Bett und hatte es gemütlich. Also brummte ich nur. Er war schon wieder weg. Hatte es eilig, in seine Schule nach Treuburg zu kommen, der Jäger-Bruder.

Ärgerlich drehte ich mich zur Wand und machte die Augen wieder zu. Soll er da liegen, der Fuchs, dachte ich, wird schon nicht weglaufen.

Das tat er aber doch. Beinahe jedenfalls.

Plötzlich war Geschrei im Haus. Muttchens hohe, schreckerfüllte Stimme riß mich endgültig aus dem Schlaf.

„Ein Fuchs! Oben rennt 'n Fuchs rum!" Entsetzt sank sie Tante Luise in die Arme. „Als ich von der Schafgarbe holen wollte, glupscht mich der so an!" Auf der Lucht hatte Mutterchen ihre Bündel getrockneter Kräuter hängen.

Neugierig kletterte ich die Treppe zur Lucht hinauf und reckte den Kopf über die Öffnung. Wirklich, da war der Fuchs in der hintersten Ecke. Seine Lunte klemmte noch in der Falle, die er so hinter sich herschleifte. Von Ottmars Betäubungsschlag auf die Nase hatte er sich erholt und war jetzt höchst lebendig und böse.

Ich sprang so schnell die Treppe hinab, daß ich mich fast überschlug. Unten riß ich die Flinte aus dem Schrank und lud sie mit bebenden Fingern. Als ich wieder oben war, hatte ich Mühe, in der engen Treppenöffnung das Gewehr anzulegen. Richtig zu zielen war auch schwierig. Der Fuchs nämlich raste jetzt wie verrückt quer durch die Lucht und immer rundum. Dann machte er einen gewaltigen Satz zum offenen Bodenfenster ...

Im Sprung erwischte ich ihn.

„Muttchen, kannst deine Schafgarbe holen!" rief ich hinunter.

Mutterchen konnte froh sein, jetzt große Jungen zu haben. Wir jagten, fischten, sorgten natürlich für das Küchenholz und fanden uns selbst meistens sehr nützlich. Für unsere geliebte Mutter taten wir sowieso alles.

Aber die meisten Wege gingen wir doch für uns und viele in wohldurchdachter Heimlichkeit. Aber so ersparten wir den Eltern auch viel Aufregung. Zum Beispiel gab es da die Geschichte mit den Moorgeistern. Davon erfuhren Vaterchen und Muttchen erst viel später, wahrscheinlich durch die „schöne Julie" Kowallik. Die Sache mit den Moorgeistern begann im „Goldenen Hahn" in Giesanken.

Dort trafen wir uns gelegentlich mit dem guten, dicken Joseph, dem Gastwirtssohn, und auch anderen Kameraden. Bauern aus der Umgebung saßen da, Leute aus der Nachbarschaft oder aus umliegenden Dörfern. Es war eine überaus gemütliche Gaststube, ein Ort, wo einem die Abende nicht lang wurden. Man trank seine Schnäpschen, hatte Ruhe vor dem Weibervolk, man sah zu, daß man einen Bekannten ans Schabbern bekam oder trieb seine Späßchen mit dem einen oder anderen.

Da war zum Beispiel der alte Pillokeit, der abends den einsamen Weg aus Podersee heraufkutschiert kam, um im „Goldenen Hahn" einige Bier oder Schnäpschen zu genießen.

Joswig Pillokeit, ein mageres Männchen mit wasserblauen Augen und etwas übergewichtiger Nase, hatte die Eigenschaft, mit durchdringender, eifriger Stimme und wichtig gefalteter Stirn lehrreiche Geschichten zum besten zu geben. Es wußte immer alles und dazu alles besser.

Wir mochten ihn nicht leiden.

Sein Weg von Podersee nach Giesanken verlief in Windungen durch niedrigen Kiefernwald und am Moor entlang. Es war eine öde und einsame Gegend da nach dem verlassenen Podersee hinüber. Das Moor hieß „Teufelsmoor", und jeder wußte, daß es da spukte. Zufällig verirrte, nächtliche Wanderer waren in Angst und Schrecken versetzt worden. Besonders Moorgeister sollten ihr Unwesen treiben. Und vielleicht sogar der Teufel selber?

„Ist der Teufel dir nicht begegnet, Joswig?" fragten die Bauern in der Gastwirtschaft, wenn dieser abends eintraf.

Aber Joswig Pillokeit lachte. „Och, ihr Spinner!" Und gleich begann er ihnen bei einem Gläschen Schnaps den Sinn und Unsinn jeglichen Spuks auseinanderzusetzen.

Das hörten Pawel und ich, während wir darauf warteten, daß unser dicker Joseph fertig wurde, die Gläser zu spülen, und endlich Feierabend hätte.

Am nächsten Morgen kamen Pawel und Daniel zu mir, als wir uns vor der Schule trafen.

„Du, im Teufelsmoor spukt es!" begann Daniel, „bestimmt! Meine Tante Anna hat's auch gesagt. Und die weiß sowas!"

Ich sah ihn erstaunt an.

Pawel grinste übers ganze Gesicht und nickte. „Also wenn die Geister einen überfallen, dann den alten Pillokeit!"

Mir dämmerte es. „Ja, soviel ist sicher."

Jochen, der fixe Jochen Lobotka, kam heran. „Was habt ihr?"

„Weißt du, wann der Pillokeit in die Wirtschaft kommt? Freitags?"

„Weiß' nich'. Wer' Joseph fragen."

Joseph war zu langsam für unser Vorhaben. Aber von ihm erfuhren wir, was wir wissen wollten: Dienstag und Freitag. Heute war Mittwoch. Also Freitag ...

Am Freitagabend wehte ein kalter Wind aus den Wäldern im Osten. Dicke Wolken schleiften über die Baumwipfel, und die Sonne verschwand ohne großes Abschiednehmen hinter den Moorwiesen.

Joswig Pillokeit kam den Weg heraufgefahren. Sein Wagen holperte über die Unebenheiten des schmalen, aufgeschütteten Sandweges.

„Hü, Liese, hü!" Er hatte es eilig. Und Liese trabte brav, um dem Wind zu entgehen, den Weg entlang nach Giesanken, wo sie, im Windschutz der Wirtschaft angebunden, geraume Zeit vor sich hindösen durfte.

Ein paar Stunden später war es dunkel. Wolken ballten sich vor dem Wind, trieben lautlos durch die Nacht. Dann stieg still der Mond über die Baumwipfel und goß weißes Licht auf die Wiesen.

Gemächlich kam ein Fuhrwerk den Weg heruntergerumpelt. Das Pferd hatte keine Eile, sein Kutscher schien halb zu schlafen. Joswig Pillokeit, er war es, und sein Kopf wackelte beim Geholper des Wagens hin und her.

Licht und Wolkenschatten über den Moorwiesen. Aus dem Wald der einsame Ruf eines Käuzchens.

Zwischen den niedrigen Kiefern bewegte sich etwas. Löste sich lautlos vom Waldrand.

Plötzlich scheute das Pferd.

Joswig Pillokeit, fast wäre er vom Wagen gestürzt, riß gewaltsam die Augen auf. Eine weiße Gestalt rollte über den Weg. Oder waren es mehrere?

„Hü, Liese!" Drei, nein, vier schneeweiße Geister! Rollten lautlos den Abhang vom Waldrand herab und über den Weg.

Liese bäumte sich wiehernd.

Geister auf dem Weg, über den Moorwiesen. Schwebten hin und her, schrieen wie Käuzchen.

Verzweifelt wackelte Pillokeit mit dem Kopf.

Träumte er? Alles war verschwunden. Ohne einen Laut.

„Hü, Liese, hü!"

Das Pferd wieherte in der Ferne. Es war durchgegangen.

Zitternd und fluchend kletterte Joswig Pillokeit vom Wagen. Er schwankte von den Schnäpschen, blinzelte, sah sich um ... Die Moorgeister blieben unsichtbar, aber sein Pferd ebenfalls. Diesmal lachte er nicht. Diesmal wußte er auch nichts besser. Er wußte überhaupt nichts. Es blieb ihm nichts anderes übrig, als kopfschüttelnd zu Fuß hinter seiner Liese herzutrotten ...

Im Graben stieß Daniel mich an.
„Er is' weg. Kannst' dich auswickeln!"
Pawels grinsender Kopf guckte hinter einem Gebüsch schwarzer Birken hervor. Jochen pfiff leise aus der Dunkelheit.
„Gut, daß wir Jochen dabeihatten!" flüsterte ich Daniel zu, „daß er so schnell war, die Stränge loszumachen ...! Nee, wie die Liese losjagte!"
„Brauchst nich' mehr zu flüstern."
Wir halfen uns gegenseitig aus den Bettlaken. Geisterhaft schallte unser Gelächter durch die Nacht.
Leider hatte uns der Spaß mit den Moorgeistern so gut gefallen, daß wir beschlossen, ihn zu wiederholen. Leider, sage ich, jawohl.
Leider war auch die nächste Geisternacht so stockdunkel, daß wir uns selbst kaum erkennen konnten und fast Angst bekamen. Ohne Mondlicht und lange ohne Erfolg, hockten wir am Waldrand hinter den niedrigen Kiefern und fröstelten in der kalten Nachtluft.
Endlich hörten wir Pferdehufe und das Knarren eines Wagens von der Wegbiegung heranrumpeln.
„Los!" flüsterte Pawel und rollte sich, wie eine weiße Mumie, den Abhang hinunter.
Erschreckt scheute das Pferd.
Aber „Ruhig, ruhig, August!" sagte eine feste Stimme. Im Nu war der Kutscher abgesprungen und hatte Pawel gepackt.
„Na, sowas!" Ärgerlich schüttelte er Pawel.
Erschrocken versuchten wir zu fliehen.
Aber es war aussichtslos in der flatterigen Verkleidung. Wir verhedderten uns in unseren Bettlaken und stolperten und strampelten und fluchten.
„Moorgeister, wie?" rief der Kutscher. Seine Stimme kannten wir.
Friedrich Kowallik, keineswegs betrunken, verwalkte uns gehörig. Er war auf dem Weg nach Hause und erbost über den Schrecken.
„Teufelsmoor!" rief er, „Teufelsgeister! Ihr Schubjacke! Jetzt holt euch mal der Teufel!"
Erst nach einer Weile, als er sich etwas beruhigt hatte, hörte er auf unser Gejammer. Plötzlich begriff er, wen er vor sich hatte.
„Hätt' ich mir ja denken können", brummte er, „los, aufsteigen!" Dann begann er schallend zu lachen. „Ab nach Hause mit euch! Die Haue schadet euch gar nuscht! Ein wahres Wunder, daß Fritzchen nicht dabei ist, das kleine Herrchen Kowallik ...!"

Wir schwiegen still. Ließen uns nach Hause fahren. Und hatten erstmal kein Verlangen mehr nach Moorgeistern.

Als wir etwas größer waren, mußten wir natürlich sehen, daß wir mehr Taschengeld bekamen, auch im Sommer, wenn wir keine Fallen aufstellten. Eines Tages fing ich mit der Imkerei an.

Zuerst überlegte ich mir die Sache. Der alte Lehrer in Schwanticken hatte Bienen. Ich ging zu ihm.

Er erklärte mir eine ganze Menge über die Bienenzucht. Der Gedanke setzte sich immer mehr in meinem Kopf fest.

„Mußt mal beim alten Munke fragen", riet mir der Lehrer, „der hat genug Bienen. Die schwärmen schon mal. Kennst' den Bauern Munke?"

Ich schüttelte den Kopf.

„In Suneiken. Ganz hinten am Wald."

Als nächstes weihte ich Schorsch ein. Na, der hatte gerade zu der Zeit gewisse, schwerwiegende Auseinandersetzungen mit Jochen Lobotka wegen eines Mädchens vom Gut Laiden. Die Sache beschäftigte ihn sehr.

„Bienen? Mußt' doch erst 'n Bienenkorb haben!" Sein Interesse war nicht allzu groß. Aber er wollte mir helfen. Wir liefen zu Pawels Vetter, dem Ernst Kutzmann, der war Stellmacher im Dorf.

„Nee, nee", sagte der, „ich weiß nich'." Besah sich unseren Entwurf für einen Bienenkorb und kratzte sich den Kopf. „Mehr so. Runder. Zuerst müßt ihr überhaupt eine Presse bauen."

Wir sahen ihn fragend an.

„Nu', fürs Stroh! Eine Bienenkorb-Strohpresse."

Aha. Es war vielleicht nicht so einfach, wie ich gedacht hatte.

Ernst kritzelte mit dem dicken Bleistift auf ein Stück Holz. „So etwa."

Ich überlegte mit ihm.

„Nee, is' nuscht. Eher so ..."

Ein paar Tage später bauten wir eine viereckige Presse, und dann preßten wir Körbe aus geradem Stroh. Unsere Kanitzkörbe. Innen brachten wir einen Schacht aus dünnen Brettern zustande. In den Schacht hängten wir später die Waben ein. Ernst nickte wohlwollend.

„Doll, nich'?" prahlte Pawel. Es war nicht ganz klar, ob er den Korb meinte oder seinen Vetter.

Schorsch und ich aber fuhren mit dem Rad zum alten Munke nach Suneiken. Der hatte einen kleinen Hof am Rande einer Fichtenschonung. Auf der Wiese in seinem Obstgarten stand eine ansehnliche Reihe von Kanitzkörben.

Bauer Munke nickte gemütlich, nahm seine Pfeife und zeigte uns, heftig paffend, seine Bienen.

„Sicher, den nächsten Schwarm könnt ihr haben!“ versprach er, „ich hab' sowieso zu viele!“

Es dauerte gar nicht lange, bis eines Abends ein Junge auf unseren Hof gesaust kam, sein Rad vor die Treppe warf und die gute Tante Luise fast umrannte.

„Sie schwärmen!“ keuchte er, völlig außer Atem, „Robert soll kommen!“

„Die Kosaken!“ murmelte die Tante und wurde bleich, „Dorchen! Sie schwärmen!“

Ich war schon herbeigestürzt. „Die Bienen, Tante! Ich fahr' nach Suneiken.“ Und ich packte einen der Kanitzkörbe, sprang auf mein Rad und flitzte los.

Als ich mich dem Dorf näherte, hörte ich schon von weitem den Lärm von Munkes Hof. Da stand ein kleiner Junge unter einem Kirschbaum am Gartenzaun und schlug wie besessen mit einem Stück Eisen gegen einen Kessel. Es war Munkes kleiner Enkel.

„Großvater kommt gleich!“ schrie er, „da oben sitzen sie!“

An einem der Kirschbaumäste hing eine dicke, summende Traube von Bienen.

„Hör doch mit dem grauslichen Krach auf!“ rief ich.

Aber der Kleine schüttelte den Kopf. „Sollen sie etwa wegfliegen? Sie hören immer auf das Summen der Königin, und wenn du nich' aufpaßt, fliegen sie mit ihr auf und davon in den Wald. Aber jetzt bin ich lauter! Bei dem Krach können sie ihre Königin nicht hören.“

Der Bauer kam jetzt durch den Garten. Er nahm meinen Korb, setzte seine Imkerhaube auf und paffte heftige Rauchwolken aus seiner Pfeife.

Das Jungchen hatte aufgehört, an den Kessel zu schlagen.

Wie still es ist, dachte ich aufatmend. Aber da hörte ich erst das dröhnende Summen des Bienenschwarms.

„Die Leiter!“ sagte der alte Munke. Sein Enkelchen holte die Leiter. Bedächtig stieg der Alte bis dicht unter den Schwarm. Er war in dichte Rauchwolken gehüllt. Es dauerte eine Weile.

Einzelne Bienen umschwirrten aufgeregt unsere Köpfe. Ich duckte mich, der Junge rannte davon.

Dann war es soweit. Der neue Schwarm war seiner Königin in den Bienenkorb gefolgt. Langsam stieg der alte Munke von der Leiter.

„Da!“

Ich wich unwillkürlich zurück. Zu viele Bienen summten noch

umher. Aber dann nahm ich den Korb. Nahm mein erstes Bienenvolk in Empfang. Von nun an war ich Imker.

„Brauchst keine Angst zu haben", sagte der alte Munke, indem er die Imkerhaube vom Kopf stülpte, „Bienenstiche sind nich' so schlimm. Und wenn eine Biene voll Honig ist, sticht sie sowieso nicht. Hornissen und Wespen sind schlimmer."

Er sollte recht behalten. Ich bekam viele Bienenstiche. Aber später wurde ich immun dagegen.

Ja, so wurde ich Imker. Mit der Zeit bekam ich immer mehr Bienenvölker. Schorsch und ich brachten sogar das Kunststück fertig, uns selbst eine Honigschleuder zu bauen. Der Honig war gut. Wir produzierten bis zu drei Zentner.

Was wir damit machten, fragst du? Nu', sehr viel haben wir selbst gegessen, aber einen großen Teil hat Muttchen auch für mich verkauft. An die Nachbarn, weißt', die sowieso zu uns kamen, um unsere Eier zu kaufen. So hatte ich einen weiteren, schönen Nebenverdienst.

Sieh, so könnte ich Dir noch so manches erzählen. Es ist heute kaum zu glauben, mein liebes Friedchen, wie wir damals so in unserer kleinen, engen Welt, die doch andererseits so weit und voller Raum war, dahinlebten. Wir kannten nichts anderes und hatten, glaube ich, kein Verlangen nach fremder Luft. Schöner als zu Hause konnte es nirgends sein.

Sicher waren wir in vieler Hinsicht dumm. So würde man's heute nennen. Weder wußten wir, wie ein Flugzeug funktioniert, wir Jungen, noch hatten wir je einen Computer gesehen, noch zerbrachen wir uns die Köpfe über Entwicklungsprobleme in der sogenannten dritten Welt. Man konnte uns weiß Gott was erzählen, wir hätten den größten Unsinn sicher geglaubt. Aber so war es früher bei uns in Masuren: die meisten Menschen lebten, und das nicht schlecht, ohne die große Welt. Die Welt, sie war einfach zu weit weg.

Aber in unserer kleinen Welt, da wußten wir gut Bescheid. Platz genug gab es da für unsere Spiele und Ideen.

Ich glaube, Deinem Andi hätte es bei uns gefallen. Für Kinder ist, denk' ich, eine kleine Welt besser als eine große.

Grüß' ihn schön und sei selbst gegrüßt

von Deinem Großvater

## *Mein liebes Großvaterchen!*

So lange habe ich nichts von Dir gehört. Bist Du viel draußen bei dem schönen Wetter? Es ist so herrlicher Sommer jetzt.

Am Feierabend oder wenn wir Zeit haben, gehen Thomas und ich an der Elbe spazieren. Die Abende sind lang und hell. Manchmal kribbelt's mir richtig im Magen, so schön ist es in diesem Sommer!

Ich denke mir, daß auch in Masuren bei Euch die Sommer das Schönste waren. Wie waren die denn? Ohne Seeluft und Wind kann ich's mir nämlich nicht vorstellen.

Laß es Dir so gutgehen wie mir, lieber Großvater! Und schreibe mal wieder!

Deine Friederike

# *Liebes Marjellchen!*

Ja, die Sommer – Dein Brief war wie ein Teil davon.

Die Sommer sind prachtvoll. Und früher in Masuren waren sie das auch. Beständig warm, wunderbar üppig und wie überfließend an Pracht, Schwere, Höhe und Weite!

Verstehst Du's nicht so ganz? Ich meine, die Sommer, sie waren zwar kurz, aber eben nur voll und ganz und zuverlässig Sommer. Weder drängte sich unerwartete oder unerwünschte Frühjahrskühle, noch Herbstregen dazwischen. Die Gegend um Treuburg hatte die heißesten Sommer sowie die kältesten Winter Ostpreußens; man wußte, was kommen würde und stellte sich darauf ein .

In einem dieser Sommer, als ich schon fast mit der Schule in Treuburg fertig war, hatte ich an einem Nachmittag im Mai – naja, der Mai gehört eigentlich noch zum Frühling –, hatte ich also Hans und Lore angespannt und fuhr mit dem leichten Wagen nach Schwanticken.

Ich weiß nicht mehr, was ich für Vaterchen da erledigen sollte. Jedenfalls saß Ernachen neben mir auf dem Kutschbock und baumelte mit ihren stöckrigen Beinen, die in letzter Zeit beängstigend lang geworden waren. Die Zwetschgenbäume verblühten gerade in den Gärten, und von überallher riefen die Kuckucks. Ernachen zählte die Rufe und lachte, weil sie nun über 100 Jahre alt werden sollte.

Als wir über die Dorfstraße oberhalb des Seeufers kutschierten, rief sie plötzlich:

„Annachen! Tach-chen!“

Da standen zwei Mädchen hinterm Zaun, und das kleinere winkte uns zu.

„Das ist Anna!“ erklärte mir die Schwester.

„Die Kleine, hm?“

Die größere hatte goldblonde, dicke Zöpfe und sah fast so aus wie die Gustchen Marquardt von früher. Ich hatte sie lange nicht gesehen.

„Die Anna geht mit mir in den Konfirmandenunterricht.“

„Hm.“ Diese Anna mußte Gustchens kleine Schwester sein.

Ein drittes Mädchen saß auf einer Schaukel unter den Apfelbäumen. Das war womöglich die magere, dunkle Käthe.

„Willst' nich' anhalten, Robertchen?“

Ich zuckte gleichgültig die Schultern und brachte die Pferde zum Stehen. Ernachen rannte zu den Mädchen und hatte gleich eine Menge mit ihnen zu schabbern und zu lachen. So Mädchen, die wissen ja immer was zu kichern und zu gackern. Wie die Gänse.

Ich blieb sitzen, aber ich plierte doch hinüber.

Sicher lachten sie über mich. Na, sollten sie! Die Gustchen sah eigentlich nicht Ernachen, sondern mich an und hatte auf jeder Wange ein Lachgrübchen. Ich glupschte zu ihr hin.

Sie glupschte zurück.

Es war nichts Besonderes.

Ich schluckte, da geriet mein Atem durcheinander. Ich keuchte und hustete und rang nach Luft. Gustchen hörte nicht auf, zu mir hinzusehen. Ärgerlich knallte ich mit der Peitsche und fuchtelte mit dem Arm, um Erna anzuzeigen, daß ich jetzt weiterführe. Sie kam auch angerannt, und Hans und Lore preschten, durch das Peitschenknallen erschreckt, los.

Erna klopfte mir auf den Rücken. „Hast dich verschluckt?"

Aber es war schon vorbei. Wirklich nichts Besonderes.

Das Besondere geschah erst später, aber auch das .., naja, erwarte nicht zuviel! Es erging uns nicht romantischer als vielen anderen. Und doch war es vielleicht das Aufregendste, was ich jemals in Masuren erlebte.

Am Abend in der Schlafkammer fragte ich Ottmar nach Heinz Marquardt. Ich fing an, so harmlos und zufällig wie möglich: „Was macht er? Hast' ihn lange nicht gesehen, wie?"

Ottmar richtete sich halb auf den Ellenbogen. „Heinz? Den sehe ich doch jeden Tag."

Ich knurrte. Konnte ich das wissen? „Na, ich hab' ihn jedenfalls lange nich' gesehen."

Ottmar blickte mich an, als sähe er mich zum erstenmal. „Ich wer' ihn fragen, ob er kommt, daß du ihn betrachten kannst", sagte er trocken.

Ich wollte mich jetzt nicht gerade mit ihm herumärgern. Als hätte ich nichts gehört, fuhr ich fort: „Die kleine Anna, die ist mit Ernachen im Konfirmandenunterricht, wußtest du das?"

Ottmar musterte mich schweigend.

„Und?"

„Na, was: und? Hat er nicht noch mehr Geschwister, der Heinz?"

„Berni. Den hast du wohl auch lange nich' gesehen?" Jetzt grinste Ottmar übers ganze Gesicht. Er hatte eine Art, es einem nicht gerade leicht zu machen.

„Ach, der is' doch noch 'n halbes Wickelkind! Na, is' nich' wichtig. Weiß auch nich', wie ich drauf komme. Hm, hm, ... War da nich' noch 'n Kind?"

Er hatte ein Grienen, der Ottmar, man konnte sich die Plautz vollärgern über so 'nen Bruder! Es dauerte wirklich endlos, bis er antwortete.

„Na, du wirst doch nich' sagen, daß du die Gustchen vergessen hast! Die und die dicke Lina Pillokeit habt ihr doch früher immer geuzt!"

Ich fühlte mein Gesicht plötzlich erglühen. „Was is' mit ihr?"

„Nu', was soll sein? Nichts Besonderes. Is' ja nur 'n Mädchen!"

So konnte er mich ärgern. Ich schluckte und schwieg.

Schließlich sagte Ottmar in die Dunkelheit der Schlafkammer: „Hast' sie wohl auch zu lange nich' gesehen?" Es klang, als lachte er leise. „Kann ja mal Heinz fragen, ob sie das nächstemal zum Tanz in die Scheune kommt. Ist 'n hübsches Marjellchen! Ich würd' wohl gern mal mit ihr tanzen."

O, der Schubjack! Wußte genau, wie ungern und ungeschickt ich selbst tanzte!

Aber nu' konnten wir schlafen, denn immerhin hatte er mich endlich verstanden.

Dennoch vergingen Wochen, ohne daß ich Heinz oder eins seiner Geschwister sah oder sprach.

Der Roggen wuchs und begann schon unter dem Wind zu rauschen, und die Wiesen färbten sich tiefgrün, nachdem die Gräser die meisten Blumen überwuchert hatten. Muttchens Enten- und Hühnerküken bekamen richtige Federn und nahmen erwachsenere Formen an, auf unserem kleinen Tümpel entfalteten die Seerosen ihre Blätter und Blüten, an den Ufern wurden Binsen und Schilf hoch, und am sonnigen Waldrand setzten die Himbeeren an.

Da geschah es an einem Sonntag, daß Gustchen, angetan mit einem neuen, roten Bauernrock, vor der Kirche stand. Stand da nach dem Gottesdienst, die Zöpfe goldglänzend unter der Sonne, reckte das Kinn und plierte in den blauen Himmel hinauf, als breite sich dieser wahrhaftig nur zu ihrer Huldigung aus.

Wahrscheinlich war es nur für einen Moment, daß sie allein ohne ihre gackernden Freundinnen dastand, aber in meiner Erinnerung scheint es mir eine kleine Ewigkeit. Oh, wie ich sie anstierte, mich bemühte, ihren Blick auf mich zu ziehen, ohne daß ich allerdings in der Lage gewesen wäre, mich zu bewegen und etwa zu ihr tretend ein Gespräch zu beginnen. Es war ein verzweifelter Augenblick!

Dann merkte ich, daß Georg mich schon die ganze Zeit an der Jacke zerrte.

Nu' komm schon, du Dammelskopp! Hast' denn die Holzrahmen schon vergessen, die der Kutzmann uns versprochen hat?"

Holzrahmen für unsere Bienenkörbe, natürlich, was konnte ich dagegen sagen?

Aber hatte Gustchen nicht doch gerade herübergeschaut? Ach, das war wohl eine Täuschung, sie strahlte jetzt in eine ganz andere Richtung. Und da kam der protzige Joseph Papendiek mit seinen dicken Beinen auf sie zugestampft und konnte ihr die Hand geben und einen Scherz machen, einfach so, und hinter ihm waren Heinz und Ottmar, wahrhaftig Ottmar, der ja ohne Mühe immer gleich elegant aussah. Da übersah sie mich natürlich.

„Nu' komm endlich!" sagte Schorsch ungeduldig. Und ich drehte mich um und folgte ihm.

Von nun an wollte ich mich nur noch an reelle Dinge wie Holzrahmen und Bienen halten.

Johanni kam heran. Die Burschen in Schwanticken schleppten Holz herbei und schichteten einen großen Stoß auf dem Wiesenhügel über dem Seeufer auf. Jedes Jahr hatten wir hier unser großes Sonnwendfeuer.

Natürlich gab es auch die kleineren Feuer, die von den einzelnen Bauern auf Anhöhen errichtet wurden. Auch bei uns auf dem Hügel, an der Grenze zu Lobotkas, hatten wir so manche Johannisnacht verbracht, hatten am Rand des Kornfeldes gelegen und uns bei gutem Bier oder Schnaps unter dem hellen Sommernachthimmel Geschichten erzählt. Das Feuer in Schwanticken war größer. Hier kam die Jugend aus allen umliegenden Dörfern zusammen.

Diese hellen Nächte im Juni waren die schönsten. Man mochte überhaupt nicht ins Bett gehen. Die langen Abende, sie endeten oft erst mit dem Morgengrauen.

Man mußte doch die Helligkeit genießen und auf der Bank vor dem Haus sitzen und mit dem Nachbarn die Pfeife rauchen und schweigend den endlosen, hellen Himmel betrachten, an dem der blasse Mond stand und schließlich erst wenige und dann immer mehr Sterne heraufschimmerten.

Oder die Frauen mußten ein Erzählchen vor der offenen Küchentür machen, in das die Amsel ihr langes Abendlied flötete.

Und wir Kinder, wir jungen Burschen und Mädchen, hatten immer unsere geheimen Schlupfwinkel und Wege am Waldrand, über die gemähten Wiesen und durchs Schilf und Dickicht an den Ufern, je nach Gelegenheit und Laune.

Wieviele Sommernächte habe ich allein, mit Daniel oder zu mehreren draußen in Wald und Wiesen verbracht, wieviele Lieder gesungen, aber auch wieviele Stunden auf weichem Boden ausgestreckt schweigend dem Grillengezirpe, den Fröschen oder dem einsamen Schlagen der Nachtigall gelauscht.

Stärker als Reden und Lachen behält man doch Augenblicke des Schweigens in Erinnerung. Augenblicke, in denen man sich in die Stille tastet.

Und dazu hatten wir ja – weder lärmbelästigt, noch zwischen Menschenmengen –, eigentlich jeden Tag Gelegenheit. Kein Tag ohne Ausruhen im Schweigen. Das Wort Streß gab es noch nicht, und von Nerven war nie die Rede.

Die vielen Augenblicke, in denen ich sozusagen die Stille in mich hineintropfen ließ, vielleicht sind sie es, die meiner Heimatliebe so großes Gewicht geben, wer weiß ...

Aber nun wollte ich Dir von dieser Johannisnacht erzählen. Ich hatte gar keine Lust, mit zu dem großen Feuer zu gehen, kein Bedürfnis nach Liedern und Fröhlichkeit. Denn der Anblick von Gustchen vor der Kirche und ihr gleichsam lächelnder Händedruck mit dem dicken Joseph, das saß mir immer noch wie ein Stachel im Nacken. Vielleicht war mir etwas in den Kopf gefahren, ich wußte selbst noch nicht was, aber mein berüchtigter Dickkopf ließ es einfach nicht wieder los.

Natürlich ging ich doch hin.

Ärgerlich von vornherein in der ziemlichen Gewißheit, daß dieser Stachel mich pieken würde und mit dem festen Vorsatz, mich heillos zu betrinken, so fuhr ich mit Schorsch und den Freunden zum Sonnwendfeuer.

Pawel kutschierte. Sein Vater hatte ihm die alte, kluge Stute und den Heuwagen überlassen.

Der spillrige, kleine Pawel von früher war ein langer, ungelenker Bursche geworden, dessen Temperament zwischen Schüchternheit und plötzlichem Ungestüm schwankte. Er war bei einem Fleischer in Treuburg im letzten Lehrjahr und hatte es nicht leicht gehabt, sich an diesen Beruf zu gewöhnen. Aber was sollte er machen: Lehrstellen waren schwer zu bekommen. Immer, wenn er nun nach Hause kam, war er froh, seine alten Freunde zu sehen.

Heute knallte er lustig mit der Peitsche und ließ die Stute traben.

„Wißt ihr, ob Maria kommt?“

Ich zuckte gleichgültig die Schultern. Aber die anderen hofften, daß Maria dort sein würde.

Es roch schon nach Rauch. Überall auf den Hügeln wurden Feuer entzündet. Als wir die Landstraße nach Schwanticken hinaufkamen, tönten uns schon von weitem Lachen und Liedfetzen entgegen.

Zwischen den Kastanienbäumen an der Straße dämmerte es, aber der Himmel über dem See war noch ganz hell. Der Wiesenhügel, auf dessen Gipfel sie den Holzstoß aufgeschichtet hatten, lag am Ortsausgang. Von oben hat man zwischen den wenigen Birken einen schönen Blick über das breite Nordende des Schwantickener Sees. Meistens traf sich hier die Jugend des Dorfes oder Liebespaare suchten sich ein Plätzchen, um der über dem Wasser sinkenden Sonne zuzusehen. Auf der anderen Seite fiel das Gelände flacher ab. Hinter den Weiden dehnten sich Wald und Moor.

Es war, weiß Gott, ein schöner Platz für das Sonnwendfeuer in der Johannisnacht!

Das wurde beides am Abend des 23. Juni bedacht: Johanni, was ja der kirchliche Gedenktag für Johannes den Täufer ist, und die Sommer-Sonnenwende, die bei uns mit einigem Aberglauben verbunden war. Symbolisch wurden nämlich Hexen und böse Geister in den Flammen verbrannt.

Der Erste, der mir an diesem Abend, von dem ich erzählen will, über den Weg lief, war zwar kein böser Geist, aber für mich nicht gerade erheiternd. Joseph Papendiek strahlte mich mit seinem rosarunden Gesicht an und streckte mir unbekümmert seine kleine, fleischige Hand entgegen.

„Nu'", brummte ich mürrisch. Ich übersah seine Hand.

„Felix ist schon mit seiner Gitarre da!" teilte er mir eifrig mit.

„Hm." Felix Lobotka konnte gut Gitarre spielen, das wußte ich von früher. Früher hatte ich auch freudig und kräftig am Johannisfeuer gesungen. Jetzt gab es kaum Anlaß zur Freude. Drüben liefen eben Anna und Gustchen Marquardt ihren Eltern voran zum Feuer, das nun angezündet wurde.

Ich haute Joseph auf die Schulter und grinste verächtlich.

„Wie in alten Tagen, was?" rief ich zusammenhanglos. Es war keineswegs wie in alten Tagen. Aber ich dachte: solange er hier bei mir ist, kann er woanders kein Unheil anrichten. Jedoch er plierte schon nach den Mädchen hin.

Ich setzte mich umständlich ins Gras und zog ihn neben mich. Wir würden ein Gespräch von Mann zu Mann führen.

„Prima Aussicht von hier über den See!" sagte Joseph verständnisvoll. Als ob er den See von hier aus zum erstenmal sähe! Da saß er, und grinste – und verrenkte den Hals nach den Mädchen.

„Hm", sagte ich nach einiger Zeit.

Überall saßen Gruppen von Leuten in weitem Kreis um das Feuer, das noch nicht so richtig in Gang war. Der Abendwind wisperte durch die Birken.

„Hm“, sagte Joseph nach weiteren zehn Minuten. Er straffte wahrhaftig die Schultern und hatte einen großspurigen Zug um die Mundwinkel.

Über das Wasser des Sees lief ein silbernes Glitzern, die Sonne sank tiefer und tauchte schließlich hinter den jenseitigen Wald. Kinderstimmen tönten von unten aus dem Ufergebüsch, aber man sah niemanden von hier oben. Nur das Boot, das vom anderen Ende jenseits des Dorfes heraufgerudert wurde.

Also gut, wenn es wirklich Mädchen gab, die sich von so einem – so einem – Mondgesicht ein Lächeln gefallenließen ...

„Hm“, machte Joseph.

Früher war mir seine Redseligkeit nicht so aufgefallen.

Jedenfalls mußte ich jetzt schleunigst anfangen, mich zu betrinken. Ich stand auf. Wir sahen uns an.

„Wo haben die denn das Bier?“ fragte ich.

Joseph wollte unbedingt mit mir trinken. Aber ich schob die Hände in die Hosentaschen, drehte mich um und trabte ärgerlich nach der anderen Seite.

Da hinten lag das Moor ganz still und dunkel, da schimmerte der zunehmende Mond im rosa Wolkenhauch und Nachglanz des Sonnenunterganges.

Nicht das Richtige für mich jetzt!

Hinter mir waren laute Willkommensrufe, Lachen und Begeisterung. Ottmars Stimme. Er war mit Richard Ludin und Max Skellka über den See gekommen.

Dann begannen sie zu singen. „Flamme empor ...“

Alte und junge Stimmen. Felix Lobotka ließ die Gitarre klingen. Auch der Lehrer aus Schwanticken und zwei andere hatten ihre Gitarren gestimmt. Und das Feuer loderte knisternd ins Zwielicht.

Loderte mit hellen Flammen, wie geschürt durch den vielstimmigen Gesang.

Auch nicht das Richtige!

Eine Hand legte sich auf meine Schulter. Ich fuhr herum und sah in Daniels gutes, fröhliches Gesicht.

„Wo hast' gesteckt?“

Das war das Richtige!

„Laß man. Is' nuscht.“

Daniel wußte meistens, was los war. Ohne Erklärungen konntest du dich neben ihn und Pawel ins Gras setzen. Du konntest immerhin einen guten Krug Bier in den Händen halten, konntest die Lieder mitbrummen, weil sie dir so in Fleisch und Blut lagen, konntest auch mit den anderen ungläubig über den kleinen, dünnen Paul Lobotka lächeln, der aus seiner Mundharmonika Unvergleichliches über den Hügel hinklingen und -singen ließ, konntest auch in die Unruhe der Flammen starren und schließlich spüren, wie Nachtkühle und Dunkelheit hinter dir aus dem Moor krochen.

Es tat gut, den alten Daniel neben sich zu haben. Mit ihm wollte ich trinken.

Trinken und meinetwegen zusehen, wie die Mädchen drüben mit hellen Stimmen sangen, während der Feuerschein über ihre frischen Gesichter huschte.

Ich nickte der dunklen Käthe zu, die, wie mir schien, manchmal nach meinem Daniel herübersah. Aber er merkte es nicht. Sein ruhiges, helles Gesicht neben mir ließ im Moment kein Interesse an Mädchen erkennen.

„Prost!"

Er sah mich eine Weile an, bis er begriffen hatte, was ich meinte. Dann grinste er sein langsames, gutes Grinsen.

„Wir beide, was?"

Was waren Mädchengeschichten gegen eine solche Freundschaft!

Daniels ältere Schwestern schienen auch kaum besser als die anderen zu sein. Christina hatte ihren Verlobten aus Treuburg mitgebracht, und Katharina, die im Lehrerinnenseminar lernte, wurde von Max Skellka geradezu beschattet und verfolgt. Sie war aber ein bißchen spröde und ließ sich nicht so leicht gewinnen.

Schorschchen und Pawel hatten sich zu Maria Kowallik gesetzt. Um sie entstand natürlich der größte Wirbel. Mit ihren dunklen Locken und leuchtend braunen Augen war sie eben aufreizend hübsch. Aber ich ließ lieber die Augen von ihr, sie war mir zu eingebildet.

Ihr Bruder, das lange, leider immer noch schielende Fritzchen, hatte sich zu uns gesetzt. Und auch Ottmar und Heinz Marquardt kamen in unsere Ecke. Wir waren alle nicht so besonders sangesfreudig, dafür gab es gutes Bier bei uns.

„Siehst' den Heinrich dahinten?" Daniel stieß mich an. Der dunkle, elegante Heinrich, Sohn des Gutsbesitzers von Gut Laiden, saß einsam im Hintergrund und stierte vor sich hin.

„Er ärgert sich die Plautz voll!" fuhr Daniel fort, „weil doch die kleine Gertrud Skellka nicht da ist!"

Die war als Dienstmädchen auf Gut Laiden angestellt, und jeder wußte, daß der Sohn des Hauses ihr nachlief.

„Und?" Ich begriff nicht.

Daniel beugte sich dicht zu mir herüber, grinste und funkelte mich aufgeregt an.

„Seine Mutter kann's nicht leiden, die alte Gutsherrin. Die mit den strengen Augen, die immer so gerade geht, weißt'? Sie hat der Gertrud was ins Haar gestreut. Das stinkt, sag' ich dir, und nu' muß sie zu Hause bleiben. Und der Heinrich soll sie nich' mehr ansehen dürfen."

Ich sperrte die Augen auf. Etwas Ähnliches hatte ich früher einmal erzählen hören. „Was war das in ihren Haaren?"

„Federn von 'ner Eule", sagte Daniel zögernd. Leise fuhr er fort: „Die Alte hat die Federn geröstet und zu Pulver zerrieben. Stinkt wie Satan!"

Wir schwiegen entsetzt. Verbrannte Federn sollten einen schrecklichen Geruch haben, das wußten wir. Arme Gertrud!

Kleine Kinder sprangen herum und rissen uns aus unseren unheimlichen Gedanken. Ernachen rannte mit ihren Freundinnen kreuz und quer, und manchmal kitzelten sie die größeren Jungen von hinten mit Grashalmen. Tante Luise hielt ein wachsames Auge auf sie, während Muttchen natürlich mit ihrer Freundin Julie, Marias und Fritzchens Mutter, zu schabbern hatte.

In diesem Jahr war unsere ganze Familie einmal zum Sonnwendfeuer nach Schwanticken gefahren, und auch einige unserer Nachbarn hatten sich eingefunden.

Am lustigsten ging es wohl bei der schwatzhaften Laura Kulessa zu, einer flinken, runden Person, die wieder einmal ihre „Partnerin" in Frau Lobotka gefunden hatte. Die sah womöglich noch dicker und noch gemütlicher aus. Von den beiden stiegen andauernd muntere Lachsalven und jubelnde Quiekser in den Abendhimmel. Sie hatten die Angewohnheit, beide gleichzeitig mit schwindelerregender Schnelligkeit aufeinander einzureden und dann, ebenso gleichzeitig, in ansteckendes Gelächter auszubrechen, wobei es nicht ganz klar wurde, ob sie mehr über das Selbsterzählte oder über die Reden der jeweils anderen lachten.

Eine Reihe Frauen saß dabei, aber keine von ihnen schaffte es wie diese beiden, in derart flinker Lustigkeit zu erzählen und, fast gleichzeitig, zuzuhören und zu lachen.

Indessen war der Himmel nach ausgiebigem Leuchten und Abschiednehmen in allen Farben doch endlich dunkler geworden. Silbern stand der Mond über dem Wald, während die Nebel aus dem Moor schwebten.

Und da stand plötzlich der alte, hagere Lehrer aus Schwanticken neben dem Feuer. Er richtete sich hoch auf und sah in die Runde. Aber er kam sich wohl doch noch zu klein vor, deshalb stieg er auf einen Stubben. Da rückte er die Brille zurecht und fuchtelte mit seinen langen Armen durch die Luft, und nun hatten ihn endlich alle bemerkt, hörten auf zu reden und sahen zu ihm hin.

„Liebe Mitbürger!" begann er mit seiner tiefen, lauten Stimme, „liebe Nachbarn aus Schwanticken, aus Suneiken, Bergendorf, Giesanken, Gut Laiden, Podersee und aus den anderen Dörfern! Liebe Erwachsene, liebe Kinder! Unsere Jungen haben wie jedes Jahr ein schönes Feuer aufgebaut. Mit mir danken sie euch allen, daß ihr so zahlreich gekommen seid!" Und dann hielt er eine Rede, die von dem alten Brauch des Sonnwendfeuers handelte und davon, daß hier jedes Jahr symbolisch die bösen Geister verbrannt und eingeäschert wurden. Es war eine schöne, kluge und auch nicht zu lange Rede, und am Ende nickten die Alten ringsum wohlwollend, während die Jungen, die nahe am Feuer standen, dies nun gewaltig stocherten und besonders hoch auflodern ließen.

„Flamme empor...!" stimmte der Lehrer noch einmal an, und alle fielen begeistert ein.

„Zogen einst fünf wilde Schwäne..." begannen dann die Mädchen zu singen. Es ist ein schwermütiges Lied, das wir sehr liebten. Es paßte gut zu stiller Dunkelheit und Mondlicht und knisterndem Feuer.

Von der anderen Seite herüber ertönte Gejohle. Da hatten Georg und die Skellka-Jungen ein Rad mit Stroh umflochten. Das wurde jetzt unter begeisterten Zurufen angezündet.

„Aus dem Weg!" schrie Jochen. Und dann gaben sie dem brennenden Strohkranz einen Stoß, daß er, ein loderndes Feuerrad, den Abhang hinunterrollte. Alle waren aufgesprungen und sahen ihm hinterher. Sahen, wie es schneller und schneller wurde, bis es unten an der Straße in einer Senke stockte und umkippte. Da war es schon fast aufgebrannt.

Georg und seine Freunde jagten hinterher. Sie mußten ja sehen, ob nichts weiter in Brand geraten war.

„Soso", sagte der alte Gustav Ludin, „jaja, das haben wir früher auch schon gemacht".

„Jenseits des Tales standen ihre Zelte" stimmten die Mädchen wieder an und „Ännchen von Tharau", natürlich, sowie das Masurenlied: „Wild flutet der See..."

Wir wußten viele schöne Lieder.

Richard Ludin paßte mit einigen anderen Burschen auf das Feuer auf und warf weitab gefallene Äste wieder in die Flammen. Hoch stoben die Funken in die heiße, bewegte Luft.

Ohne daß wir es beachtet hatten, war der Kreis kleiner geworden. Sicher war es bald Mitternacht, und viele Eltern hatten sich längst leise verabschiedet und ihre Kinderchen zu Bett gebracht. Auch Ernachen war vor einer Weile schon mit den Eltern, der Tante und den alten Nachbarn nach Hause gefahren.

Aus dem Moor tönte das helle, endlose Zirpen der Grillen.

Der alte Lobotka blies auf seiner Mundharmonika, und wir konnten nicht genug davon bekommen.

Dann tönte plötzlich auch Jochens Geige durch die Dunkelheit. Eine Bewegung lief durch die Zuhörer: das war ein Klang, der einem in die Beine fuhr.

Und schon hatte mein flottes Schorschchen die schöne Maria ergriffen und schwenkte sie im Tanz ums Feuer. Sie warf ihre Locken zurück, ihre Augen blitzten im Feuerschein.

Gleich waren auch andere aufgesprungen und tanzten den beiden nach. Das Feuer wurde schon kleiner und fiel in sich zusammen. See und Wiesen ließen sich in der Dunkelheit nicht mehr unterscheiden.

Der Mond stand zwar immer noch silbern am Nachthimmel, aber wir, noch geblendet vom Flammenschein, empfanden nichts als weiche Finsternis hinter unseren Rücken. Wenn die Geige schwieg, hörten wir den knarrenden Ruf der Wiesenschnarre im Tal, und auch die Grillen ließen nicht ab, ihr eintöniges Sommerlied aus dem Moor zu zirpen.

„Sieh!" sagte Daniel und stieß mich leise an. Er meinte den immer munteren, dicken Ludwig Rudanski, der zwar beim Gehen schnaufte, aber sehr gut tanzen konnte. Eben schwenkte er fröhlich die „schöne Julie" in der Runde und sang dabei mit seinem prachtvollen Tenor die Melodie mit.

Man hatte ihn noch nie mit seiner eigenen Frau tanzen sehen. Henriette Rudanski war eine dürre, streng wirkende Person, und wahrscheinlich konnte die Ärmste überhaupt nicht tanzen.

Ich wünschte, ich wäre zu Hause geblieben. Bis auf mich schienen es alle lustig und nett zu haben, und sogar Daniel wäre wohl auch ohne mich gut zurechtgekommen.

Jetzt war der lange Pawel an der Reihe, mit der schönen Maria zu tanzen. Und die kleine Regina Skellka erkannte ich mit – ja, Ottmar zog sie gerade auf die Seite und schien ihr etwas zuzuflüstern.

Und dann kam wahrhaftig die dicke Lina auf mich zu und wollte mit mir tanzen. Schnell versenkte ich mein Gesicht in den Bierkrug. Aber aus den Augenwinkeln sah ich gerade noch, wie die Gustchen strahlend in Josephs Arm vorübertanzte. Ich sprang auf und packte Lina am Arm, daß sie aufschrie.

„Komm!“ Und ich zog und schubste sie rundherum um das Feuer. Sie konnte nämlich noch weniger tanzen als ich, und ich hatte ordentlich mit ihr zu tun. Aber wenn die Gustchen sich mit dem feisten Joseph vergnügen mochte, dann konnte ich wohl ebensogut mit der rosigen, unbeholfenen Lina tanzen. Jawohl. Und das tat ich.

Bis mir fast die Puste ausging. Wir plumpsten beide ins Gras unter die Birken.

Hier waren wir außerhalb des kleiner werdenden Lichtkreises. Lina pustete sich schwitzend einige Strähnen aus dem Gesicht, aber ich spähte gleich zum Feuer hin. Einige Paare begannen jetzt über die Flammen zu springen. Und Joseph tanzte noch immer mit Gustchen und redete eifrig auf sie ein.

„Hörst' die Nachtigall?“ sagte Lina neben mir und griff nach meiner Hand.

Erschrocken fuhr ich zurück. Es sah so aus, als sollte ich sie jetzt küssen, die gute, runde Lina.

Zaghaft schlug tatsächlich eine Nachtigall, ganz entfernt in einem Garten.

Gleichzeitig sah ich Ottmar mit der kleinen Regina drüben übers Feuer springen. Sie schrie kein bißchen wie die anderen Mädchen, aber als sie heil gelandet waren, fiel sie Ottmar glücklich in die Arme. Hinter den beiden setzten wieder zwei zum Sprung an. Das waren zweifellos Gustchen und Joseph.

Ich sprang auf.

Es sah fast aus, als ob Gustchen sich sträubte. Aber Joseph hatte sie fest am Handgelenk gepackt, nahm Anlauf und – landete krachend mitten im Feuer.

Gustchen hatte sich losgerissen und den Sprung alleine geschafft. Gleich liefen natürlich mit Gejohle die Kameraden herbei, und Joseph fluchte und machte, daß er wieder auf die Füße und aus den Flammen kam. Die waren zum Glück nicht mehr gefährlich gewesen.

In dem Tumult riß mich plötzlich jemand am Arm. „Komm! Man sollte doch nicht allein springen!“

„Du?“ Gustchens blitzende Augen, ihr heißes Gesicht vor mir, ich war ganz verdattert.

Im Nu hatte sie mich in den Lichtkreis gezogen. Wir rannten los und sprangen – und landeten mühelos auf der anderen Seite.

Mit fliegendem Atem stand Gustchen vor mir. Ich wußte gar nicht, wie mir geschehen war. Lina, fiel mir ein, sicher hat sie Lina gar nicht gesehen im Dunkeln. Und in meiner Verwirrung hielt ich Gustchen immer noch fest, hatte plötzlich ihr glühendes Gesicht erwischt und sie geküßt.

Erschrocken starrten wir uns an. Es ging aber nicht an, daß ich mich nun einfach wieder unter die Birken zur dicken Lina verkroch. Also faßte ich Gustchen um und tanzte mit ihr los, so schlecht es eben ging.

Lange Zeit schwiegen wir. Ihr Atem, ihr erhitztes Gesicht vor mir, sie selbst in meinen Armen, das verwirrte mich und machte mein Herumgehopse nicht gerade anmutiger.

Ich wurde ganz ärgerlich.

„Kannst' nur den Joseph angucken, was?"

Abrupt blieb Gustchen stehen und warf ihre Zöpfe in den Nakken. „Und du?" Sie funkelte mich an, „hast' mich vielleicht angeguckt damals, als du mit deiner Schwester am Zaun vorbeigefahren kamst? Nich' mal abgestiegen bist'!"

Ich starrte sie an. Sprachlos. Aus Mädchen sollte einer klug werden!

„Hätte ich gewußt..." begann ich schwerfällig.

„Dammlich!" schnitt sie mir flink das Wort ab – und lachte mir ins Gesicht.

Aber sie mochte doch mit mir tanzen, das merkte ich.

Und wunderte mich sehr darüber. Denn ich alter Holzklotz war noch nie ein Freund von der Hopserei gewesen. Ottmar und Schorschchen, ja, die mochten tanzen, aber ich, nein danke!

In der Nacht jedoch hatte ich weder Mühe mit meinen Füßen noch mit dem Takt, weder wurden wir müde noch schwindlig...

Es war wohl schon früher Morgen. Plötzlich drang Daniels vertrautes Lachen an mein Ohr, da erwachte ich wie aus einem Traum. Jochen hatte seine Geige eingepackt, er war fast der Letzte. Die Musik schwieg wohl schon lange. Wir hatten es nicht gemerkt.

An einer der Birken lehnte Daniel, da hatte vor einer Ewigkeit jemand mit der runden Lina gesessen ... Ottmar saß mit Regina dicht bei der letzten Glut, Richard stocherte in der Asche. Irgendwo in der Dunkelheit klang Marias Lachen.

„Woll'n wir nach Hause?"

Ach nein, wir setzten uns dicht nebeneinander in die letzte Wärme des Sonnwendfeuers.

So hat sich also der Sommer gewendet, fuhr es mir durch den erhitzten, aufgeregten Kopf, der Sommer und vielleicht noch so einiges ...

Daniel und ich warfen noch ein paar Äste in die Glut. Dann kauerten wir uns darum und waren nur noch still.

Alles Land um uns und der See unten lagen schweigend. Der Mond war untergegangen, ein Windhauch ging in der Ferne durch den Wald, wie gespenstisches Flüstern. Und die Eulen riefen ihr einsames „Uh – hu“!

So wachten wir am Feuer in der Johannisnacht. Bis hinter den Kiefern über dem Moor der neue Tag graute. Weiß glitten noch Nebel über die Wiesen, aber es dauerte nicht lange, da schwangen sich schon die Lerchen in die Luft, und ihr unermüdlicher Lobgesang mischte sich mit dem Klang der Glocken aus dem Dorf.

So sind Johannisnächte. Mehr ist nicht zu sagen.

Und nun sei auch Du bitte still, mein Marjellchen, und lausche dem Vergangenen hinterher ...

Dein Großvater

# *Lieber Großvater!*

Fast hätte ich gesagt: lieber Robert, denn seit Deinem letzten Brief sehe ich Dich auch als schmucken, jungen Kerl. Jetzt könntest Du mir wohl ein Foto aus der Zeit schicken, und ich würde Dich auch darauf erkennen. Mutig, immer zu Späßen und Tollheiten aufgelegt, aber auch ein bißchen nachdenklich, oft unsicher und ziemlich sensibel. Stimmt's?

Wie ging es weiter? Oder bin ich wieder mal allzu neugierig?

Was mir noch einfiel – und was mir auch nach Deinem Brief über die Osterbräuche schon durch den Kopf ging: alle diese vielen besonderen Sitten und Festgebräuche, waren sie nicht auch Grundlagen sowohl für Euren ausgeprägten Gemeinschaftssinn damals, als auch für Eure so innige Heimatliebe? Ich meine, Ihr habt doch so vieles jahraus, jahrein in der engen notwendigen Gemeinschaft mit Euren Nachbarn erlebt. Das muß einen ja zusammenschweißen. Und die Gedanken an die Heimat müssen wohl immer auch Gedanken an die damit so fest verbundenen Menschen sein. Ohne diese festgefügte Dorf- und Nachbargemeinschaft hättet Ihr all dieses Brauchtum ja wohl nicht einhalten und feiern können. Und nur in Eurer Abgeschiedenheit konnte sich wohl das Althergebrachte so erhalten und weitervererben.

Was hattet Ihr noch für besondere Gewohnheiten? Mir schwirrt ja der Kopf, wenn ich höre, wie da so Christliches und Heidnisches bunt durcheinander- und nebeneinandergeht!

Also: bis zum hoffentlich baldigen nächsten Brief alles Gute, lieber Robert und Großvater,

Deine glückliche Friedchen

# *Mein liebes Friedchen!*

Du hast recht mit dem, was Du über unsere Gemeinschaft mit Nachbarn schriebst. Jedoch darfst Du nicht den Eindruck haben, daß wir Tag für Tag zusammenhockten! Der Alltag war einsam. Und wie viele Alltage gab es neben so wenigen Festtagen! Das Gefühl, allein mitten in den Wäldern zu leben, war stärker als das der Nachbarschaft. Nur: im Notfall waren eben Nachbarn da. Im Hintergrund sozusagen. Aber ohne unseren Zusammenhalt, gegenseitige Hilfe, unser häufig gemeinsames Feiern der Feste und Einhaltung der Sitten und Bräuche im Jahresablauf hätten wir in der Einsamkeit wohl nicht so gut leben können. Und ohne das Erleben dieser Gemeinschaft wäre für uns heute die Heimat in der Erinnerung nicht das, was sie war.

Also horch', was war und wie es war.

Du möchtest jetzt wissen, wie es weiterging mit Gustchen und mir?

Gar nicht.

Jedenfalls nicht sichtbar.

Unter meiner Oberfläche rumorte es allerdings, das Erlebnis jener Johannisnacht, und ließ mich nicht los. Aber zu einem Wiedersehen kam es erstmal nicht. Lange Zeit nicht. Ich hatte während der letzten Schuljahre viel zu lernen, außerdem konnte Vaterchen auf meine Hilfe zu Hause nicht verzichten. Ottmar studierte in Königsberg, und Schorsch, der eine Kaufmannslehre in Treuburg fast beendet hatte, fehlte auch zu Hause.

Kurz vor Weihnachten erkundigte ich mich beunruhigt.

„Hab' so lange nuscht von Marquardts gehört", sagte ich zu Ernachen, „du weißt doch, die Anna, die mit dir zum Konfirmandenunterricht ging..."

Erna lachte. „Na, Bruderchen, ich hör' dir trapsen! Die Anna? du meinst doch Gustchen, von der du nuscht gehört hast!"

Ich begann mich unbehaglich zu fühlen. Noch sollte mir keiner auf die Schliche kommen.

„Is' nich' mehr da, die Gustchen", sagte Erna.

„Is' nich' mehr...? Wieso, wo is' se denn?"

„In Lyck." Sie freute sich an meinem fassungslosen Gesicht, diese Schwester, „lernt Schneiderin".

„Ja, so...!"

Nur Anna und Berni, ihre kleinen Geschwister, sah ich ein paarmal nach der Kirche, als sie mit Ernachen zusammenstanden. Gustchen ginge es gut, sagten sie; ja, sie würde eine richtige, piekfeine Schneiderin.

Auch Gustchens Freundin, die dunkle, schweigsame Käthe, sah ich nur von weitem. Sie bemerkte mich nicht, ich wußte schon, nach wem sie ausspähte. Aber Daniel schien immer noch zu jung, zu ungehobelt, sich mit Mädchen zu befassen. Oder zu schüchtern, dachte ich.

Das Schicksal hatte uns noch immer nicht auseinandergerissen. Während Pawel sich zur Polizei gemeldet hatte, wollte Daniel wie ich die Landwirtschaftsschule in Treuburg besuchen. Auch er sollte ja den väterlichen Hof übernehmen.

Es gab wirklich jede Menge zu lernen und zu arbeiten für uns. Nebenher hatten wir unsere Bienenzucht. Denk mal: eine Zeitlang waren es zwölf Bienenvölker, um die wir uns kümmern mußten! Da blieb uns, weiß Gottchen, keine Zeit zum Träumen oder um Ausflüge zu machen, nach Lyck etwa...

Ab und zu trafen wir natürlich auch Freunde von früher, ab und zu feierten wir vergnügte Nächte, erzählten uns bei einem Schlubberchen gegenseitig unsere Erlebnisse, Erfahrungen und Geheimnisse in einer Scheune oder an einem unserer vertrauten Schlupfwinkel von früher. Ab und zu spielten natürlich Mädchen eine Rolle. Aber die Lorbasse neckten mich schon, weil für mich anscheinend keine gut genug war. Meinten sie. Nur Daniel warf mir dann heimlich einen langen Blick zu. Richtige Freundschaften sind schweigsam.

So vergingen Monate, Jahre.

1934 gab es eine politische Versammlung in Schwanticken. Alle jungen Burschen wurden hinbestellt oder eingeladen – wie Du willst –, und man versuchte, uns den Kommiß schmackhaft zu machen. Für viele, besonders für solche, die keine der knappen Lehrstellen bekommen hatten, war es auch wirklich verlockend: wenn du dich für eine gewisse Zeit verpflichtetest, bekamst Du eine hohe Abfindung. Fritzchen, der lange, schielende Fritz Kowallik, und einer der Skellka-Jungen meldete sich, außerdem noch einige unserer ehemaligen Schulkameraden. Fritz sollte eigentlich den elterlichen Hof übernehmen, aber er wollte nicht. Er wurde Soldat und kam weit weg ans Haff, wo er sich später auch verheiratete.

Für Daniel und mich aber war das nichts. Wir wollten zu Hause Landwirt sein. Wollten noch bessere, umsichtigere Bauern werden, als unsere Väter und Großväter es waren. Deshalb besuchten wir die Schule. Alles, was mit der Landwirtschaft zusammenhing, interessierte uns.

In dem gleichen Winter kam Gustchen zurück.

„Is' nu' Schneiderin", erzählte Heinz Marquardt uns Brüdern

eines Abends, „ich glaub', sie kann richtig nähen und sowas", sagte er grinsend, „hat gleich Aufträge vom Gut. Da ist sie jetzt für 'n paar Wochen und näht."

Wir trafen uns bei einem der seltenen Tanzvergnügen. Ich glaube, es war eine Hochzeit. Die schmucke, blonde Marjell mit den altbekannten Lachgrübchen war Gustchen. Saß zwischen ihren Freundinnen, hatte ihr Vergnügen und wurde im übrigen von jungen Burschen umschwärmt. Sie lachte alle an, sie tanzte mit jedem. Aber ich, ich saß grimmig in einer Ecke. Ich konnte ja nicht besonders gut tanzen. Immer noch nicht.

Schließlich stand Gustchen plötzlich vor mir.

Verwirrt sprang ich auf. In all ihrer alten und neuen Schönheit stand sie da.

„Kennst' mich gar nich' mehr?" sagte sie.

Ich schluckte und wußte wieder einmal nicht, was ich sagen sollte.

Mir blieb nichts anderes übrig, als mit ihr zu tanzen.

Dann trafen wir uns ab und zu. Ich wußte gar nicht recht, wie es zuging, aber Gustchen hatte ein heimliches Geschick, es so einzurichten, daß wir uns manchmal über den Weg liefen.

Der Frühling kam, und dann wurde es Sommer. An keinen Sommer erinnere ich mich so genau wie an jenen vor unserer Hochzeit.

In der Woche arbeitete Gustchen ja auf dem Gut. Aber an einem Sonntagnachmittag nahm ich mutig Ottmars Fahrrad, das ich seit langem geerbt hatte, und fuhr nach Schwanticken. Gustchen hatte glühende Backen, als ich kam.

Wir spazierten in die Felder hinaus.

Der Roggen stand hoch und fast reif. Gustchens Gesicht war so rot wie der Mohn, den sie liebte. Ich pflückte ihr einen großen Strauß davon. Aber sie lachte mich aus.

„Du Dummchen, die verwelken ja sofort!"

„Aber du nicht!" sagte ich ärgerlich, „siehst du, der olle Mohn!" Ich sah in ihre blauen, leuchtenden Augen. „Du bist mehr wie Kornblumen!"

Da nannte sie mich nicht mehr Dummchen, sondern wurde noch röter.

Die meiste Zeit schwiegen wir. Kauten die herausgepulten Roggenkörner, sahen die Lerchen fliegen, und wenn sich unsere Blicke trafen, grinste ich albern.

Und plötzlich kam dann so irgend etwas:

„Früher", sagte Gustchen zögernd, „früher haben wir ..., haben wir, was gemacht ..., weißt'?"

Früher, das war ein oder zwei Jahre her.

„Weiß nich'."

Sie pflückte drei Ähren. „Die Hostie, weißt', Robert, beim Abendmahl ..."

„Hä?"

Ihre Finger rissen eine Ähre auseinander. „Na, die Käthe hat gesagt..., hat gesagt, man soll die Hostie nich'..." Gustchen senkte den Kopf.

„Was?"

„Nich' essen, sondern schnell ins Taschentuch tun!"

Ich setzte mich auf und ich rupfte eine Roggenähre ab.

„Warum?"

„Weil", sie zögerte. Dann haspelte sie: „Damit man einen guten Mann bekommt."

„Und?" Ihr liebes Gesicht war wie mit Blut übergossen.

„Sie hat's", flüsterte sie, „wirklich getan!"

Ich starrte sie entsetzt an.

Sie schüttelte wild den Kopf. „Ich – ich hab' mich nich' getraut."

Der Roggen rauschte um uns. Und der Abend sang. Ich konnte wieder atmen. Wir pulten Ähren auseinander und kauten die Körner.

„Du bekommst", sagte ich, „trotzdem 'nen guten Mann! Sicher!" Alle meine Muskeln spannten sich. „Glaubst'?"

Sie nickte. „Vielleicht." Ihre Stimme klang komisch. „Vielleicht kommt irgendwann 'n netter Mann, der mich will..."

Die Gedanken purzelten nur so durch meinen Kopf. Ich beschloß, sie jetzt einfach zu küssen.

Aber da war Gustchen schon längst aufgesprungen und am Feldrain entlang weitergelaufen.

Immer zu langsam, ich Dammelskopp! Träge folgte ich ihr. Die Sonne schien so heiß, und das Korn wogte. Es war noch nicht reif.

Anmutig eilte Gustchen vor mir her, spazierte in ihrem bunten Kleid unter dem unendlich hohen Sommerhimmel.

Von mir aus hätten wir immer so weitergehen können...

Dann wurde der Roggen geerntet.

Wir hatten damals Dreifelderwirtschaft, mußt Du wissen. Der Roggen, das waren fast ein Drittel des Gesamtbesitzes, bei uns etwa 13 Morgen. Jeder Bauer hatte auch etwas Weizen, aber den erntete jeder allein. Das zweite Drittel bestand aus Weiden, das letzte aus Hafer, Klee und Kartoffeln. Dazwischen lagen die Wiesen, ein Stück Wald und manchmal, wie bei uns, noch Moor.

Ende Juli, Anfang August wurde der Roggen geerntet.

Ich habe den Gesang der Schnitter noch im Ohr. Ernst klangen die Stimmen, immer im Takt mit dem Sensenschlag unter dem weiten Himmel. Immer im Takt, und die hohen, weißen Wolken zogen darüber hin. Es war anstrengende Arbeit, aber das Singen machte sie leichter. Man merkte eben, daß man sich nicht allein mühte.

Der junge Felix Lobotka hatte eine schöne, kräftige Stimme, aber auch die Skellka-Mädchen mit ihren klaren Sopranen hörte man weithin. Am tiefsten und gemütlichsten brummten Max Skellka und Karl Amoneit, während der schmächtige Paul Lobotka die zweite Stimme summte.

So zogen wir arbeitend und singend langsam übers Feld, hinter jedem Schnitter eine Frau, die Garben band.

Wir und unsere unmittelbaren Nachbarn Amoneit und Lobotka halfen uns gegenseitig. Beim Mähen und Singen. Reihum wurde bei allen der Roggen geerntet. Dazu kamen in diesem Jahr noch Max, Regina und Lina Skellka. Die hatten wohl noch irgendeine Schuld zu begleichen. Ich glaube, Vaterchen hatte Jakob Skellka im Frühjahr bei den Kartoffeln geholfen.

Bei Amoneits begannen wir meistens. Trafen uns im Morgengrauen auf dem Hofplatz, manche noch mit Schlaf in den Augenwinkeln, und zogen dann in langer Reihe am Waldrand entlang zu Amoneits Roggenschlag. Die Männer hatten ihre Sensen geschultert, und die bunten Kopftücher der Frauen wippten lustig in den heraufdämmernden Tag. Ringsum war noch Stille und Tau auf den Gräsern. Nur die Vögel begannen ihre Morgenlieder.

Und dann fingen die Mädchen leise an zu schwatzen, und verhaltenes Lachen weckte den Tag.

Vor dem Feld ordneten sich die Schnitter mit ihren Binderinnen. Vorneweg schritt der Bauer. Die Tante Anna folgte ihrem Bruder Karl, Max Skellka hatte es unter Bitten zuwege gebracht, daß Katharina Amoneit ihm als Binderin nachging. Die, mager und etwas spröde, verbrachte nämlich gerade ihre Ferien auf dem heimatlichen Hof. Seit einiger Zeit studierte sie in Königsberg im Lehrerinnenseminar. Man wußte nie recht, wie gern sie sich eigentlich Maxens treue Anhänglichkeit gefallen ließ, und ob sie für den stämmigen, blonden Burschen in Wahrheit mehr als ein gnädiges Lächeln übrig hatte.

Ich wurde von Muttchen oder Erna begleitet, schwang gleichmäßig meine Sense – und dachte an Gustchen. Tante Luise blieb meistens zu Hause und beschickte das Vieh.

Die Sonne stieg höher und breitete den heißen Tag über Felder und Wald. Der Schweiß floß in Strömen. Daniel, der schräg vor mir arbeitete, begann ab und zu sehnsüchtige Blicke nach dem Waldrand hinüberzusenden, wo der schmale Weg vom Hof aus dem Fichtendickicht herausführte. Und dann kam Lene Amoneit, die Bäuerin, zu uns herausgewandert, den schweren Henkelkorb mit unserem „Kleinfrühstück" schleppend.

Im Grenzgraben, vor den Fichten, packte sie alles aus und wartete im Schatten, bis wir unsere Mahd beendet hatten.

„Ach, Gottchen, schon Frühstückszeit", sagte Gertrud Lobotka, indem sie die letzten Garben band. Dann wischte sie sich den Schweiß vom sonnverbrannten Gesicht und folgte ihrem Mann über den schon kahlen Teil des Feldes an den Waldrand.

Wir ließen uns das Frühstück schmecken. Die Arme waren noch schwer, und aus den Fingern wich kaum der Rhythmus, man meinte, die Sense immerfort zu schwingen...

Gegen Mittag wurde es immer heißer. Vom Hof ertönten klingende Schläge auf Metall, die riefen uns zum Mittagessen. Lene Amoneit hatte eine kräftige Mahlzeit gerichtet. Danach legten wir uns eine halbe Stunde hin, jeder suchte sich ein schattiges Plätzchen und ruhte. Bei den Mädchen ging auch das natürlich nicht ohne Gekicher und leises Schwatzen.

Ich legte mich hintenüber ins Gras an den Feldrand. Kamillen verströmten ihren Duft, und eine Kornblume schwenkte ihre blauen Sterne über meine Stirn. Dahinter nichts als Himmel. Blaue Tagessterne vor sonnenblauem Himmel, einige weiße Wölkchen segelten hoch oben dahin. Wer so hinaufkönnte...! Ich wüßte schon, in welche Richtung ich schnell schauen würde...

„Er hört nich'!" Lachen schreckte mich auf.

„Träum' nich'!" Ernas rundes Gesicht erschien zwischen den Blumen, zwischen meinen blauen Träumen. Sie lachte. „Hast' geschlafen? Geht weiter, Bruderchen!"

So ist das mit einer Schwester. Ich sprang auf und griff, noch halb verwirrt, nach der Sense. So ist das mit der Arbeit an Sommertagen. Manchmal fand ich, der Sommer wäre einfach zu schön zum Arbeiten, ich Faulpelz. Lag viel lieber in der schönen Wärme, dachte so vor mich hin und ließ mich von Sonne und Luft verbrennen. Von jenen Jahren muß noch sehr viel Sonne in mir sein. Auch der sommerliche Duft des reifen Roggens ist mir in der Nase, wenn ich nur daran denke.

Später kam die Bäuerin noch einmal herausgewandert, diesmal mit Kaffee und Vesperbrot. Aber nach kurzer Pause wurde weitergearbeitet, viele Stunden lang, die Arbeitszeit war unbegrenzt.

Auch den Klang des abendlichen Sensendengelns habe ich noch so gut im Ohr.

Wenn die Dämmerung sich kühl auf die Hitze senkte, ihre sanfte Stille über das Land breitete, dann tönte außer dem einsamen Ruf der Wiesenschnarre – auch Wachtelkönig genannt –, das Klopfen der Sensen von allen Höfen hell herüber. Die Schnitter bereiteten sich auf den nächsten Tag vor.

Und die Frauen, die Binderinnen, hatten natürlich die Garben zu Hocken zusammengestellt. Eine Hocke wurde aus zehn Garben gebaut. Abends, bevor alle heimgingen, konnte der Bauer dann die Hocken zählen und ungefähr den Ertrag abschätzen.

Je weiter die Arbeit fortschritt, desto ausgelassener wurde die Stimmung. Der „Plon" war in Sicht. Nach zwei Tagen war Amoneits letzter Roggenschlag gegen Feierabend bis auf einen kleinen Rest niedergelegt. Daraus zogen die Frauen die Halme mit den längsten Ähren und flochten daraus den „Plon", die Erntekrone. Das wurde ein Ährenstrauß, der in drei Teilen durchgebunden wurde und so gewissermaßen drei „Füße" erhielt.

Bauer Amoneit, denn das war der erste Schnitter, band diesen „Plon" an seine Sense, und dann zogen wir zum Hof zurück.

„Das Feld ist weiß..." stimmte Regina an. Alle fielen ein. Es war Brauch, jetzt dieses masurische Erntelied zu singen. „Das Feld ist weiß, der Ähren Häupter neigen sich, ihrem Schöpfer Ehre zu bezeigen..."

Singend marschierten wir dem Hof zu. Und da stand die Bäuerin unter der großen Eingangstür und erwartete uns. Beim Näherkommen sahen wir, daß sie die Hände gefaltet hatte. Erwartete uns also in aller Feierlichkeit.

In angemessener Entfernung von ihr blieben wir stehen und stimmten das Lied nochmals an. Lene Amoneit, die große, tüchtige Frau mit dem fröhlichen Gesicht – heute sah sie ungewohnt würdevoll und ernsthaft aus.

Nun trat Karl Amoneit auf sie zu, löste den „Plon" von seiner Sense und überreichte ihn seiner Frau.

Damit war die Feierlichkeit allerdings erstmal vorbei.

Daniel, Felix und ich hatten schon während des Singens nach dem Brunnen gespäht und uns Zeichen mit den Augen gemacht. Sobald der letzte Ton des Liedes verklungen war, stürzten wir zu dem Wassereimer, der da bereitstand, und fielen damit übereinander her. Unter Geschrei wurden vor allem die Mädchen bespritzt. Aber die waren nicht faul und machten kräftig mit. Die kleine Regina hatte einen zweiten Eimer erwischt und goß ihn blitzschnell von hinten über Felix' gelben Wuschelkopf. Sofort war die schönste Wasserschlacht im Gange. Auch die älteren Bauern und Bäuerinnen beteiligten sich und hatten ihren Spaß. Wir waren ja alle verschwitzt. Wir jacherten nach dem Wasser und konnten gar nicht naß genug werden.

Daniel trieb es am wildesten. Schließlich wurde er, zappelnd und schreiend, mit vereinten Kräften in die Regentonne gesetzt. Da konnte er ein Vollbad nehmen.

In der Stube drinnen hatte die Bäuerin inzwischen alles für die Erntefeier zurechtgemacht. Sobald wir alle sauber und wieder ordentlich hergerichtet waren, versammelten wir uns hier um den weißgedeckten Tisch. Auf dessen Mitte prangte der „Plon". Darum herum hatte Frau Amoneit alle zur Verfügung stehenden Gesangbücher bereitgelegt. Wir sangen „Nun danket alle Gott" oder „Sei Lob und Ehr" oder andere passende Danklieder.

Der Roggen war geerntet. Es hatte Mühe und Schweiß gekostet, aber das Korn, das war nicht durch unser Zutun gewachsen und gereift. Lob und Dank für die Reife, Lob und Dank für unsere Kräfte, für unsere Gemeinschaft!

Und nun erst wendeten wir uns der wohlverdienten Mahlzeit zu, die die Bäuerin gerichtet hatte. Es war reichlich aufgetischt. Dazu hatte der Bauer für gutes Bier und auch einen Schnaps gesorgt.

Das wurde dann so eine fröhliche Runde. Behaglich saßen wir in der schönen Stube bei Amoneits um den großen Tisch und ließen es uns rundum wohlsein. Ach, das waren gemütliche Stunden, Marjellchen! Karl Amoneits dröhnender Baß und das Lachen der Mädchen klangen durch das geöffnete Fenster weit in die beginnende Dämmerung hinaus.

Und dann hatten wir ja glücklicherweise die Lobotkas: Felix – er spielte alle möglichen Instrumente – hatte seine Ziehharmonika schon vorher in einer Ecke bereitgestellt, und sein Vater half mit der unvergeßlichen Mundharmonika.

Jochen fehlte. Er war zu der Zeit in Reinkental bei einem Schmied in der Lehre.

Max Skellka sprang gleich auf und begann Daniels Schwester Katharina herumzuschwenken, ehe sie Zeit hatte, womöglich nein zu sagen. Regina lachte mir zu, aber ich war zu träge, hatte keine Lust. Da hatte Daniel genug zu tun, abwechselnd sich mit den Mädchen im Takt zu drehen. Bis er mich mit Gewalt von der Bank zog. „Los, komm!" Er war ganz außer Atem. So mußte ich doch mitmachen.

Wir schwangen dann bis spät in die Nacht das Tanzbein, während die anderen einfach kein Ende finden konnten mit Erzählen, mit Essen, dem Schnaps und der Gemütlichkeit.

Manchmal blieben wir bis nach Mitternacht zusammen. Auch die Alten sprangen ab und zu auf und tanzten eine lustige Runde. Das machte natürlich Hunger und Durst...

Aber schließlich mußten wir doch aufbrechen. Früh am Morgen sollte Lobotkas Roggen gemäht werden. Und dann würden wir den nächsten „Plon" feiern.

Lobotkas Roggenschläge grenzten an diejenigen der Nachbarn Ludin und Kowallik. Die hatten sich mit anderen Nachbarn zu gegenseitiger Hilfe zusammengetan. Manchmal arbeiteten beide Erntetrupps auf benachbarten Feldern.

Als wir in jenem Sommer Lobotkas Roggen mähten, hatte Väterchen gleich die Nachbarn entdeckt.

„Guck' an, Gustav Ludin! Hat der auch schon gemerkt, daß sein Roggen reif ist!"

Mehrere Schnitter und Garbenbinderinnen arbeiteten sich langsam vorwärts. Aber sie waren noch so weit entfernt, daß wir uns nichts zurufen konnten.

Erst nach der Mittagspause mähten wir sozusagen Seite an Seite. Wir riefen uns gegenseitig Späße und Neckereien zu. Maria Kowallik mußte sich Daniels freche Bemerkungen gefallenlassen, und ihre Mutter, die schöne Julie, erkundigte sich gleich, was es bei uns zu Mittag gegeben hätte.

Aber ihr Mann begann zu singen: „Unsere Schnitter sind auserlesene Meister und des Lobotkas seine sind armselige Anfängerchen..."

Darauf antworteten wir natürlich mit einem ähnlichen Vers. Dergleichen Lieder hatten wir eine ganze Menge auf Lager. Dabei ging uns die Arbeit gleichmäßig von der Hand, wir bewegten uns langsam nebeneinander über die Felder.

Nein, nicht ganz.

„Mach schneller, Bruderherz!" sagte Ernachen hinter mir verwundert, „du hast doch schon vorher mal 'ne Sense in der Hand gehabt!" Sie schlang auf dem Schoß jeweils einen Halm um ihre Garben. Es schien, als sei sie plötzlich schneller geworden.

„Oder hat dich irgendeine Lähmung befallen?" Sie lachte mich aus.

Ich – ja, mit mir war vielleicht etwas nicht in Ordnung. Ich konnte auch nicht mit den anderen singen. Konnte nur immerzu dem benachbarten Erntetrupp hinüberstarren, zu der jungen Binderin, die da hinter Gustav Ludin ihre flinken Hände regte und mir zulächelte. Ohne weiteres. Lächelte mit ihren blauen Augen und Grübchen in den Wangen. Wie konnte Gustchen hier bei Ludins bei der Ernte helfen, wenn sie doch wohl auf Gut Laiden saß und nähte?

„Kann sein“, antwortete ich der vorlauten Schwester. Die Sense lag mir so schwer in den Händen. Vielleicht war es wirklich eine Art Lähmung.

Nach einer Weile hatte Erna mich durchschaut.

„Wußtest du das nicht?“ fragte sie in der Vesperpause und machte unverschämt zudringlich-neugierige Augen, „eine tüchtige Schneiderin näht ja nicht ewig auf einem Hof. Auch auf dem Gut nicht.“

Ich sah sie stumm und fragend an.

„Na, jetzt soll sie für Maria Ludin nähen. Für sie, ihre Töchter, was weiß ich! Sind ja auch keine so armen Leute.“

Ich legte mich ins Gras zurück, um Ernas Blicken zu entkommen. So war das also. So konnte das sein.

Und jetzt, bei der Ernte, war es selbstverständlich, daß alle draußen auf dem Feld mithalfen, waren sie nun als Näherin oder was auch immer zufällig auf dem Hof.

„Bei Marquardts in Schwanticken sind sie nämlich schon fertig mit der Ernte“, sagte Erna, diese kluge Frauensperson.

Am nächsten Abend war Lobotkas Roggenschlag abgemäht. Wieder brachten wir der Bäuerin den Plon nach Hause, wieder gab es eine kleine Wasserplanscherei auf dem Hofplatz. Aber gefeiert wurde hier nicht so großartig. Nach dem Abendessen setzte sich, wer wollte, auf die warmen Stufen vor der Tür, einige sangen Lieder, und dann lauschten sie Lobotkas Mundharmonika.

Wer wollte!

Die Mädchen verschwanden mit Felix um die Hausecke, ich drückte mich nach der anderen Seite in die laue Dämmerung.

Quer über die Wiesen schlenderte ich, hörte den Abendliedern der Vögel zu und betrachtete vor mir den großartigen Abgang der Sonne in ihrem abendlichen Rosa und Purpur, Gold und Glänzen.

Etwas anderes als die Natur kannten wir kaum nach Feierabend.

Plötzlich merkte ich, daß ich auf dem Weg zu Ludins Hofplatz war. Der Hund schlug an, von drinnen tönte Stimmengewirr und Gelächter. Entschlossen ging ich quer über den Hof.

„Kusch, Bello!“ Bello erkannte mich und ließ sich kraulen.

Ob die Gustchen herauskäme, fragte ich die Bäuerin. „Aber nicht die anderen stören, bittschön!“

Maria Ludins gutes, breites Gesicht nickte lächelnd.

Gleich darauf stand Gustchen vor mir. Mit Vergnügen stellte

ich fest, daß sie errötete. Wir gingen über den Hof und ein paar Schritte hinter den Stall, wo hohes Unkraut zwischen den Fliederbüschen wucherte.

„Mußt du bei Kowallik auch mithelfen?“ fragte ich.

Gustchen schüttelte den Kopf. „Sind schon fertig.“

„So.“

„Zu Hause sind wir auch fertig mit dem Roggen.“

„Ich weiß.“

Schweigen. Was sollte ich jetzt sagen?

„Wie geht's Heinz?“ fiel mir ein.

Gustchen lachte, hell und leise. „Gut. – Anna und Berni sind auch wohlauf. – Du willst doch nicht im Ernst wissen, wie es Heinz geht!“

Ich senkte den Kopf. „Nein.“

Schweigen.

Dann fragte sie: „Fehlt bei euch noch jemand beim Ernten? Habt ihr genug Binderinnen?“

Ich sah sie erstaunt an. „Ja. Doch. Das heißt...“ Denken war bei mir immer ein langsamer Vorgang, aber nun dämmerte mir etwas. „Das heißt, nein! Eigentlich fehlt die Tante Anna von Amoneits. Die liegt im Bett mit dem Magen.“

„Magenschmerzen? Verkehrt gegessen?“

„Ja, sowas. Und Erna – Erna, ja die muß eigentlich hinter Vaterchen gehen. Und Tante Luise, sie ist so langsam...“

Mehr fiel mir nicht ein. Wir hatten wirklich genug Binderinnen. „Morgen fangen wir nämlich bei uns an.“

„Ja?“

„Ja. – Du nähst dann wohl hier.“

„Frau Ludin hat Kleider für ihre Töchter bestellt. Und eine Jacke für ihren Mann!“

„Kannst du das?“

Sie lachte. „Ich denke, das hab' ich gelernt.“

„Ja, dann...“ Es gab nichts mehr zu sagen. Aber wir blieben voreinander stehen. Scharrten mit den Füßen und rührten uns nicht von der Stelle.

Die Wiesenschnarre sägte ihren eintönigen Abendgesang draußen in den Feldern.

„Und Richard?“ brachte ich nach einer Weile heraus. „Der ist doch auch hier?“

„Was ist mit ihm?“

„Na, der is' 'n Schlaukopf. – Du..., guckst ihn nicht an?“

Gustchen machte ein erstauntes Gesicht. Aber dann lächelte sie, daß man ihre Grübchen sah. „Ach, armes Jungchen!“ Und dann, ehe ich mich's versah, hatte sie mich blitzschnell auf die Wange geküßt und rannte davon.

Mir wurde heiß und kalt.

Ich glaube, ich stand eine ganze Weile wie belämmert. „Gustchen", murmelte ich. Aber sie war ja nicht mehr da.

Es dauerte lange, bis ich den Weg durch Dämmerung und Wiesen nach Hause zurückgelegt hatte.

Am nächsten Morgen begannen wir mit der Roggenernte bei uns. Mutterchen besorgte das Essen zu Hause, Erna schritt hinter Vater her, aber die Tante half Paul Lobotka, denn dessen Frau ließ sich entschuldigen. Auch Lina Skellka konnte nicht mitkommen, und so standen Felix und ich allein da und sahen uns dumm an. Wir hatten zuwenig Binderinnen, so war es leider.

Langsam kamen wir mit der Arbeit voran. Gegen Mittag zogen Wolken auf.

„Nu', wird doch kein Gewitter geben?" sagte Vaterchen besorgt, als wir gegessen hatten.

Ich lag im Schatten des Holunderstrauches und hatte Gustchen im Kopf. Nichts anderes. Auch ein Gewitter hätte mich jetzt kaum erschüttert.

Aber es zog vorüber. Abends grummelte in der Ferne der Donner, aber bei uns war der Himmel wieder klar.

„Morgen ist der letzte Tag!" sagte Lene Amoneit, als sich die Nachbarn abends verabschiedeten.

Der letzte Tag der Roggenernte. Alle waren schon in froher Stimmung.

„Hoffen wir, daß sich das Wetter hält!" meinte Karl.

Am gleichen Abend kam Schorsch nach Hause. Es war Samstag, da hatte er manchmal Gelegenheit, die Familie zu besuchen. Da konnte er morgen gleich mithelfen.

Früh am nächsten Morgen trafen wir alle wieder zusammen. Regina und Erna plinkerten sich zu und lachten. Diese Mädchen! Was hatten sie im Morgengrauen schon zu lachen!

Na, das sollte ich gleich sehen!

Da kam noch jemand, etwas verspätet und eilig, auf den Hof, eine Binderin mit blonden Zöpfen unter dem weißen Kopftuch.

„Die Gustchen?" machte Muttchen erstaunt.

Mir schoß das Blut ins Gesicht.

Aber Gustchen knickste vor der Hausfrau und sagte: „Ich soll heute bei Ihnen helfen. Frau Ludin hat's erlaubt. Weil Sie doch zu wenig Binderinnen haben, sagte sie. Und sie sei Ihnen sowieso noch was schuldig."

„Was schuldig? Ach, das nehmen wir nicht so genau!" Vaterchen freute sich aber, das konnte man sehen. „Nu', wunderbar! Da solltest du wohl hinter Robert gehen."

Felix stieß Daniel an, Daniel boxte Max in die Rippen, sie feixten.

Ich fand es aber nicht zum Lachen. Den ganzen Tag lang sollte Gustchen hinter mir übers Feld gehen und Garben binden?

Ja, das sollte sie wohl.

Genau das hatte sie vorgehabt, als Regina abends bei Ludins an die Tür geklopft und um eine Aushilfe gebeten hatte.

Und so schritt Gustchen hinter mir her, sang mit den anderen, band die Garben in ihrem Schoß, indem sie sie flink mit einem Halm umwickelte. Meine Garbenbinderin. Meine, – nein, sonst nichts. Oder was dachten sie sich denn? Was hatte der gute Daniel zu grienen, und warum warfen die Frauen einander so bedeutungsvolle Blicke zu? Ich wurde fast ärgerlich. Funkelte Erna zornig an, als sie mir wirklich liebevoll zulächelte.

Gustchen und ich – es schien, als wichen die Gedanken der anderen den ganzen Tag über nicht von uns. Zogen sich sozusagen um uns zusammen, begleiteten uns unweigerlich über das Feld, hin und zurück, von allen Seiten. Unser Roggenfeld, diesen ganzen Tag lang war es wie ein Präsentierteller, von dem weder Gustchen noch ich einzeln wieder herunterkommen sollten. Nur zusammen. So leicht und einfach war das für die anderen.

Gesagt wurde nichts darüber. Äußerlich war es ein Erntetag wie jeder andere. Lachen und Singen und Späße und anstrengende Arbeit, vielleicht etwas ausgelassener und lustiger heute, denn dies war der letzte Tag.

Die letzte Erntekrone wurde gebunden, das letzte Mal der „Plon" gefeiert. Besonders feierlich trug Vaterchen den an seiner Sense befestigten „Plon" nach Hause, zum letzten Mal sangen wir das schöne „Das Feld ist weiß ..."

Muttchen stand oben auf der Haustreppe und fuhr sich verstohlen über die Augen, als wir herangewandert kamen. Traten auf den Hof, einer hinter dem anderen, sonnverbrannt, müde und glücklich, die Sensen geschultert, die Mädchen mit ihren bunten Kopftüchern, und die Sonne sank schon gegen den Horizont und schickte blendendes Leuchten über die Apfelbäume.

Mutterchen nahm den „Plon" feierlich entgegen. Tante Luise aber wischte sich energisch die Augen und beteiligte sich gleich eilig an der Wasserschlacht. Sie kippte einen Wasserschwall aus dem Eimer über Maxens Kehrseite, daß er laut schreiend davonlief.

Als wir uns alle auf diese Weise ausgiebig erfrischt und ausgetobt hatten, kam drinnen am reichlich gedeckten Tisch der feierliche und später der gemütliche Teil des Erntefestes. Alle ließen es sich wohlsein.

Gustchen saß neben mir. Und es war immerfort, als betrachteten alle uns heimlich. Als ich satt war, stand ich auf und verdrückte mich nach draußen. Mein Gesicht brannte. Ich setzte mich auf den Brunnenrand, schöpfte Wasser mit den Händen und kühlte mein Gesicht. Ich wußte nicht, was ich sonst tun sollte. Es war so ein drückend schwüler Abend. Die Luft schien stillzustehen. In der Ferne rief der Erntevogel.

Plötzlich stand Gustchen vor mir. „Was tust du hier draußen?"

„Ach, hab' keine Lust mit den anderen zu feiern", brummte ich.

„Wollen wir ein Stück durch die Wiesen gehen?"

Ich sah sie an. „Ja."

Mit hängenden Armen trabte ich hinter ihr her.

Wir wanderten ein weites Stück hinaus, an den Stoppelfeldern vorbei, wo das Korn ordentlich in Hocken gestellt war, über die Koppel, am Waldrand entlang und dann durch Kulessas Wiesen, wo der kleine Bach herausgesprudelt kommt. Hinter uns stiegen schwerfällige Wolken in die Dämmerung hinauf.

Wir schwiegen.

Alle Worte, die gesagt werden mußten, waren in uns, warteten ja lange in sehnsüchtiger Heimlichkeit. Aber sie blieben sozusagen unter der Oberfläche. Es war schwierig. Wir mußten einen Anfang finden, einen Ausweg ..., aber wir hatten nichts darüber gelernt.

Die Sonne vergoldete den Horizont. Behutsam strich ein müder Wind durch die Gräser.

Wie sollte ich sprechen, wenn schon das Atmen zum Problem wurde!

Gustchen neben mir setzte die Füße voreinander, einfach so, und sie hielt den Blick gesenkt. Blond, still und anmutig ging sie daher, so, als wäre dies ein Tag wie jeder andere.

Herrje, am liebsten hätte ich sie einfach mit meinen Armen umschlungen und abgeküßt! Statt dessen schob ich die Fäuste in die Taschen und brachte möglichst viel Abendluft und Abstand zwischen uns.

Wir schwiegen.

Wie gut hatten es Sonne und dickgeballte Wolken, die, ohne etwas sagen zu müssen, groß und ruhig ihre Bahn zogen. Wie mühelos klang das Abendlied der Wiesenschnarre, die ihren Gesang auswendig wußte.

„Du machst immer größere Schritte", sagte Gustchen plötzlich, „hast' dich geärgert?"

Genau das war's. In großen Sätzen stolperte ich voran. Gustchen hatte sicher Mühe, mir zu folgen. Aber ich achtete nicht auf sie.

„Du mußt – ein Jahr warten!" stieß ich hervor, „mindestens!"

„Ja", sagte sie.

Verblüfft blieb ich stehen.

„Ich will erst mit der Landwirtschaftsschule fertig sein."

„Ja."

Ich starrte sie an. Plötzlich sah ich sie erst richtig. Sah, wie sie still dastand, das gesenkte Gesicht glühend rot.

„Erst danach kann ich ..., werd' ich ..., den Hof übernehmen!"

„Ja", sagte Gustchen.

Einfach so.

Unerträglich dies Ganze! Mit einem Satz stürmte ich wieder vorwärts. Mir war, als flöge mir mein Herz davon. Ich mußte losrennen, es einzuholen.

Kaum hörte ich das leise Lachen hinter mir.

„Willst du mir nicht – einen Kuß geben?"

Bestürzt fuhr ich herum. So hatte ihre Stimme noch nie geklungen, so unsicher – und ihr Gesicht, mein Gott, so verwirrt, so ...! Mein Herz, es war ja nicht voraus oder sonst irgendwo, sondern da hinter mir!

Na, siehst Du, Marjellchen, so lagen wir uns plötzlich in den Armen und alles war gut und in bester Ordnung. Weder Wolken noch Abendröte, weder Vogelgesang noch duftende Wiesen hatten irgendeine Bedeutung. Und doch werde ich auch sie nicht vergessen.

In derselben Nacht kam das Gewitter.

Es war stockfinster, als ich aus dem Schlaf fuhr. Ein wirrer Traum schüttelte mich. Oder war es Mutter, die da vor meinem Bett stand und mich wachrüttelte?

„Steh auf, Jungchen!" Sie wischte sich die Stirn, „is' nich' zu glauben! Ihr schlaft, weiß Gottchen, wie die Wackersteine!"

„Was is' denn?" Im Nu saß ich auf der Bettkante, streifte mir verschlafen Hemd und Hose über. Weiß zuckte ein blendendes Licht durchs Zimmer. Ein Blitzstrahl.

„Das Gewitter! Der Roggen muß rein!" sagte Muttchen.

Schorsch knurrte ärgerlich, aber auch er wurde unbarmherzig geweckt.

Kein Regen durfte jetzt das frisch geerntete, kostbare Getreide durchweichen, kein Gewitter über die trocknenden Hocken hereinbrechen!

Eilig, stumm vor Schlaf und Erschrecken, fuhren wir in unsere Kleider und liefen hinaus. Da hatte Vaterchen schon beim Licht der Stallaterne Hans und Lore angespannt. Erna stand da und fröstelte vor Müdigkeit.

Schwarze Wolken hingen schwer in der Dunkelheit. Windstöße fegten über den Hof. Unaufhörlich zuckten Blitze durch den Himmel. Der Donner grollte aus dem Unsichtbaren.

Wir sprangen auf den Wagen. Alle Hände mußten jetzt helfen. Sogar Tante Luise drängte sich ängstlich zwischen uns.

Vaterchen hakte die Laterne los und setzte sie neben sich auf den Kutschbock. „Hü!"

„Hoffentlich schaffen wir's noch!" sagte Mutterchen leise.

Wir starrten in den nächtlichen Aufruhr um uns. Tante Luise hatte die Hände gefaltet. Arme Tante, für sie war die Nacht wieder einmal voller Geister.

„Der liebe Gott ist am Schimpfen!" mahnte sie leise und besorgt.

„Ja, Tante, deswegen sind wir ja auch alle aufgestanden." Schorsch legte ihr den Arm um die Schulter, „wir werden's schon schaffen!"

Schon lenkte Vaterchen die Pferde aufs Feld. Bei den ersten Hocken sprangen wir vom Wagen und begannen aufzuladen. Nur Muttchen blieb oben und nahm unsere Garben in Empfang. Sie konnte das am geschicktesten.

Die Laterne gab spärliches Licht.

Dann rollte die erste Fuhre nach Hause. Hochbeladen schwankte der Wagen über den dunklen Hof in die Scheune. Hastig wurde abgeladen. Wenn nur erst alles unter Dach wäre!

Draußen kam der Donner immer näher. Die Windstöße wurden stark und unberechenbar, und unheimlich rissen die Blitze ihre zuckenden Lichter in die Nacht.

Wieder hinaus aufs Feld. Wir arbeiteten wie besessen. Die schwere Tagesarbeit der vergangenen Erntewoche steckte uns noch in den Gliedern, aber jetzt galt es die letzten Kräfte zu mobilisieren!

Diese Nacht war ohne Gesang, ohne Scherze und Lachen, ohne Vesperbrot. War nur voller Schweiß und Eile.

Schweigend hoben wir die Garben auf den Wagen, eine nach der anderen. Wurden geblendet und fast betäubt von Blitz und Donner, blinzelten aber begierig nach den nächsten Hocken. Eine Fuhre nach der anderen brachten wir glücklich in die Scheune.

Der Hans wieherte ungestüm. „Wenn er nur nich' durchgeht!" meinte Schorsch leise und keuchend. Wir arbeiteten mit letzten

Kräften nebeneinander. Auch Lore schien sichtlich aufgeregt. Vaterchen sprach zu ihnen. Seine Stimme hatte immer Einfluß auf sie.

„Noch eine Fuhre, was?" rief Mutter.

Wir atmeten auf. Hätten wir uns nur eine Minute ausruhen dürfen, wären wir wie tot umgefallen und auf der Stelle eingeschlafen.

Da zuckte wieder ein Blitz, und gleichzeitig knallte der Donner direkt über unseren Köpfen.

Tante Luise fiel entsetzt auf die Stoppeln.

Dann ging es Schlag auf Schlag. Der Himmel schien zu explodieren.

Ich sah, wie Hans sich aufbäumte. Vaterchen sprang zu den Pferden. Schorsch zog Tante Luise auf die Füße. „Los, los! Wir sind doch gleich fertig!" schrie er.

Da spürte ich den ersten Tropfen. Wir hatten keine Zeit. Weder für Schrecken, noch für Überlegungen oder Schreie hatten wir Zeit.

„Es regnet!" rief Muttchen vom Wagen herunter.

Hastig und wie blind gabelten wir ihr die letzten Garben hinauf. Noch fünf Hocken, noch vier ...

Daß uns der niederkrachende Donner nicht vernichtete! Noch heute ist mir das Getöse in den Ohren.

„Ich fahr' jetzt!" schrie Vaterchen. „Hü, Lore! Hü, Hans!"

Dicke, mühsame Tropfen fielen. Schwankend unter Blitzen setzte sich der noch nicht ganz hochbeladene Wagen in Bewegung. Die letzten Hocken ließen wir stehen. Wieder krachte ein Donner über uns nieder.

„Es regnet!" rief Schorsch, „es gießt!"

Wir zogen unsere Hemden über den Kopf und rannten hinter dem Wagen her.

Als wir auf den Hof kamen, waren wir durchnäßt. Vaterchen lenkte in die Scheune.

Wir hatten es geschafft!

Doch für große Lobreden und Freude war keine Kraft mehr übrig. Dankbar sanken wir in unsere Betten.

Donner und Blitz zogen weiter. Draußen fiel der Gewitterregen.

Siehst Du, Friedchen, so ging das. Mit der Ernte, mit uns, mit dem Sommer, ja, auch das Jahr lief seinen Gang weiter. Es wurde Herbst. Gustchen nähte auf den Höfen der näheren und weiteren Umgebung. Aber manchmal war sie auch zu Hause. Und dann, das wurde so meine Gewohnheit, nahm ich abends das Fahrrad und radelte den langen Weg nach Schwanticken und weiter bis zu Marquardts Hof hinaus.

Die Stoppelfelder lagen unter herbstscharfem Dämmerlicht. Das Land, wie beschnitten war es und still.

Und doch sangen die Vögel noch in den Eichenalleen, und die Sonne blendete durch die Kiefernwipfel am Waldsaum. Die Birken davor waren am schönsten. Sie bebten und flimmerten wie in Goldschmuck. Aber nach Sonnenuntergang, weiß Gott, blieben sie klein und grau und still. Die Birken liebte ich im leisen Wind, liebte sie vor hohem Sommerblau, liebte sie in die Dämmerung geschmiegt.

Wie beschnitten das Land.

Ich dachte an die Sommer früher, da waren wir Jungchen durch die Roggenfelder getobt, wenn das Korn bereits im Halm stand. Waren gerannt und gerannt durch das endlose Wogen. Dachte, wie nur das Rauschen der Halme um uns gewesen war und wir, allein in einem Meer von Ähren, nur den weiten Himmel über uns und sonst nichts ...

Nachbar Lobotka hatte uns von der Kornmuhme geschabbert. „Geht nie ins Kornfeld! Sie fängt euch und richtet euch übel zu!"

Ernachen und die kleinen Skellka-Kinder begannen zu weinen. Aber wir holten tief Luft, sahen uns in die Augen und hatten den Mut, darüber zu lachen.

Ja, Mut haben, das war etwas! Merken, wie man Mut hat, und weiß nur noch nicht, wie weit er reicht. Und reicht immer weiter ...!

Land und Himmel, sie waren um uns und wir mit unserem keuchenden Atem, wir irgendwo zwischen ziehenden Wolken und brechenden Halmen ...

Vorbei.

Jetzt radelte ich zu meiner Verlobten.

Aber das Herz klopfte mir wieder. Klopfte, obwohl ich ein anderer geworden war, oder nicht?

Der Mond stand weiß wie Glumse über den krummen, gestützten Apfelbäumen, und am Holzzaun lehnte Gustchen und wartete auf mich.

Die Bäume, sie bogen sich unter der Last der Äpfel. Reif zur Ernte.

Gustchen ließ sich küssen. Taufeucht das Gras, und der Mond glumseweiß in der Stille.

„Wart'!" sagte ungläubig Gustchen, „bald sind wir verheiratet."

Die schwarzen Silhouetten der Kiefern am Horizont, die Striche des Zaunes, die stille Wiese, – alles schien den Atem anzuhalten wie zu einem Foto fürs Archiv.

Mein Archiv: Wartezeit. Reifezeit. Erntezeit.

Erst ein Jahr später heirateten wir.

Davon werd' ich Dir ein andermal was schabbern. Wart's ab.

Für heute ist meine Hand sozusagen heiser geworden vom Erzählen.

Deshalb, liebes Duchen, sag ich Dir noch viele, herzliche Grüßchen und verstumme dann bis zum nächstenmal,

Dein Großvater, der alte Robert

## *Mein liebes Großvaterchen!*

Ich freue mich auf meine Hochzeit! Ich muß Dir deswegen schreiben! Du hörst zu, ich weiß.

So gespannt bin ich auf alles das, was sie für uns vorbereiten, auf alle Überraschungen und Feierlichkeiten! Und auf allen Schabernack, den sie natürlich anstellen werden. Neulich überraschte ich Renate und Udo, als sie in der Küche flüsterten und zu mir herübergrinsten. Mit den beiden bin ich seit frühester Kindheit befreundet, mußt Du wissen. Sicher haben sie nun vor, unser Schlafzimmer im Hotel umzukrempeln, damit muß man rechnen. Außerdem werden sie uns natürlich Konservendosen ans Auto binden, vielleicht planen sie sogar eine „Entführung der Braut" mit Hilfe von Thomas' Freunden. Das sind so die üblichen Hochzeitsspäße. Tante Dore und Onkel Ernst werden uns mühevoll lange, liebe Gedichte rezitieren, die sie zu den Geschenken ausgedacht haben. Alles, jede Kleinigkeit, wird etwas Besonderes sein! Hach, wie bin ich gespannt!

Und das Besonderste und Neuste, das werden Thomas und ich sein.

Sie stellen uns wie auf einen Podest, nicht? Und haben ihre Freude. Kann man sich auf etwas Neues, das man nicht kennt, freuen? O ja, das geht! Es ist schon komisch, nicht?

Natürlich freue ich mich auch darauf, Dich wiederzusehen, Großvaterchen! Du bist und bleibst zum Glück der, der Du immer warst für mich, ja? Tu das bitte!

Ach, es ist schon seltsam: alle wissen, wie man mit einer Hochzeit fertig wird. Ich dagegen weiß gar nichts. Es ist alles völlig neu.

Früher war ich Friedchen Kohsarek, eine alberne Schülerin. Und dann, später, Friederike, eine angehende Musikstudentin. Das war eine, die sich apart vorkam und die Nase hochtrug, und bald liebte sie es, eine Pianistin zu sein. Mit den Fingern, mit dem Kopf und mit allen Fasern und Kräften, Liebe und Mühe, war sie die beste Pianistin, die sie überhaupt sein konnte. Ja, das war sie, und darum mühte und sorgte sie sich. Jetzt bin ich eine überaus gespannte Braut und bald Frau Mählmann. Und genau das liebe ich. Wir werden sehen, wer diese Frau Mählmann ist und was dabei herauskommt. Jedenfalls werde ich es möglichst gut und mühevoll machen und werde die beste Ehefrau sein, die ich überhaupt sein kann!

Und dann ...? Es geht immer weiter, nicht? Man kann wohl nicht stehenbleiben, auch wenn man es noch so gerne möchte. Man kann sich nirgends aufhalten. Nicht in einem Zustand, nicht in einer Zeit oder an einem Ort, so ist das wohl.

Jetzt klingt es fast so, als wäre ich traurig. Aber das ist nicht so, Großvaterchen. Ach, kannst Du dir das alles vorstellen? Du hast doch auch früher geheiratet. Wie war das denn damals? Erzählst du mir davon?

Bis bald die innigsten Küßchen,

Dein Friedchen

# *Liebes Marjellchen!*

Jetzt bist Du – nein: jetzt seid Ihr – denk' ich, in Griechenland auf Hochzeitsreise. Weit weg.

Habt es schön, Ihr beiden! Habt es sehr, sehr schön, das wünsche ich Euch so!

Ich glaube, ich muß mich dran gewöhnen, weniger „Du" zu sagen als „Ihr". Ja, jetzt seid Ihr verheiratet, und das „Wir" tritt für Euch anstelle des „Ich" in den Vordergrund.

Ich denke an Eure Hochzeit ...

Dabei fällt mir – Du fragtest danach – natürlich meine eigene ein. Vielleicht habt Ihr, wenn Ihr zurück seid, Spaß, davon zu hören.

Meine Hochzeit, sie ereignete sich, sozusagen, vor mehr als fünfzig Jahren in Schwanticken, dem schönen ostpreußischen Eckchen in Masuren.

Laß uns davon schabbern, hör zu:

Die meisten Hochzeiten wurden im Herbst gefeiert. Auch bei Großmutter und mir war das so vereinbart worden. Es gab kaum eine andere Möglichkeit. Nur im Spätherbst, um Martini, konnte man gründlich und ungestört feiern, ohne allzuviel Feldarbeit zu versäumen.

Der Tag kam näher, und ich, wie das so ist, wurde aufgeregt. So ähnlich wie Du vielleicht.

Zunächst wurden die Leute eingeladen. Denk' nicht an hübsche Einladungskarten! Nein, sowas gab es nicht. Statt dessen hatten wir die Sitte des Hochzeitsbitters.

Das war aber nun kein Beruf, wie Du vielleicht denken magst. Nein, wenn man den Hochzeitsbitter vor einer Hochzeit herumreiten sah, so war das in der Regel der Bräutigam.

Also ich.

Ich borgte mir den klugen Gaul Max von Amoneits, der hatte nämlich gelernt, gesittet über Steine und Schwellen zu klettern. Dennoch hatte ich es nicht einfach mit Max.

Wart' ab, du wirst es schon verstehen.

„Herrje!" erzählte mir Gustchen später, „als du bei uns losrittest, stand ich oben am Fenster hinter der Gardine und sah dir nach. Du glaubst nicht, was für Herzbibbern ich hatte!"

Hatte ich ja auch, ach Gottchen!

Ich ritt zu allen Nachbarn und Bekannten von Gustchens Eltern in Schwanticken, die eingeladen werden sollten. Und dann ritt ich zu allen Nachbarn und Bekannten in Giesanken, die wir einladen wollten.

Am schwierigsten war es bei Nachbar Skellka. Da hatten sie eine so niedrige, alte Eingangstür, daß ein erwachsener Mann sich bücken mußte, um nicht mit dem Kopf gegen den Türbalken zu stoßen.

Na und, wieso Türrahmen? denkst du, Marjellchen, wieso Türrahmen? Verstehst Du nicht, klar! Paß auf:

Bei Skellkas stand die kleine, runde Lina am Waschtrog. Als sie mich heranreiten sah, ließ sie Waschbrett und Seife und Wäsche fallen, gaffte einen Moment mit offenem Mund und schlurfte dann, so schnell es die Klotzkorken erlaubten, über den Hof.

„Der Hochzeitsbitter! Der Robert!“ hat sie wohl gerufen. Und Sophie Skellka drinnen, die Bäuerin, sie konnte sich wohl noch gerade die Hände waschen und einen besorgten Blick auf ihren Fußboden werfen. Da hörte man schon das Pferdegetrappel im Hof, und dann verdunkelte sich die kleine, niedrige Eingangstür.

Da dauerte es dann eine Weile. Der Hochzeitsbitter durfte nicht absteigen! Auf keinen Fall durfte er das, und siehst Du, da lag die Schwierigkeit.

Also bog ich mich rückwärts und vorwärts und seitwärts, schubberte meinen Bauch auf dem Pferderücken und schwitzte. Beschwörend murmelte ich Max zu …

Aber Max war kein Pony, sondern ein hochgewachsener Hengst, also dauerte es seine Zeit.

Die Bäuerin drinnen rang die Hände und hielt den Atem an. Bedächtig hatte sich Jakob Skellka neben sie gestellt. Die Kinder kamen mit großen Augen aus allen Ecken gelaufen, die vielen Skellka-Kinder, die in allen Größen vertreten waren, ja, die natürlich, und die kleineren von ihnen mußten mit „Pscht, Pscht!“ ruhig gehalten werden.

Da war ich durch!

Aufatmen ringsum. Max, der stattliche Max, kam hochbeinig mitten in die Stube hinein. Und auf seinem Rücken thronte ich. Alle Anstrengung und Besorgnis vorbei! Hoch richtete ich mich im Sattel auf, wandte mich an Bauer und Bäuerin und leierte die alten, wohlgesetzten Verse meines Spruches herunter. Gerade war ich dabei, mich für Max' Pferdemanieren zu entschuldigen, als jener etwas fallen ließ. Kannst' Dir denken, wie Sophie tief Luft holte und wie Jakob Skellka schmunzelte und die Kinder sich begeistert anstießen und hinter der vorgehaltenen Hand zu kichern begannen.

So war das bei Skellkas, und so ähnlich bei den anderen Nachbarn in der Runde bei uns und in Schwanticken.

„Der Hochzeitsbitter!“, „Robert kommt!“, „War Robert

schon bei euch in der guten Stube?“ So ging es von Hof zu Hof.

Und damit begannen die Feierlichkeiten. Und Gustchen und ich standen nur da, gewissermaßen staunend und klopfenden Herzens, und wir verwunderten uns über all das, was unseretwegen auf die Beine gestellt wurde.

Unseretwegen.

Ich wurde mir selbst fremd. War ich es denn noch, der zu Hause den Stall ausmistete, der abends die Füße unter Muttchens großen Holztisch streckte? Wer war ich denn, dieser Jungbauer Kohsarek, der bald eine Frau haben sollte?

So rätselte ich an der Zukunft herum. Währenddessen rückte der Tag immer näher.

In Schwanticken, bei Marquardts auf dem Hof, wurde geschlachtet und gebacken ...! Ich hatte Gustchen schon eine ganze Zeitlang nicht mehr gesehen.

Und bei uns, na, da wurde natürlich auch die Verwandtschaft eingeladen.

Ein paar Tage vor der Hochzeit spannte Vaterchen den Braunen an, um Tante Anortha und Onkel Wilhelm, die zusammen mit Ottmar aus Königsberg angereist kamen,von der Bahnstation abzuholen.

Als Vaterchen mit diesen Ehrengästen wieder auf den Hof fuhr, drehte er eine Extrarunde und knallte mit der Peitsche. Wir kamen alle herausgesaust.

Sie stiegen herab.

Mit Lächeln und Glanz und Gloria, sozusagen! Mit kleinen Begrüßungsschreien und wehender Stola und sogar Tränen.

Es war ein Erlebnis!

Schorsch wurde, als Tante Anortha ihn umarmte, käseweiß im Gesicht. Das kam von dem Duft, der sie umschwebte.

Tante Anortha, ja, sie mußte es wohl sein. Wenngleich sie keine grauen Haare hatte wie Tante Luise und Mutterchen, sondern silberne Löckchen. Wenngleich sie viel zu viele Worte und aufgeregtes, großstädtisches Getue an sich hatte.

Diese beiden Gäste, sie verwechselten unsere Namen. Sie hatten uns bestimmt zwei Jahre nicht gesehen.

„Seit Vaters Beerdigung damals, nicht wahr, Dorchen?“ Dorchen, damit war unsere Mutter gemeint.

Aber Ernachen, die war ja nicht zu verwechseln, sie wurde umhalst und „Schätzchen“ genannt.

„Nein, Schätzchen! Bist du immer noch gewachsen?“

Das sicher nicht. Aber sie trug gerade neue Klotzkorken und

hielt sich immer ganz gerade. Das brachten sie ihr in Treuburg bei, wo sie seit einiger Zeit in einer Gastwirtschaft Servieren und Kochen und Hauswirtschaft lernte.

Onkel Wilhelm kam uns in seiner zwar vornehmen, aber doch gemütlichen Art und dem bekannten Tabaksgeruch vertrauter vor. Er und Vaterchen konnten sich gut leiden, wußten wir. Und so zogen die beiden dann auch gleich nach dem Kaffeetrinken los, die Ferkel im Stall zu begutachten und eine Umschau auf den Feldern zu halten.

Die Ankunft von Onkel Heinrich aus Markgrafskirchen am Tage vor der Hochzeit war weniger fremdländisch. Ihn, unser Omchen und Tante Berta samt den beiden Cousinchen Agnes und Josephina mit ihren Familien sahen wir häufiger. Die kamen nun, am Vorabend der Hochzeit, in zwei Wagen alle zusammen angefahren.

Onkel Heinrich schüttelte uns die Hände, daß es krachte, sein Baß dröhnte, und Tante Berta drückte alle an ihren üppigen Busen. Aber die Hauptperson war natürlich unser Omchen.

Maria Kohsarek, das Omchen, hatte den Charakter eines, sagen wir mal, als Drahtbürste verkleideten Rebhuhnchens. Siehst Du: sie hatte durchdringend helle Augen und so viele Fältchen im Gesicht, daß wir als Kinder nie müde wurden, diese beweglichen Striche zu betrachten. Ihr dünnes, weißes Haar war ordentlich zu einem Knoten gesteckt, und sie hielt sich sehr gerade. Ihre Hände, ihre Kleidung, ihre Schuhe, alles an ihr war alt. Und gehörte ebenso unverwechselbar zu ihr wie gesittetes Benehmen und gute Manieren in ihrer Nähe.

Jeder hatte Respekt und Achtung vor ihr als Drahtbürste, und jeder liebte sie als Rebhuhnchen. Sie war sozusagen angefüllt mit liebevoller Strenge und Zärtlichkeit, mit Geschichten und Erinnerungen – nur für uns Kinder. Ihr Kopf schien von allen Menschen und Gesichtern erfüllt, die wir selbst leider versäumt hatten.

Wir liebten sie sehr. Und hatten früher unsere Cousinchen beneidet, die ja mit ihr auf dem Hof wohnten, wie jetzt noch Josephina mit ihren Kindern.

Die Cousinen waren etwas älter als wir und beide verheiratet.

Agnes hatten wir früher insgeheim das „Spitzmäuschen“ genannt wegen ihres kleinen Gesichtchens. Sie hatte etwas Strenges, aber gleichzeitig hilflos Naives an sich. Ihren Mann Gustav verdankte sie wohl hauptsächlich ihren traumblauen Augen. Jedenfalls liebte er sie sehr und behandelte sie, so schien es uns, wie das edelste, dünnste Königsberger Porzellan. Seit der Geburt der

Zwillinge Minchen und Trinchen aber war Agnes etwas rundlicher geworden. Als sie Gustav die wollenen Bündel, in denen die Kinderchen steckten, vom Wagen gereicht hatte, selbst nachsprang und uns umarmte, hatte sie ein feines, glückliches Lächeln.

Cousine Josephina war robuster. Gleich tönte ihr lustiges Lachen über den Hof, so daß uns sofort manch derbe Späße mit ihr aus früheren Kinderzeiten einfielen. Jetzt hatte sie selbst drei wilde Kinder, und das vierte deutete sich bereits unter ihrer Schürze an.

„Vierte, verbesserte Auflage!" verkündete Rudolf, ihr Mann, stolz, und Josephina lachte.

Die beiden Jungchen und ihr Schwesterchen rannten gleich unbändig auf Mutters Hühner und Gänschen los, so daß Georg hinterherstürzte. Aber Vater Rudolf lachte und schob die Pfeife in den Mundwinkel. Er war wohl allerhand Untaten seiner Kinder gewöhnt und nicht so leicht aus der Ruhe zu bringen.

Waren wir denn früher anders gewesen? „He, Schorsch, Josephina!" rief ich, „wißt ihr noch, wie wir damals auf Tante Bertas Schweinen geritten sind?"

So hatten wir uns gleich eine Menge zu erzählen. Und natürlich war es auch sofort an der Zeit, Kaffee zu trinken. Muttchen hatte große Bleche mit Fladen und Mohnkuchen bereitstehen.

Wir feierten das Wiedersehen. Und dazu gehörte nach einer Weile auch, daß Vaterchen mit seinem Bruder in den Stall ging, „um nach den Kuhchen zu sehen", wie sie sagten. Aber in Wahrheit wollten sie nur das Wichtigste ohne die Augen und Ohren der Frauen bekakeln.

Drinnen am Ofen aber nahm es kein Ende mit Essen und gemütlichem Plachandern um die dampfende Kaffeekanne, kein Ende mit dem Bärenfang und Bier, mit Anstoßen und Zuprosten, kein Ende auch mit lustigen Liedern und Neckereien und Schabernack. Dabei war ich als Bräutigam natürlich das beliebteste Opfer.

Als sich die beiden älteren Männer wieder zu uns gesellt hatten, begann Onkel Wilhelm uns die neuesten Gassenhauer aus Königsberg vorzutragen. Er hatte einen knorrigen Baß und eine unvergeßlich eindrucksvolle Mimik, so daß wir alle gebannt zuhörten.

Unser Omchen aber hatte Ernachen neben sich auf die Bank gezogen.

„Na, Kindchen, wie is'?" Und Erna mußte ihr von ihrer Lehrstelle in Treuburg berichten, von Verehrern und ihrem Leben dort.

Und dann schmunzelte Maria Kohsarek wie in Erinnerung und

gab leise die eine oder andere vergleichbare Begebenheit aus ihrem eigenen Leben zum besten. Plötzlich schwieg Onkel Wilhelm, und alle lauschten dem Omchen. So war das immer. Sie wußte so lustige und spannende und schrecklich altertümliche, unmoderne Dinge zu erzählen!

Zwischendurch warf sie uns Jungen durchdringende Blicke zu. Ich war nebenbei schon ein bißchen bange, auch etwa ins Verhör genommen zu werden. Aber da ertönte von draußen ein scharfer Pfiff. Das war Daniel. Ottmar stupste mich leise an und machte mir Zeichen mit den Augen. Ich sprang auf.

„Komm! Is' Zeit!" sagte Schorsch, als wir drei draußen über den Hof rannten. Im Schuppen standen unsere zwei Räder.

„Hast' den Korb?"

Ich lief noch einmal in die Küche zurück. Den Korb hatte Muttchen mit altem Geschirr vollgepackt.

„Los!" Ich klemmte den Korb hinten auf den Gepäckträger. Schorsch schwang sich bei Ottmar auf die Stange.

Es dämmerte schon stark. Wir hatten ein ordentliches Stück Wegs vor uns. Aber wir wollten doch den Polterabend auf keinen Fall versäumen. Wollten natürlich bei Marquardts vor der Tür poltern und lustig sein und unser Geschirr zerdeppern, sozusagen, um Gustchen und mir selbst Glück zu bringen.

Daniel war schon voraus. Wir traten kräftig in die Pedale. Der Pferdewagen war schon für morgen geschmückt, die Pferde konnten wir heute nicht nehmen.

„Hoffentlich hat sie einen guten Besen, deine Gustchen!" sagte Schorsch, schielte nach dem gefüllten, klirrenden Korb und lachte voller Vorfreude. Ja, die Braut mußte alle Scherben wegfegen.

Sie fegte. Brav kam sie mit dem Besen vor die Haustür gelaufen, als wir uns mit gewaltigem Getöse und Geklirr meldeten. Sie fegte. Aber sie lachte dabei über das ganze Gesicht. Am liebsten wäre ich ihr zu Hilfe geeilt. Aber das war damals nicht üblich.

Um die Braut herum standen ihre Freundinnen und viele bekannte, junge Leute aus Schwanticken. Alle wünschten Glück und bekamen ein Glas Bier zu trinken. Dann gingen sie wieder.

Aber ich kam gar nicht richtig an meine liebe Braut heran. Ständig war sie von anderen umringt, ständig mußte sie fegen und anderen zuprosten, Freunde begrüßen oder verabschieden. Auch mich bedrängten alle. Nach einer Weile merkte ich, daß sie mich mit Absicht von Gustchen fernhielten.

Heinz lachte schadenfroh. „Ihr habt euch noch lange genug!"

„Jawohl!" rief Käthes Bruder Franz, „noch sind sie nicht verheiratet!"

Schorsch zog mich schon am Ärmel. „Komm! Wir müssen zurück!"

Gewaltsam riß ich Gustchen an mich.

„Morgen", flüsterte sie aufgeregt, „morgen...!"

Ich gab ihr zum Abschied einen Kuß. „Ja. Morgen."

Schweigsam radelten wir durch die Dunkelheit zurück. Mir gingen alle Ereignisse des Tages schwer im Kopf herum. Diese vielen befreundeten Lorbasse und Marjellen! Ganz schön anstrengend! Wie sollte das erst morgen werden?

Schorsch saß auf Ottmars Fahrradstange und sah zu den Sternen hinauf. Leise sang er vor sich hin.

Da schwieg alles still in meinem Kopf. Was für ein Sternenhimmel!

Und dann war er wirklich da: unser Hochzeitstag.

Einer dieser schneidend klaren Spätherbsttage war es. Die Krähen schrien heiser vom Feld, die Birke wiegte sich leise – wie immer. Auch die Sonne hielt nicht an auf ihrer Bahn. Fast sah es aus, als wüßte dieser Tag nichts Besonderes.

Aber sein Glanz, atemlos, golden, und tiefer als je zuvor! So schien es mir. Ach Gottchen, als ich an diesem Morgen unter die Haustür trat, mich bemühte, fest und sicher dazustehen wie sonst, als ich die Fäuste in den Hosentaschen ballte, da meinte ich, dieser Tag mit all seiner glänzenden Klarheit sollte mich nie vergessen.

Wir wurden also verheiratet. Das geschah in Schwanticken.

Ich glaube, damals machte man das nicht viel anders als heute. Man war umständlich, bürokratisch und plötzlich wurden die Lorbasse, die man täglich auf dem Dorfplatz oder die Marjellen, die man bei der Wäsche am Brunnen traf, all die wurden fremde Personen, die wie Akten zum Zwecke der Gesetze inspiziert und registriert wurden.

Auch Gustchen schien mir fast fremd. Fremd und märchenhaft schön!

Diese engelsgleiche Schönheit in Weiß saß neben der Bäuerin Elke Marquardt im geschmückten Wagen, als wir uns vor dem Standesamt trafen. Und Theo Marquardt, mein Schwiegervater, sprang herunter und half der Fremden in Märchenfeen-Weiß herab.

Mir schlug das Herz bis zum Hals. Das konnte doch nicht...! Aber sie glupschte mich an, sie hatte so blaue Augen, die hatte ich schon mal gesehen. Und dann „schwebte" diese Auguste Marquardt, denn mein Gustchen von früher war es nun wohl nicht mehr, auf mich zu und wollte mir um den Hals fallen.

Aber ich, – ich wich zurück und starrte sie an und schluckte und blinzelte. Sie blieb vor mir stehen, und dann hatte sie nur ein scheues, schnelles Lächeln, so halb von unten herauf, wie beim ersten Mal.

Inzwischen war um uns herum eine großartige Begrüßung im Gange. Mit Glanz und Gloria sozusagen! Die Pferde glänzten unter dem strahlendblauen Himmel, und aus den vielen geschmückten Wagen stiegen lauter vornehme Persönlichkeiten, die erst beim näheren Hinsehen lebendigen, sogar bekannten Leuten glichen. Etwas steif und ungewohnt in der feierlichen Montur standen die Familien voreinander. Ich verbeugte mich nun auch artig vor der Schwiegermama. Aber Schwiegervater schmunzelte und klopfte mir auf die Schulter. Vaterchen sah schlank und fein aus, und mit Mutterchen konnte es sowieso keine Frau aufnehmen, so schön fand ich sie in ihrer Festtracht. Ernachen hatte glühende Wangen vor Aufregung. Plötzlich fiel mir auf, daß auch sie hübsch aussah. Ich hatte nie darauf geachtet. Der kleine Berni glupschte ordentlich zu ihr hin.

Georg reckte und verrenkte den Hals in dem unbequemen Kragen. Man sah ihm an, daß er sich komisch vorkam in den feinen Sachen. Aber heute abend beim Tanz, dachte ich, paß auf, da wirst du's vergessen, Bruderchen! Denn nach dir werden wahrscheinlich wieder die meisten Marjellen jachern und sich die Hälschen verrenken. Wegen deiner schönen Augen, Schorschchen, wirst sehen, wie immer. Wirst dich wieder nicht drum kümmern, wie immer, wirst alle nur noch närrischer machen. Du bist wählerisch, ich weiß. Und keiner hier sonst weiß von Lieschen. Nur mir, mir hast du's erzählt, Bruderchen...

Heinz und Ottmar, die heute beide unsere Kutscher waren, sprangen von ihren Wagen. Sie waren ja die besten Freunde, sahen sich aber nun nicht mehr so häufig. Nun begrüßten sie sich mit dem alten, verständnisvollen Grienen. Gestern hatten sie kaum Gelegenheit gehabt, während des Polterabends miteinander zu schabbern, das würden sie heute nachholen!

Ringsum sammelte sich schon die Jugend. Aber ich, ach, mit mir war es so, daß ich auf keinen richtig achten konnte. Denn mir gelang es endlich, Gustchen gründlich anzusehen.

„Hast' auch nichts Rotes an dir?“ Sie hatte vor Aufregung eine ganz hohe Stimme und musterte mich eilig.

Da kannte ich sie wieder und nahm sie behutsam beim Arm, denn wir sollten nun hineingehen ins Gemeindeamt.

„Natürlich nicht!“ sagte ich, „und du auch nicht. Obwohl dir rot auch so gut steht.“

Das werd' ich Dir erklären müssen, Marjell: Rot ist eine schöne, beliebte Farbe, aber bei der Trauung darf weder Braut noch Bräutigam einen roten Faden an sich haben! Denn sonst würden sie einer Feuersbrunst in ihrem Leben nicht entgehen. So war das. Alles hatte seine Bedeutung, damals noch mehr und ernsthafter als heutzutage.

Wir gingen hinein in die Amtsstube des Bürgermeisters und wurden verheiratet. Vor mir liegt die Heiratsurkunde. Die will ich Dir mal abschreiben.

*Heiratsurkunde Nr....*

Schwanticken, am sechsundzwanzigsten Oktober tausend neunhundert siebendunddreißig.

Vor dem unterzeichneten Standesbeamten erschienen heute zum Zwecke der Eheschließung:

1. der Grundbesitzersohn Robert Kohsarek, der Persönlichkeit nach bekannt, evangelischer Religion, geboren am neunten Juni des Jahres tausend neun hundert zwölf zu Giesanken, Kreis Treuburg, wohnhaft ebenda, Sohn des Grundbesitzers Fritz Kohsarek und seiner Ehefrau Dorothea, geborene Gorla.

2. die Schneiderin Auguste Marquardt, der Persönlichkeit nach bekannt, evangelischer Religion, geboren am dreißigsten Juli des Jahres tausend neun hundert achtzehn, zu Schwanticken, Kreis Treuburg, wohnhaft ebenda, Tochter des Grundbesitzers Theodor Marquardt, wohnhaft in Schwanticken und seiner Ehefrau Elke, geborene Bojarski,

Als Zeugen waren zugezogen und erschienen:

3. der Kätner Johann Janusch, der Persönlichkeit nach bekannt, 51 Jahre alt, wohnhaft in Schwanticken, Kreis Treuburg,

4. die Grundbesitzersfrau Luise Rogalski, geborene Prionkowski, der Persönlichkeit nach bekannt, 42 Jahre alt, wohnhaft in Schwanticken, Kreis Treuburg.

Der Standesbeamte richtete an die Verlobten einzeln und nacheinander die Frage:

ob sie die Ehe miteinander eingehen wollten. Die Verlobten bejahten diese Frage, und der Standesbeamte sprach hierauf aus: daß sie kraft des Bürgerlichen Gesetzbuches nunmehr rechtmäßig verbundene Eheleute seien.

Vorgelesen, genehmigt und unterschrieben, Robert Kohsarek, Auguste Kohsarek, geborene Marquardt, Johann Janusch, Luise Rogalski, geborene Prionkowski, Der Standesbeamte

gez. Augustin

Der Standesbeamte Augustin war Bürgermeister von Schwanticken und hatte außerdem ansehnlichen Grundbesitz. Er sah heute so ernst und würdig aus mit seinen schönen, blauen Augen und seinem von der Sonne rotgebrannten Kahlkopf, so würdig, daß man fast glaubte, er hätte uns noch nie gesehen. Dabei waren wir im Sommer zusammen zum Angeln gewesen.

Aber jetzt war es eben feierlich. So feierlich, daß nichts und niemand aus der Vergangenheit eine Rolle spielen durfte, sondern sich alles auf das Heute konzentrierte.

Augustin erklärte uns zu rechtmäßigen Eheleuten. Und Gustchen streckte mir ihre bebende, kleine Hand hin, wir wechselten die Ringe. Ich hielt ihre Hand fest und sah auf ihren gesenkten, blonden Scheitel. Dann hob sie den Kopf, ihre blauen Augen strahlten aus dem lieben, vor Aufregung geröteten Gesicht. Mein Gott, wie schön sie war! Ich schluckte und würgte, und dann küßte ich sie, jawohl, küßte sie auf den Mund. Vor allen Leuten. Denn dazu hatte ich jetzt ein Recht. Vor allen Leuten waren wir verheiratet.

Dann mußte ich sie loslassen. Die Eltern und Geschwister umdrängten uns. Unsere Mütter umarmten uns so heftig, daß wir erst hinterher ihre Tränen bemerkten. Aber auch die kleine Anna und Ernachen und sogar der gute Schorsch fuhren sich verstohlen über die Augen. Tante Luise duftete nach frischer Seife, Tante Anortha aber umwölkte uns mit fremdländischem Parfüm.

Und da stand Frau Rogalski, Gustchens Patin, sie streckte uns die Hände hin und umarmte Gustchen. Hinter ihr kam der alte, nachbarliche Freund Janusch, er drückte uns die Hände und hatte wahrhaftig Tränen in den Augen, er auch.

Aber Augustin ließ erkennen, daß er dergleichen Situationen zu meistern verstand. Mit vollkommener Akuratesse trat er um den großen Eichentisch herum, überreichte mir die Zweitausfertigung der Heiratsurkunde und sprach seine gedämpft-gesitteten Glückwünsche aus.

„So, und nu' alles Gute für die Zukunft!" schloß er.

Und damit entließ er uns.

Die Zukunft, hatte er gesagt, es schien so, als hätte die Zukunft jetzt angefangen. Gerade in diesem Moment.

Draußen traten wir in die helle Sonne. Eine Menge Leute empfingen uns. Neugierige Dorfbewohner hatten sich eingefunden.

„Und Käthe!" rief Gustchen, und die Freundinnen fielen sich in die Arme. Dann sah ich, wie Käthe schnell zu Daniel hinüberlinste. Aber er bemerkte es nicht.

Ja, Daniel und Pawel waren natürlich dabei. Die hatten am letzten Sonntag im „Goldenen Hahn“ mit mir gefeiert. „Abschied vom Junggesellenleben“ hatten wir es genannt. Es war eine gehörige und gründliche Feier gewesen. Jetzt grienten die beiden und waren verlegen. Ich griente zurück. Aber nicht verlegen, sondern stolz. War Gustchen nicht die schönste Marjell weit und breit? Stolz nahm ich alle Glückwünsche entgegen.

Die Jugend scharte sich ringsum. Und auf dem Vorplatz und in langer Reihe die Straße hinunter standen die geschmückten Fuhrwerke: alle Bekannten aus Schwanticken und alle unsere Nachbarn aus Giesanken waren natürlich gekommen.

Die Pferde waren glänzend gestriegelt und geschmückt, die Menschen alle ebenso feierlich herausgeputzt, stolz und erwartungsvoll unter der prachtvollen Sonne.

Es nahm kein Ende mit Glückwünschen. Gustchen bekam viele Blumchen und wurde vom ganzen Dorf umarmt. Alle mochten sie, alle kannten sie. Und auch das machte mich stolz. Mein Gustchen, das war die beliebteste und geschickteste Schneiderin weit und breit. Und jetzt würde sie die beste Ehefrau weit und breit werden, das war mal sicher!

Ein ausgiebiges Schabbern und Plachandern begann nun um uns. Alle, die aus der schweren und eintönigen Wochentagsarbeit von den einsamen Höfen gekommen waren, wollten Bekannte sehen, Neuigkeiten austauschen und die Gelegenheit nutzen, Gesprächsstoff für die nächsten, schweren Werktagswochen zu sammeln. Und dazu strahlte und schien das gute „Sonnchen“, was es konnte!

„Du!“ flüsterte Gustchen mir zu, „guck doch die beiden!“

Sie meinte Pawel und Daniel, die nicht aufhörten zu grienen. „Die haben sich bestimmt noch was ausgedacht!“

Tatsächlich sahen sie jetzt so lammfromm aus, daß etwas dahinterstecken mußte.

„Komm!“ drängte ich Gustchen. Um elf war die kirchliche Trauung.

Gustchens Vater klatschte in die Hände und rief nun auch: „Is’ nu’ gut. Ihr könnt nachher weitererzählen! Jetzt geht’s zur Kirche!“

Alle drängten hinter uns her zu ihren Wagen. Der Morgen leuchtete über die waldigen Hügel und wehte in unseren Atem. Auch das war fast wie eine Umarmung.

Jetzt sollten Gustchen und ich mit den Brautjungfern und Heinz fahren. Der saß schon auf dem Kutschbock und sah ungeduldig aus. Die beiden Trakehner stampften und wieherten vor dem festlich geschmückten Wagen. Ich half Gustchen hinauf, stieg nach und mummelte ihre Füße vorsichtshalber in eine Pelzdecke. Die beiden Brautjungfern, zwei Mädchen aus der Nachbarschaft, hatten rote, erhitzte Gesichterchen und stießen sich heimlich an. Was gab es denn wohl?

„Der Daniel dahinten zwinkert so zum Pawel rüber!" flüsterte Gustchen.

„Hab' ich auch gemerkt!" sagte ich, „die zwei Luntrusse haben nur Dummheiten im Kopf. Sind aber prima Kerle, auf die man sich verlassen kann!"

„Vielleicht haben sie hinterm Hof die Straße versperrt?"

Aber so war es nicht.

Heinz ließ die Zügel locker. Ab ging es über den Vorplatz, da begann plötzlich ein Höllenlärm hinter uns! Gustchen wurde bleich. Erschrocken fuhren wir herum. Da standen die lieben Freunde und Dorfbewohner und brüllten vor Lachen.

„Eine Klapperschlange! Hu, eine Klapperschlange!" schrien die Kinder.

Hinter unserem Wagen schleifte eine lange Kette alter Kochtöpfe, Deckel, Blechdosen, eine alte Gießkanne und sogar ein Stück Ofenrohr.

„Ach, daran hatte ich gar nicht gedacht!" schrie ich Gustchen ins Ohr. Alles hatten die Freunde wohl geschickt unter oder hinter dem Wagen in den Schatten der Räder gelegt, denn wir hatten vorher beim Aufsteigen nichts gesehen.

Die Pferde bäumten sich erschreckt bei dem Spektakel.

„Ruh! Ruh!" Heinz auf dem Kutschbock hatte beide Hände voll zu tun, sie zum Halten zu bringen. Nach etwa hundert Metern gelang ihm das. Er drehte sich um, lachte aus vollem Hals und hielt dann, der Heinz, eine kleine Rede: „Mein lieber Robert! Da erwartet nun den jungen Ehemann die erste Pflicht: sich von den alten Kochtöpfen zu befreien, denn jede junge Frau möchte gerne in eigenen Töpfen kochen!"

Gustchen und die kleinen Brautjungfern lachten mit. Aber ich stieg aus dem Wagen, um die „Klapperschlange" loszubinden. Heinz hatte sich wirklich klug ausgedrückt vor Gustchen, dachte ich. Denn der wahre Sinn dieser Kochtopf- und Blechschlange war ein anderer: die Junggesellen weisen damit den frischgebakkenen Ehemann auf sein „Anhängsel" hin.

Ich kniete nieder und knotete die Schnüre ab. Drüben standen die Übeltäter und johlten mit den anderen über den gelungenen Schabernack.

Schnell sprang ich wieder in den Wagen. „Heinz, du alter Lorbas, du hast dich auch beteiligt!"

Aber von Heinz war nur noch der breite Rücken zu sehen. Er knallte mit der Peitsche und wartete jetzt, bis alle anderen losgefahren waren. Denn wir mußten die Letzten sein. Das war so Sitte. Die wichtigsten Leute müssen immer zuletzt fahren. Das ist bei Staatsbesuchen nicht anders. Zuletzt, damit sie am Zielort nicht auf die anderen Gäste warten müssen. Die wichtigsten Leute, das waren heute ohne Zweifel Gustchen und ich. Vorhin allerdings war Heinz gleich loskutschiert, weil alle Gäste ihr Vergnügen an der „Klapperschlange“ haben sollten, fiel mir ein.

Gustchen lachte übers ganze Gesicht. Kein Mensch, ach Gottchen, konnte so hübsch aussehen wie Gustchen, Deine Großmutter, wenn sie lachte! Ich setzte mich neben sie und drückte sie, kannst' Dir denken, fest an mich. Sie sollte immer lachen, wünschte ich. Und nie, weiß Gott, nie würde sie nur ein „Anhängsel“ sein! Meine treue Lebensgefährtin, das war mein Gustchen...

„Ach wo, ich hab' damit nuscht zu tun!“ sagte Heinz jetzt und meinte die „Klapperschlange“. Er saß aufrecht auf dem Kutschbock, hielt die Zügel straff und schaute geradeaus.

„Na, ich kenn' meine Ferkel am Grunzen“, sagte ich und lachte. Ich mochte Heinz gut leiden.

Der ganzen langen Wagenreihe folgten wir zur Kirche. Und der Morgen war so hell, als wäre er der erste und letzte und einzige. Dazu in uns nichts als Helligkeit und Glück! Diese Fahrt war wie Lachen. Weil wir, glaube ich, staunend und unbeholfen vor solchem Glück waren und nicht anders damit fertigwurden. Kannst' Dir das vorstellen, Marjellchen? Ich saß im Wagen, und Gustchen, die engelsschöne Braut, neben mir und dieser Morgen um uns...! Ich saß, weißt', ganz still, aber am liebsten wäre ich jubelnd hinterhergerannt und gesprungen!

„Horch, Robertchen“, fing Heinz wieder an, „ich freu' mich wirklich, daß du jetzt weißt, wo du hingehörst. Hast'“, sagte er, „eigentlich die Gustchen gar nich' verdient. Sie ist doch die schönste Marjell im Dorf und dazu fleißig und sparsam.“

„Nu', was für Töne! Bruderherzchen!“ Gustchen lachte.

Und ich rief: „Nu' raspel' mal kein Süßholz, du Schlauberger! Warum bist du denn Junggeselle geblieben?“

Heinz sah stur geradeaus. „Mich hat der Herrgott nich' so reich gesegnet wie dich, und wenn ich geheiratet hätte, wär' jede verdiente Mark nur fünf Dittchen wert!“

Man konnte sein Schmunzeln ordentlich hören. Er war ja mitten im Studium, aber ein schmucker Kerl, der sich um Mädchen sicher keine Sorgen zu machen brauchte.

„Oh, Herr Doktor!" riefen wir denn auch, „armer, alter Doktor!" Er wollte nämlich Mediziner werden.

Die ganze Fahrt war Lachen. Die schlanken, weißen Birken, stell Dir vor, wie geputzt zu beiden Seiten, und das Laub, es tanzte im Lufthauch goldfunkelnd unter den Sonnenstrahlen! So schön, mein Gott, so schön!

Und dann hielten wir vor der Kirche.

Ich habe sie Dir schon vorgestellt, die weißgekalkte, schöne Kirche in Schwanticken mit dem dicken, vierkantigen Turm und dem Kriegerdenkmal neben dem Eingang.

Da, unter der gewölbten Holzdecke, wurden wir getraut.

In dem kühlen, großen Gottesraum, in den jetzt das Licht schräg durch die Fenster hereinflutete. Es war fast wie in einem Traum.

Aber Gustchen neben mir, sie hatte ihr feines, geheimes Lächeln, so daß ich merkte, sie dachte an praktische, naheliegende Dinge. Frauen sind erstaunlich! Ich werde das nie begreifen, wie sie es schaffen, daß ihnen selbst in feierlichsten Momenten irgendein wichtiger Unsinn durch den Kopf schwirrt.

Wir knieten vor dem Altar nieder. Und plötzlich wußte ich Bescheid, aber es war zu spät.

Gustchen kniete auf dem Zipfel meines Rockschoßes!

Du liebe Zeit, wie hatte ich mir vorgenommen, daß mir das nicht passieren sollte! Wir wechselten einen schnellen Blick, ich sah schalkhaften Triumph in ihren Augen. Und weißt', da war es mir egal. Sie kniete auf meinem Rockschoß. Das hieß, gewissermaßen, ich würde ihr während unseres ganzen Ehelebens stets zu Willen sein. Wie konnte es aber auch anders sein? Schon damals, als ich mich in sie verliebte und nach ihr jacherte, war ich mit allen Fasern meines Körpers an sie verloren. Und es gab nichts Schöneres! Na, laß Dir das sagen, Marjell! Ich glaube sogar, daß es ihr ebenso erging und sie nie wirklich den Wunsch verspürte, mich unter irgendeinem Pantoffel zu halten, wie man so sagt.

Dann kam die zweite Sache: das Aufstehen und Verlassen des Altars. Gustchen hielt mich so fest am Arm, es schmerzte fast. Ich wußte, ich sollte eine Wendung um sie herum machen. Das würde bedeuten, ich müßte auch im späteren Leben immer „um sie herumtanzen". Aber jetzt hatte ich mich von meiner feierlichen Beklommenheit erholt.

Ich sah Gustchen fest an und beschloß, den Kirchenbesuchern ein besonderes Vergnügen zu gönnen und es Gustchen diesmal nicht so leicht zu machen. Also zog ich mit meinem Arm, um mich loszumachen und mich allein umzudrehen. Dabei riß ich

Gustchen ein Stück zur Seite, sie stolperte fast über ihr Kleid. Ich fing sie mit dem andern Arm. Und in dem Momemt zergelte sie mich halb um sich herum.

Sie sah rotglühend und wunderbar verzweifelt aus! Was für eine Szene in dem feierlichen Gotteshaus! Ich lächelte ihr zu, nahm ihre Hand, die meinen Arm umklammerte – und da ließ sie los.

Ein Aufatmen ging durch die Kirche.

Der Schlußchoral schallte vielstimmig zu den goldenen Sonnenfenstern. Lob und Dank sang an den kühlen Mauern empor.

Arm in Arm traten wir aus der Kirche. Der Platz mit den alten Linden lag in heller Sonne. Ich sah Gustchen an in ihrem weißen Märchenglanz, ich hatte die schönste Frau der Welt, und jetzt, glaub' es, waren wir verheiratet!

Lachend und weinend flog Mutterchen auf mich zu. Sie überholte Schwiegermama, die ihren Festrock raffte, auf den Stufen vor dem Portal. Sie fielen über uns her mit ihren Tränen und Küssen, und die Väter folgten. Auch sie hatten es eilig, uns zu umarmen und zu drücken und abzuklopfen, man sollte ihre nassen Augen natürlich nicht sehen. Und Gustchen, mein Gustchen, blinzelte hilflos und obwohl sie mit ihrem Lächeln und den Grübchen zauberhaft aussah, weinte sie ebenfalls. Wie Tau in der Morgensonne, so glitzerte es in ihrem Gesicht. Da mußte ich mich aber zusammenreißen!

Im Nu waren wir umringt, alle redeten, lachten und vergossen reichlich Tränen.

„Auf daß ihr glücklich werdet!"

Na, ich dachte, glücklicher als jetzt können wir gar nicht werden! Und ich hielt Gustchen fest, gemeinsam ließen wir die Flut der Küsse an uns heranbranden und fingen sie auf. Gemeinsam und stark!

In aller Augen sahen wir unser Glück gespiegelt. Sahen und hörten es, das Glück der Hochzeit, von vielen Stimmen getragen und sozusagen gen Himmel geschleudert von dem Jubel, der immer noch anschwoll, je mehr Gäste aus der Kirche heraus- und um uns drängten. Soviele Wünsche, soviele Küsse, nur für uns beide – es war überwältigend!

Nachdem sie uns umhalst hatten, fielen sie sich gegenseitig in die Arme. Weißt, Marjellchen, zuviel Glück ist ebenso schwierig zu fassen wie zuviel Unglück. Das Glück also, es quoll nicht nur nach oben gen Himmel, es ergoß sich auch in reichlichen Strömen auf den Kirchenvorplatz unter den Linden. Die schüttelte der Wind, leise und gerührt gewissermaßen, so daß es fast wie gedämpfte Trommelwirbel klang.

Aber nach einer Weile machte sich eine eigenartige Unruhe bemerkbar. Drüben saßen die Schwiegereltern schon im Wagen, und Gustchens Vater knallte mit der Peitsche.

„Los! Jetzt wird gefeiert!"

Das war ein fröhlicher Galopp die ganze Birkenallee hinunter. In langer, geschmückter Wagenreihe jagten alle dahin, sie hatten es eilig, zum Festschmaus zu kommen. Ließen sich selbst nach all der Anstrengung die Zügel locker, öffneten begierig die obersten Kragenknöpfe und tobten unter dem weiten, klaren Herbsthimmel um die Wette. Sausten dahin mit ihren glänzenden Pferden, in allem Prunk und lautstarker Fröhlichkeit, in Erwartung der bis zum Brechen gedeckten Hochzeitstafeln.

Das Feiern, das Essen und Trinken, sie würden es gründlich tun!

Die Schnelleren überholten die Langsameren mit lustigen Zurufen und Peitschenknallen. Einmal wurde Ludwig Rudanskis Fuhrwerk seitab in den Straßengraben gedrängt. Es sah aus, als würde es umkippen. Das hätte mindestens einen Radbruch bedeutet. Man hatte das bei früheren „Hochzeitsrennen" erlebt. Aber diesmal ging alles gut. Der behäbige Rudanski legte sich mit seiner Frau und Pawel ganz nach der anderen Seite hinüber, fluchte und trieb den Gaul weiter.

Heinz knallte wie besessen mit der Peitsche, um alle anzutreiben. Natürlich hatte er die besten Pferde. Wir flogen nur so dahin und in halsbrecherischen Schwüngen an den anderen vorbei. Heinz hatte sich in seiner Begeisterung auf dem Kutschbock weit vornübergelegt, und sein helles Haar zauste der Wind. Anfangs klammerte Gustchen sich an meinen Arm, aber ich lachte ihr ins Gesicht. Die Brautjungfern schrien. Aber nach einer Weile begann Gustchen zu singen. Sie reckte das Kinn, straffte die Schultern, der frische Wind fuhr in ihren Schleier, und sie sang lauthals. Eines der Lieder, die wir eben in der Kirche gesungen hatten, war es, glaube ich. Die Mädchen fielen ein. Und ich lehnte mich zurück, und ohne mein Frauchen aus dem Arm und das tanzende Gold der Birken unter dem Himmelsgewölbe aus dem Blick zu lassen, genoß ich die prachtvollste Fahrt meines Lebens.

Schließlich rasten wir die letzte Anhöhe hinauf. Und da lag der stattliche Hof meiner Schwiegereltern behäbig in der Mittagssonne, Tore und Türen weit geöffnet. Fuhrwerke füllten schon den Hofplatz, etliche standen davor am Wegrand. Aber uns hatten sie natürlich einen Ehrenplatz vor der Eingangstreppe freigelassen. Heinz ließ die Pferde stolz einmal in der Runde traben, bevor er anhielt und vom Kutschbock sprang. Galant half er seiner Schwester vom Wagen.

Mir stieg sofort der gute Bratenduft in die Nase. In der Scheune sollte das Festmahl stattfinden. Wir sahen bald die Brautjungfern eifrig zwischen Küche und Scheune hin- und herlaufen. Sie hatten mit den letzten Vorbereitungen an den langen Festtafeln zu tun.

Elke und Theo Marquardt aber standen in der Haustür und begrüßten ihre Gäste. Und die Treppe hinunter bildeten unsere Freunde und Geschwister ein Spalier mit Tannengrün, da mußten wir durchgehen.

Drinnen hatten sie in der guten Stube einen Geschenktisch für uns aufgebaut, und der ganze Raum war voller Blumen.

Gustchens Finger fuhren schnell und neugierig tastend zwischen die Hochzeitsgaben. Es sollten doch weder ein Spiegel dabeisein noch Bestecke! Denn Spiegel brachten Unglück, und Messer und Gabel zerschnitten und zerstachen die Freundschaft. Natürlich hatte ich Gustchen auch keine Schuhe geschenkt. Denn sonst würde sie mir ja davonlaufen!

Ich sah Gustchen an und lachte sie aus. „Glaubst' an sowas?"

Sie wurde ganz rot und hob ärgerlich die Schultern.

„Gibt Schlimmes genug, was uns passieren könnte!"

„Ach, das macht mir alles nichts aus", sagte ich langsam. Ich wäre liebend gerne mit ihr weggegangen jetzt. Wäre am liebsten mit ihr allein gewesen. Hinausspaziert in die Felder und Wälder, in Weite und Himmel, bis ans Ende der Welt. Nur mit Gustchen.

Das merkte sie wohl. Guckte mir forschend ins Gesicht und lächelte.

„Komm! Ich bin hungrig. Und dein Magen knurrt auch."

Ich sah es ein. „Die Gäste verhungern, wenn wir sie noch länger warten lassen, was?"

Frauen haben immer recht, wenn es um praktische Dinge geht. Also gingen wir hinaus, mit den anderen zu feiern.

In der Scheune, wo sich jetzt alle um die gedecken Tische versammelten, nahm die Hochzeit ihren weiteren Verlauf.

Die blumengeschmücken Tafeln bogen sich unter der Last der Köstlichkeiten. Marquardts hatten ein Schwein und ein Kalb geschlachtet, nicht zu reden von den Hühnern und Gänsen, die ihr Leben hatten lassen müssen. Keller, Küche und Speisekammer waren angefüllt worden mit allem nur erdenklich Guten! Stell Dir nur die Berge von Kartoffeln vor, Regale voll mit eingemachtem Gemüse, eingelegtem Kraut und Gurken, Bündeln von Zwiebeln und Kräutern, Käsen und Glumse; Kompotte und eingemachtes oder gedörrtes Obst, nicht zuletzt den Rauchfang voller Würste und Schinken! Vielleicht kommt Dir das alles nun gar nicht so besonders vor, Marjellchen. Du bist an die Läden mit Luxus-Speisen aus aller Herren Länder gewöhnt, an die kalten Büffets unserer Tage, in denen Konservierungsstoffe und schnelle, gekühlte Transporte sowie Tiefkühl-Lebensmittel selbstverständlich sind. Siehst Du, das alles gab es damals nicht, und unsere tägliche Kost auf den Höfen war zwar reichlich, aber, verglichen mit Heutigem, wohl eintöniger.

So, und nun stell Dir unser Festessen vor! Diese Anhäufung von allem Guten, was uns überhaupt vorstellbar war! Und das alles sollte jetzt vertilgt werden!

Zuerst gab es einen Willkommenstrunk. Gustchen und ich mußten mit allen Gästen anstoßen.

„Prost, ihr Beiden!" – „Auf das Brautpaar!" – „Hoch soll'n se leben!" ... Die Scheune war voll von Gästen.

So viel Glück, so viele Schnäpschen erfordern Kraft und Ausdauer. Nach einer Weile klammerten Gustchen und ich uns aneinander fest, um nicht Halt und Würde zu verlieren. Und es war wie eine Erlösung, als die Schwiegermama den Beginn des Essens verkündete.

Gustchen atmete auf. Ihre Wangen glühten. Ich weiß nicht, wie sie es schaffte, immer noch märchenhafter und schöner auszusehen! Schön zum Verbrennen! Aber ich hatte mich ja längst verbrannt...

Das Essen begann mit herzhaftem Zulangen von allen Seiten. Die Brautjungfern hatten nur so zu laufen mit leeren Tellern, gefüllten Schüsseln und Platten, Bierkrügen und Schnapsflaschen.

„Nu' eßt, Kinderchen, eßt man!" hörte ich immerfort die weiche Stimme der Schwiegermama, „so'n Happchen, das is' doch gar nuscht! Wart', ich geb' dir ordentlich auf!" So war das: nicht nur das Essen mußte reichlich sein, auch an der Nötigung durfte es nicht fehlen!

Und wir aßen. Schwiegerpapa hielt eine wundervolle Rede, die er ab und zu mit „Prost auf unser Brautpaar!" unterbrach. Allmählich geriet er immer mehr in Schwung und führte ohne Pause einen Einfall nach dem anderen aus. Schwiegermama zupfte ihn schon geraume Zeit am Ärmel.

„Wird ja alles kalt, Mannchen!" hörten wir sie flüstern, „nu' is' gut, Theochen!"

„Theochen" machte abwehrende Handbewegungen, wie um niedrige Gedanken zu verscheuchen. Aber schließlich hielt er doch inne, strich sich das Kinn und schloß mit einem kräftigen: „Prost auf das gute Essen! Laßt nichts umkommen!"

Wir aßen. Es tat gut, Mutterchen neben sich zu haben. Am liebsten wäre ich ihr in all meiner glücklichen Aufregung wieder um den Hals gefallen. Das hätte ich früher getan. Aber jetzt mußte ich mich damit begnügen, schnell ihre große, braune Hand zu streicheln und ihre liebevollen Blicke zu spüren, wie einen beruhigenden Baßakkord, so wie ihn die Orgel in der Kirche zu den Chorälen hatte hören lassen.

„Eßt, Jungchen! Eßt, Marjellchen!" rief Schwiegermama.

Essen hält Leib und Seele zusammen, sagt man. Also aßen wir. Ich fing Käthes Lächeln auf. Ich hatte bei Daniel ein gutes Wort für sie eingelegt. Jetzt war sie glücklich, neben ihn gesetzt worden zu sein. Die dunkle Käthe mit dem feinen, schmalen Gesicht, weiß Gott, mein Freund hätte sich was darauf einbilden können, daß sie ihn mochte!

Aber der Dummerjan drehte seinen goldgelben Strohkopf immer nach der anderen Seite, erzählte der plustrigen, kleinen Lina Lobotka mit den apfelroten Pausbacken einen Schabernack nach dem anderen, griente Pawel schräg über den Tisch hinweg zu und hatte mit ihm soviel gemeinsamen Spaß, daß er ab und zu die Faust auf den Tisch hauen mußte.

„Prost, Pawel! Prost, Alter!"

„Prost, Daniel!"

Seine Faust, sie traf plötzlich Käthes Hand, die artig neben ihrem Teller lag. Beide zuckten vor Schreck zusammen, sah ich. Blitzschnell schloß Daniel seine Hand um Käthes Finger. Sie sahen sich nicht an. Pawel erzählte gerade einen neuen Witz, und Daniel schien interessiert zuzuhören.

Oho, dachte ich, du alter Angeber und Angsthase! Vor der kleinen Käthe wirst du bange.

Käthe beugte ihr Erröten über den Teller, aber sie konnte lange Zeit nicht weiteressen, weil Daniel ihre Hand festhielt.

Aber das Essen, es nahm seinen Fortgang. Platten und Schüsseln wurden abgeräumt, Neues aufgetischt und die Teller wieder und wieder gefüllt.

Auch Vaterchen hatte seine Tischrede gut vorbereitet. Es war nicht seine Art, große Reden locker aus dem Ärmel zu schütteln, und die Sache kostete ihn einige Überwindung. Konzentriert beugte er sein Gesicht über den Merkzettel, stärkte sich an Mutterchens lächelndem Kopfnicken und blickte auffordernd in die Runde. Seine Stimme klang zuerst etwas angespannt, aber als alle an passender Stelle, wie erwartet, in herzhaftes Gelächter ausbrachen, strafften sich seine Schultern, und lächelnd fuhr er fort. Besonderen Beifall erntete er, als er nicht nur das Brautpaar hochleben ließ, sondern seine Rede unterbrach mit: „Prost auf unsere Mütter!“ und „Nun wollen wir auf die Jugend anstoßen!“ und zuletzt: „Trinkt mit mir auf unsere Heimat Masuren!“

Da standen alle auf und begannen zu singen: „Land der dunklen Wälder ...“ Tante Luise hatte eine ganz wacklige Stimme, und Muttchen und Julie Kowallik wischten sich verstohlen über die Augen.

Dann stimmte Karl Amoneit, der einen schönen Baß hatte, ein anderes Lied an. „Freut euch des Lebens ...!“ Alle fielen begeistert ein. Ja, Essen und Trinken hält Leib und Seele zusammen, aber Singen mußte auch sein! Ohne Gesang wurde kaum eine Arbeit verrichtet, kaum ein Fest gefeiert.

Aber Elke Marquardt lachte und rief: „Vergeßt das Essen nicht!“

Wir aßen. Mit Umsicht und Ausdauer setzten wir das Essen fort, bis es Zeit wurde, Kaffee zu trinken.

Da wurden die Tische wieder neu beladen, diesmal mit Butterkrem-, Quark- und Nußtorten, Platten, auf denen sich Streusel-, Mohn- und Zuckerkuchen türmten, Berge von Windbeuteln, Makronen und Plätzchen. Vor allem die Torten standen dicht an dicht vor uns aufgereiht, während in Küche und Kammer wahre Mengen an Nachschub aufgebaut wurden.

„Nu' greift aber mal ordentlich zu!“ hieß es wieder und wieder.

Und wir aßen und tranken, wie es sich gehörte.

Nur Martin Kulessa, der olle Piesjahn, konnte wegen der vielen Schnäpschen den Kuchen nicht mehr richtig würdigen. Selbst alles Nötigen nützte nichts. Sein spitzes Gesicht war rot angelaufen, immer wieder stand er auf, schwankte über den Hof und verschwand ächzend im Herzhäuschen. Seine gute Laura plierte dann jedesmal ängstlich hinüber. Es war allen bekannt, daß Martin Kulessa zu Hause oftmals vergaß, den Rückweg über den Hof anzutreten und statt dessen bald durchdringendes Schnarchen die Grundfesten des Holzhäuschens erschütterte. Aber heute kam er nach einer Weile immer wieder angezagelt, mit dünnem Lächeln in den Mundwinkeln, Zuversicht und Mut zu neuen Schnäpsen andeutend.

Heinz und seine Freunde Ottmar und Richard Ludin verschlangen dafür um so mehr. In ihrer Begeisterung, sich wiederzusehen, sprachen sie mit vollem Mund durcheinander, und ihre dröhnenden Lachsalven klangen immer ungedämpfter durch die Scheune.

In einer anderen Ecke hatten sich die Skellka-Jungen zu Georg und den Mädchen gesetzt. Max Skellka hatte es wie immer auf

Katharina Amoneit abgesehen. Aber Daniels große Schwester wirkte ein bißchen spröde. Sie war groß, blond und selbstsicher wie ihr Vater, lernte im Lehrerinnenseminar und wollte erst fertigwerden, bevor sie sich mit Männern beschäftigte. Das hatte mir Ernachen einmal lachend erzählt. Die Älteste, Christina, war zu der Zeit schon seit Jahren im Nachbardorf verheiratet.

Ernachen, ja, die steckte mit Anna Marquardt mit der flinken Zunge und Käthe die hochroten Köpfe zusammen. Berni saß neben ihnen. Der kleine, kluge Berni saß da mit erhobener Nase und plierte durch seine Brillengläser über alle Köpfe hinweg. Er war zurückhaltend und am liebsten allein. Sicher ärgerten ihn die dammligen Gänse neben ihm. Doch halt: heute morgen hatte er Ernachen so angeglupscht ... aber er war eben noch klein. Sicher ärgerte ihn auch das.

Ich ging zu ihm hinüber. „Prost, Berni!"

Seine Augen kamen wie aus weiter Ferne. Er verzog die Mundwinkel zu einem Lächeln.

Die Mädchen bogen sich und kicherten über Gott weiß was. Ich suchte einen Ausweg.

„Kommst' mit ums Haus?"

Er stand auf und folgte mir dankbar. Ich kannte Berni noch gar nicht richtig.

Auf der Wiese unter den Birnbäumen, außerhalb des Blickfeldes der Scheune, blieben wir stehen.

Aufatmend lehnte ich mich an einen der krummen Stämme.

Berni lächelte. „Ganz schön anstrengend, was?"

„Hast' was zum Festhalten? Dein Glas? Na, Prost!" Unsere Gläser stießen klirrend aneinander.

„Ganz schöner Rummel, was?"

Wir verstanden einander. Er hatte kluge, blaue Augen hinter der Brille, aber ein schweres Lächeln. Wir tranken auf unsere Freundschaft. In den Zweigen der Birnbäume wehte der Abend. Der Himmel war jetzt von rosastreifigem Grau, hoch über den Wäldern am Horizont.

Ich atmete tief und meinte, die Brust sollte mir zerspringen.

Vielleicht waren es nur die Schnäpse.

Wir schlenderten weiter ums Haus herum, Berni und ich.

„Ich muß jetzt was essen, du!"

„Klar", sagte Berni, „dann können wir ja weitertrinken!" Er war, weiß Gott, kühl und weise wie ein Universitätsprofessor, der kleine Berni.

Plötzlich fanden wir uns in der Speisekammer wieder. Da lag alles dicht an dicht: Kartoffelsalat und Kompotte, Gemüse und

Eingemachtes, Brote, Würste, Kraut und Braten und was du wolltest.

Ich schnappte mir ein Stück Käse. Berni lehnte an der Tür und kaute ebenfalls.

Plötzlich lachte ich. „Du bist mir ja einer! Prost!"

Aber unsere Gläser waren leer.

Also kehrten wir zu den anderen zurück. Die Freunde hatten uns schon gesucht. Sie schwärmten uns entgegen und umringten uns.

„Der Bräutigam!" – „Da kommt er!" – „Gustchen, er ist schon weggelaufen!"

Und sofort begannen sie zu singen: „Sittst de nich, dort kimmt er, lange Schritte nimmt er ..."

Pawel packte mich am Arm. „Jetzt wird erstmal gegessen und getrunken!"

Gustchen sah ich inmitten ihrer Tanten und Nachbarinnen, die sie sicher mit vielen guten Ratschlägen bedachten. Sie machte mir mit den Augen Zeichen, also holte ich sie mit einigen Entschuldigungen zu unseren Freunden ans andere Ende der Festtafel.

Mittlerweile war die Gesellschaft beim Abendessen angelangt. Würste, Sülze, Schinken, Salate, Brote und Käschen waren an Stelle der Torten gerückt. Alle Gäste, die um die Tafel saßen, hatten sich eingehakt und sangen. Sangen schallend ein Lied nach dem anderen und wiegten sich dabei von links nach rechts, von rechts nach links. Jeder hielt sich an seinen Nachbarn, und so konnte keiner vom Stuhl fallen. Zwischendurch kreisten die Schnapsflaschen, und die Biergläser wurde nicht leer. Wir alle konnten viel trinken, wenn es sein mußte; und bei solchen Mengen von Essen mußte es auf jeden Fall sein! Wir schafften so viel nur mit entsprechenden Mengen Alkohol zwischendurch. Und so viel Alkohol wiederum nur mit massenhaft Speisen. Es war eine herrliche Sache, so ein Fest!

Tante Luise hatte sich natürlich mit ihrer feinen Schwester Anortha viel zu erzählen. Aber zwischendurch hielt sie ein wachsames Auge auf Ernachen gerichtet. Erna war allzu hübsch und rotwangig, und ihre Augen glänzten, das beunruhigte die Tante sichtlich. Und natürlich fand sie Mutterchen gar zu sorglos und nachsichtig in punkto Erziehung ihrer Tochter, gar nicht zu reden von Vater, den Erna allerdings immer um den kleinen Finger zu wickeln verstand.

Ernachen, sie saß da, und während sie sich mit funkelnden Augen Heinz' und Richards Scherze gefallen ließ, wippte sie mit dem Fuß und hatte einen Arm um Georgs Nacken geschlungen, als wollte sie den Bruder vor all den sehnsüchtigen oder mutwilligen Mädchenblicken beschützen. Das konnte der aber gut selbst tun.

Ich trat zu ihm. „Prost, Schorschchen!“ Und sah ihm direkt in die Augen. „Na, welche wirste denn zuerst zum Tanz holen?“

Schorsch erwiderte mein Lächeln. Wir wußten ja beide: er hatte Lieschen, seine heimliche, große Liebe in Gonsken.

Das Singen schwoll an und endete in Gelächter. Dann folgte das Zuprosten und Nötigen und wiederum Füllen der Teller. Aber immer mehr Lieder unterbrachen das Essen. Max Skellka, Pawel, Josephina und noch ein paar sprangen auf und stampften, sich wiegend, im Takt.

Da sah ich, daß die Musikanten eingetroffen waren. Käthes Bruder Franz hatte den Brummbaß, sein Freund spielte Flöte, der dicke Joseph Papendiek probierte sich auf dem Dudelsack, und Jochen Lobotka fehlte natürlich nicht mit seiner Geige. Sie stimmten ihre Instrumente, wurden mit einigen Begrüßungsschnäpschen versorgt und bekamen Torte und Schinken und was sie wollten.

Aber mein guter Pawel und Vaterchen packten die Tische der Festtafel und schoben sie an die Seite. Sie jacherten danach, das Tanzbein zu schwingen. Auch die Skellka-Jungen und Friedrich Kowallik faßten mit an.

Daniels Eltern und Frau Ludin sah ich nicht mehr. Sie waren wohl nach Hause gefahren, den Stall zu beschicken, und würden sicher später oder morgen wiederkommen. Sie hatten auch Ottmar mitgenommen, der bei uns nach dem Rechten sah.

Aber wir, wir sollten nu' also tanzen.

Gustchen machte mir schon erwartungsvolle Zeichen mit den Augen, und ich sah ihre belustigten Grübchen. Denn sie wußte: ich bequemer Dickkopf war nicht so versessen auf das Herumgehopse, saß lieber gemütlich in meiner Ecke. Aber die Marjellens, die wollten schon damals immer tanzen. Na, es gab ja jetzt auch keine Möglichkeit zum Wegschleichen. Also kippte ich mir ein Schnäpschen in die Kehle, nahm Gustchen vorsichtig an ihrem spitzenweißen Arm und stellte mich mit ihr auf. Jochen Lobotka begann einen Walzer zu fiedeln, und Brummbaß und Dudelsack fielen lustig ein.

Aber mir klopfte mein dummes Herz ganz und gar gegen den Takt. Ich hatte mich nämlich immer noch nicht an Gustchens märchenhaftes Aussehen und ihre hochzeitliche Schönheit gewöhnt.

So stolperte ich die ersten Takte unbeholfen mit ihr durch die Scheune. Ach, und alle Verwandten und Bekannten stellten sich im Kreis um uns und begannen den Takt zu klatschen. Ärgerlich packte ich mein schönes Frauchen fester und schwang sie herum.

Und da kannte ich sie wieder in meinen Armen und bemerkte auch ihr liebes, vertrautes Grübchenlächeln. Jetzt konnte ich wieder tanzen. Wir tanzten, so schön und stolz und glücklich wie nie zuvor, tanzten immer in der Runde, immer in der Runde, ohne Aufhören ...

Nein, das wünschten wir nur. Natürlich gab es ein Aufhören. Als die Musiker schwiegen und ich Gustchen küßte, erinnerte sie flüsternd: „Und jetzt du mit Mama!"

Also fuhr ich mir mutmachend durchs Haar und steuerte Elke Marquardt an, während Gustchen tapfer auf Vaterchen losging. Er lachte entzückt und schwang sie herum, als die Musiker wieder losspielten. Mutterchen gab Theo Marquardt die Ehre. Und dann war der Bann gebrochen. Alle drängten zum Tanz und hopsten und stampften emsig durch die Scheune. Die Fröhlichkeit, sie schlug sozusagen koppheister. Die meisten hatten ja auch lange genug beim Essen stillgesessen.

Ich müßte, sagten meine Freunde, mit allen Frauen tanzen. Vaterchen nickte und lächelte zustimmend. Das hatte er früher, als er heiratete, auch hinter sich gebracht. Ich begann mit Mutterchen, und dann ging es rund.

Der Tanz war in vollem Gange. Ich sah die lachenden Gesichter von Ernachen und meinem langen Pawel und schmunzelte über Bernis angestrengtes Gesicht bei der Polka mit einer Nachbarin. Die kleinen Kinder hopsten zwischen den Erwachsenen umher.

Ich hatte endlich Käthe erwischt, die ich ja ganz gut kannte.

„Nu'?" fragte ich neugierig.

Aber sie tat, als verstünde sie mich nicht.

„Was is'?" Ich gab nicht nach, „hat er angebissen?"

Da fing ich ihr schnelles, feines Lächeln auf. „Sei nich' so neugierig!"

Weiber! Ich drehte mit ihr ein paar schnelle Runden, dann blieben wir in einer Ecke stehen.

Käthe hob ärgerlich die Schultern. „Weiß nich'!" sagte sie.

Im Weitertanzen bemerkte ich Daniels Blicke, die ihr folgten. Seine blauen Augen mit dem nachdenklichen, etwas schwerfälligen Ausdruck, die kannte ich. Die konnten mich nicht täuschen.

Ich drückte Käthes Arm. „Wird schon werden", sagte ich ihr ins Ohr.

Da stand Agnes vor mir. „Nu' nimm man die Nächste!" Und sie löste Käthe ab.

„Na, komm, Cousinchen!" sagte ich erfreut, „du hast hoffentlich nicht auch Liebeskummer?"

„Nee, nee!" sagte sie und lachte und genoß die Schwünge, die ich mit ihr vollführte, denn sie war leicht und beweglich.

„Herr Schmidt, Herr Schmidt..." begannen sie zu spielen, „... was kriegt das Mädchen mit?" Alle sangen mit: „Ein Schleier und ein Federhut, das steht dem Mädchen gar so gut, ein Schleier und ein Federhut, das steht dem Mädchen gut..."

Ich bemerkte Heinz und Richard mit Anna und den schönsten Schwantickener Mädchen, und da waren auch Käthe und Daniel, beide mit zaghaftem Lächeln und erstaunten, ineinander vertieften Augen. Dazwischen wallte Tante Anortha mit dem zackigen Onkel Wilhelm haltungsbewußt immer mitten durchs Gewühle, so daß niemand darum herumkam, ihr Talent zu bestaunen. Aber schwungvoller fegten Max Skellka und Schorsch mit ihren Mädchen daher, ja, Schorschchen jedesmal mit einer anderen zu allseitiger Verwirrung. Er tanzte, der Luntrus, wie immer, bis ihm die Schuhe sozusagen von den Füßen abfielen – aber er blieb allein. Siegessicher, mit großen Augen lächelnd, all die schmachtenden Blicke erwidernd, allein. Seine ungewohnte, enge Jacke hatte er längst über einen Stuhl geworfen, die obersten Hemdenknöpfe geöffnet, und um die Sonntagshose kümmerte er sich nicht länger. Ja, Stunden später war er sogar soweit, auf einen der Tische zu springen und da oben mit der beweglichen, kleinen Anna elegante Schwünge zu vollbringen.

Alle ringsum jubelten. Onkel Heinrich versuchte es ihm nachzumachen, aber er vergaß die vielen Schnäpschen in seinem Bauch, die seinem Gleichgewicht in die Quere kamen, stolperte und stürzte in die Arme seiner Töchter. Josephina zeigte sich sorglos beim Tanzen und walzte ungeachtet des sich abzeichnenden Neuankömmlings munter durch die Scheune.

Es ging hoch her. Denn eine Hochzeit mußte gefeiert werden! Überall nur fröhliche, erhitzte, lachende Gesichter!

„Unser Vetter Melchior ..." spielte die Kapelle jetzt. Und „Unser Vetter Melchior ..." sangen alle, „der wollt Soldate werden, hatt' er keinen Säbel nicht, konnt er keiner werden. Die Mutter griff das Stochereisen, hing es Melchior an der Seiten, Stochereisen, an der Seiten. Eins, zwei, drei, Kalberei! Ist das nicht 'ne schöne Reiterei?"

Es folgten alle schönen Strophen.

„... hat er keinen Mantel nicht,
... Die Mutter griff die Stubentür,
hing sie dem Melchior hinten und für ...“

„... hat er keinen Tschako nicht,
... Die Mutter griff den Kammertopp,
setzt ihn Melchior auf den Kopp ...“

„... hatt er keinen Tornister nicht,
... Die Mutter griff deä Bruudkauß,
macht sie Melchior hinten fauß ...“

„... hatt er keinen Schnurrbart nicht,
... Die Mutter griff den Schottelplack,
hing ihm Melchior um den Bart ...“

„... hatt er keine Stiefel nicht,
... Die Mutter griff die Ofenpfeif',
steckt Melchiors Bein in die Ofenpfeif' ...“

„... hatt er keine Büchse nicht,
... Die Mutter griff die Unterbux,
macht dem Melchior daraus eine Büchs' ...“

Es war eine Hochzeit, so wie sie sein sollte. So wie ich sie ganz früher mal als Junge in der Nachbarschaft erlebt hatte, und dann später, als Christina Amoneit heiratete, und natürlich bei Agnes' und Josephinas Hochzeiten vor einigen Jahren in Markgrafskirchen. Immer hatten wir ausgiebig und gründlich und maßlos gefeiert. Hatten Sorgen und Entbehrungen der harten Arbeitsalltage sozusagen unter den Tisch gegessen und getrunken, hatten uns durchgefuttert und immer wieder angestoßen auf unsere fröhliche Gemeinschaft. Damals lebte der lustige Großvater Kohsarek noch und war mit Omchen beim Tanz flink auf den Füßen gewesen. Aus der Nachbarschaft fehlten heute auch ein paar, ohne die wir früher nie gefeiert hatten. Der alte Gustav Ludin, Richards Vater, war an einer Krankheit gestorben, Amoneits Tante Anna gab es ebenfalls nicht mehr, und der lange Fritz Kowallik wohnte mit seiner Familie weit im Norden am Haff. Aber dafür rückte die Jugend nach. Die Kinderchen von früher, – das waren meine Freunde, Geschwister und ich, wir tanzten mit und benahmen uns wie Erwachsene. Denn wir hatten es uns natürlich längst abgeguckt und gelernt, Feste zu feiern, oh ja!

Du weißt, daß zwei Jahre später der Krieg ausbrach. Wir haben zwar zunächst recht unberührt von den Geschehnissen nach wie vor gefeiert, sobald sich eine Gelegenheit dazu ergab, aber nie wieder ohne die lastende Sorge um Söhne, Väter und Brüder an den Fronten. Meine Freunde, Brüder und ich selbst haben, wie Du weißt, diese Kriegsfeiern nicht miterlebt, wir wurden ja gleich eingezogen ...

Jetzt weißt Du das. Aber damals wußten wir es nicht. Und das war gut so. Wir aßen und tanzten und tranken mit allen Kräften, die uns zur Verfügung standen, das kannst Du glauben! Für viele war es das schönste und größte und längste Fest seit Jahren.

Ich hätte am liebsten nur mit Gustchen getanzt. Aber, so war das, alle wollten mit der Braut tanzen. Endlich, kurz vor Mitternacht, erwischte ich sie.

Packte sie fest mit beiden Händen.

„Du!" Es sollte böse klingen, aber es wurde nur leise Zärtlichkeit.

Ihr Gesicht glühte, sie lachte. „Du hast auch schon zuviel getrunken." Und sie gab mir einen Kuß auf die Nasenspitze.

Da sollte ich nicht aus dem Takt kommen! Aber dann drehten wir uns und tanzten, daß alle Menschen um uns wie in einem Nebel schienen und wir sie weit hinter uns ließen.

„Freut euch des Lebens ..." fiedelte unser braver Jochen.

Ganz allein waren Gustchen und ich. Das Märchenweiß duftete. Und gleich würde ich mit ihr wegrennen, wußte ich.

Dachte ich.

Aber als die Musik schwieg, hatten die Mädchen plötzlich um uns einen Kreis gebildet. Jemand kam mit einem Tuch und verband Gustchen damit die Augen.

Da sollte doch ...!

Ich muß wohl sehr komisch ausgesehen haben in meiner Entrüstung. Gelächter ertönte. Meine Gäste lachten mich einfach aus.

Gustchen mit ihren verbundenen Augen lachte auch. Ich konnte ihre Grübchen sehen. Sie hob die Arme und knupperte an ihrem Schleier herum.

Da wußte ich plötzlich: es war Mitternacht. Und jetzt sollte der Tanzreigen veranstaltet werden.

Gustchens Mutter half den Schleier loszumachen. Die Mädchen begannen zu singen und wanderten langsam im Kreis.

„Wir winden dir den Jungfernkranz ...!"

Ihre Augen waren wie gebannt auf den Schleier gerichtet, den Gustchen in den Händen hielt. Sie sollte ihn einer der Kameradinnen zuwerfen. Das Marjellchen, das den Schleier erhielt, würde als nächste heiraten, hieß es.

„Wir führen dich zu Spiel und Tanz, zu Glück und Liebesfreude! Schöner grüner, schöner grüner Jungfernkranz, veilchenblaue Seide!"

Ja, Marjellchen, vielleicht lächelst Du jetzt, aber solche Lieder sangen wir damals.

Es war also sehr spannend. Hinter den Mädchen standen die Jungen und feixten und flüsterten, aber die Mütter und älteren Frauen guckten gespannt und manch eine mit bangend auf die Brust gepreßten Händen.

„Lavendel, Myrt' und Thymian, das wächst in meinem Garten; wie lang bleibt doch der Freiersmann? Ich kann es kaum erwarten."

Unschlüssig hielt Gustchen den Schleier. Sie konnte sich wohl nicht von ihm trennen.

„Los!" flüsterte jemand und „jetzt!"

„Und als der schmucke Freier kam, war'n sieben Jahr' verronnen; und weil er die Herzliebste nahm, hat sie den Kranz gewonnen."

Ich sah die schöne Käthe vorbeigehen. Sie wurde feuerrot.

Gustchen warf den Schleier hoch.

Aber es war nicht Käthe, die „den Kranz gewann", wie es in dem Lied hieß, sondern der Schleier fiel auf Katharina Amoneit nieder.

Die stand stocksteif und wußte gar nicht, wie ihr geschah.

Alle stürzten auf sie zu, aber sie schlug die Augen nieder und hob trotzig die Schultern.

In dem Moment entstand im Hintergrund eine Bewegung. Jemand drängte sich energisch zu Katharina durch, es war der stämmige Max Skellka. Er hatte sich schon vor Katharina aufgebaut, hob behutsam den Schleier und sah ihr in die Augen.

„Ich hoffe, du nimmst keinen anderen!" sagte er mit rauher Stimme und einem schnellen Grinsen, das einen Scherz andeuten sollte. Aber es war kein Scherz. Und ehe sie etwas erwidern konnte, küßte er sie schnell auf die Wange.

Man hörte immer noch keine Antwort, denn nun erhob sich ringsum Gelächter und Jubel. War das nicht fast wie eine Verlobung gewesen? Nun mußte Max natürlich eine Ehrenrunde mit Katharina tanzen. Und er nahm sie mit seinen kräftigen Armen so geschickt, daß man ihre Eckigkeit beim Tanzen gar nicht bemerkte.

Nun fielen sich natürlich die alten Amoneits und Skellkas in die

Arme, denn dies Ereignis hatte man ja lange vorausgesehen und herbeigewünscht.

Aber Daniel, der jetzt neben mir stand, sagte leise: „Ich weiß nich', ich weiß nich'! Sie ist ja gänzlich überrumpelt worden. Hoffentlich bedenkt Max, was sie für einen Dickkopf hat, die lange Kathrin!"

Aber es sah wirklich so aus, als verflüchtigte sich ihr Dickkopf unter Maxens liebevollen Blicken. Jedenfalls lächelte Kathrin und ließ sich seine starken Arme gefallen.

Und dann wurde umso stürmischer weitergetanzt. Die Röcke der Frauen flogen höher, und es ging immer schneller und hitziger unter dem hohen Scheunendach zu.

Aber unter dem Tisch lag Martin Kulessa und schnarchte kräftig. Und in einer anderen Ecke sah ich Minchen und Trinchen aneinandergekuschelt auf einem Bündel Heu in tiefem Schlaf, die kleinen Münder in den rosigen Gesichtern halbgeöffnet und die Zöpfchen zerwuschelt.

„Eins, zwei, drei und vier, Mäke nimm en Silbergroschen, hol en Seidel Bier ..." sangen sie jetzt, und die Paare tobten in gestrecktem Galopp dazu durch die Scheune.

Gustchen gähnte verstohlen hinter der vorgehaltenen Hand.

„Meinst', sie brauchen uns noch?"

„Nee, nee!" Ich war auch müde.

„Oder soll'n wir noch bleiben?"

„Nee."

Etwas abseits an einem Tisch saßen Vater und Mutterchen mit Tante Luise, Gustchens Eltern und unserem Omchen um die Lampe. Ein paar der Nachbarn hatten sich auch dazugestellt. Sicher schabberten sie von alten Zeiten. Ab und zu dröhnte eine Lachsalve herüber. Theo Marquardts gemütlicher Baß war unüberhörbar. Omchen hatte ihr dickes Wolltuch umgelegt und hörte mit stillem Lächeln zu.

Während des Tanzes fing ich Muttchens Blick auf, deutete auf Gustchen und mich und machte eine Handbewegung in die Dunkelheit hinaus. Sie nickte uns lächelnd zu und legte zum Zeichen, daß sie mich verstanden hatte, den Finger an die Lippen.

So tanzte ich mit meiner neugebackenen Frau einfach aus der Scheune hinaus. Weg waren wir.

Abseits des festlichen Lichtscheins lag der Hof in völliger Dunkelheit.

Gustchen atmete tief die kalte, frische Luft ein. Ihre Wangen waren heiß vom Tanzen. Sie wehrte meine stürmischen Küsse aber ab. „Laß uns schnell fahren!“ flüsterte sie, „sonst finden sie uns hier doch noch wieder!“

„Hast recht. Sie werden uns sicher bald vermissen.“ Ich tappte über den finsteren Hof, suchte unseren Wagen.

„Halt dich an mir fest!“

„Freut euch des Lebens ...“ klang es aus der Scheune.

In der pechschwarzen Nacht hatte ich unsere Gäule gefunden und schaffte es, sie anzuspannen.

Mir war ganz merkwürdig zumute. Trunken von Liebe und Alkohol, glaube ich. Ich hielt nach dem Mondschein Ausschau – denn inzwischen verstand ich etwas von Mondscheinnächten –, und dachte, er sollte uns heute nacht nach Hause leuchten. Aber er war schon hinter den Horizont gewandert. Der kalte Wind trieb hohe, dunkelgraue Wolken aus Nordosten. Sterne schimmerten dazwischen auf und wurden wieder verwischt, sahen wir, als unsere Augen sich etwas an die Dunkelheit gewöhnt hatten.

Ich ließ die Pferde traben. Sie fanden den Weg allein. Gustchen saß dicht neben mir und preßte meine Hand. Wir schwiegen. Kein Laut war zu hören als das Trappeln der Pferdehufe und das Knirschen der Räder im Sand. Schweigend fuhren wir unter dem hohen, unruhigen Nachthimmel dahin. Es schien, als breite er sich mit seiner weichen, weiten Dunkelheit über unser kleines Menschenglück. Das doch für uns so groß war, das Glück, daß es uns fast zersprengte.

So zog ich aus meinem alten Leben in ein neuartiges mit Gustchen. In den nächsten Tagen und Wochen begannen wir uns einzurichten. Auf unserem Hof in Giesanken und in unserer Ehe. Mit Spannung und Liebe taten wir es und manchmal nicht ganz ohne Mühe. Später merkten wir, daß alle Mühe die Liebe noch wachsen läßt. So ist das. Wir waren sehr glücklich, ach Gottchen, ja, das kann ich Dir sagen.

Und das wünsche ich Dir auch sehr, meine liebe Marjell, das wünsche ich Euch beiden: daß Ihr sehr glücklich seid!

Wir denken aneinander, nicht?

Dein Großvater

## *Liebes Großvaterchen!*

Wir haben zwar erst den zweiten Advent, aber ich schreibe Dir schon jetzt zu Weihnachten. Es gibt noch so viel zu erledigen vor den Feiertagen, und in der Stadt herrscht ein derartiger Rummel – man wird ganz verrückt davon.

Jedenfalls wünsche ich Dir ein schönes Weihnachtsfest!

Das schönste Fest des Jahres, das ist es bei uns ja immer gewesen, nicht? Einfach deshalb, weil wir uns so sehr darauf freuten!

Auch dieses Jahr duftet es bei uns nach Pfefferkuchen – Rezept von Omchen –, und jeden Abend zünden wir Kerzen an und haben es heimelig mit adventlichem Duft. Thomas macht ein geheimnisvolles Gesicht und sieht froh aus. Ich darf „bei Todesstrafe!" nicht unten in den Schreibtisch lauern, sagt er. Aber oben auf dem Kleiderschrank habe ich, von der wackligen Trittleiter aus, meine Geheimnisse versteckt.

Thomas hat vorgeschlagen, in die Alpen zu fahren, irgendwohin, wo wenigstens Schnee liegt. Aber eigentlich möchte ich Weihnachten doch gerne zu Hause sein und in unsere Kirche gehen. Wir überlegen den Reiseplan hin und her.

Ich glaube nicht, daß man früher überlegt hat, wie man Weihnachten feiert. Es war sicher alles selbstverständlich, oder?

Erzählst Du mir von Weihnachten in Masuren?

In den Wäldern, im Schnee, in der reklamelichterlosen Dunkelheit, da muß Weihnachten schön und einfach gewesen sein. Da wollte man sicher nicht wegfahren?

Wie habt Ihr Weihnachten gefeiert? Was war denn wichtig? Und worüber freuten sich die Kinder und Erwachsenen?

Wir wünschen uns hauptsächlich ein paar ruhige Tage ohne Bürostreß für Thomas, in den Bergen oder hier, mal sehen.

Wie immer freu' ich mich auf Deinen Brief, Großvaterchen!

Liebe, weihnachtsduftende Grüßchen,

Dein Friedchen

# *Mein liebes Friedchen!*

Auch ich hab' mich wieder mal an Deinem Brief gefreut und will Dir nun antworten, bevor Ihr vielleicht verreist.

Natürlich: wegzufahren wäre uns früher nie in den Sinn gekommen, da hast Du recht. Aber auch sonst fuhren wir ja nie weg, in die Ferien, wer weiß wohin. Und gerade Weihnachten, da wollten wir bestimmt zu Hause sein! Es war das schönste Fest des Jahres!

Um diese Zeit gab es so viele Belustigungen und so wenig Arbeit wie sonst das ganze Jahr über nicht.

Zunächst mußt Du Dir vorstellen, daß immer und zuverlässig dicker Schnee lag und die Luft voll Frost und eiskalter Frische war. Das machte den Schulweg nicht gerade einfach. Wenn es gar zu schlimm stiemte und schneite, holte Vaterchen oder einer der Nachbarn den Schlitten heraus, sammelte uns Kinder von den Höfen ringsum ein und fuhr uns zur Schule. Und nun die Weihnachtsferien! Es gab weder Aufgaben noch Schulwege, Schnee und Eis waren von morgens bis abends nichts als Vergnügen für uns! Seen, Teiche und Bäche lagen zugefroren da, an den Hängen gab es herrliche Rodelbahnen, und die Skier wurden zu weiten, stillen Waldwanderungen herausgeholt und gewachst. Von unseren Eislaufspielen habe ich Dir schon mal erzählt. Wir nutzten die kurzen Tage rundum aus! Draußensein war für uns zu jeder Jahreszeit selbstverständlich, auch im dicksten Winter.

Außerdem freuten Erwachsene und Kinder sich gleichermaßen auf Weihnachten und auf die vielen, gemütlich-geselligen Abende der „Zwölften". Das waren die Tage zwischen Weihnachten und dem Heiligen Dreikönigstag.

Die Adventszeit wurde zunächst jedoch, wie die Passionszeit, sehr ruhig und würdig begangen. Man mied Musik, Tanz und Geselligkeit, man hatte genug zu tun, die Weihnachtstage und die folgende Zeit vorzubereiten.

Während der „Zwölften" nach Weihnachten nämlich mußte jede grobe Arbeit entfallen. Ganz besonders vermied man alle Verrichtungen mit drehenden Bewegungen, denn die würden Unglück bringen. So durften keine Reibekuchen, „Flinsen", gebakken und keine Wäsche gewaschen werden; und Rüben und Häcksel mußten vorher für die ganze Festzeit geschnitzelt und geschnitten werden. Ebenso wurde das Spinnrad in der Adventszeit besonders eifrig benutzt, denn während der „Zwölften" mußte es still in der Ecke stehen.

Du merkst schon, Marjellchen: man feierte zwar die Geburt

des Heiligen Christ, aber auch um die Weihnachtszeit spielten Aberglaube und heidnische Sitten eine große Rolle.

In der Adventszeit also gab es eine Menge zu erledigen. Väterchen schlachtete und wurstete, fuhr zum Markt nach Treuburg und hatte in Stall und Scheune zu tun, während Mütterchen und Tante Luise emsig in Haus und Küche beschäftigt waren. Sie bestimmten auch die Hühner und Gänse, die ihr Leben lassen mußten.

Wir Kinder, angesteckt von Eifer und Vorfreude, halfen begeistert, wo wir konnten. In den letzten Tagen vor dem Fest wurden Kuchen und Weihnachtsgebäck gebacken. Bis in den Hof hinaus duftete es nach Zimt und Pfefferkuchenteig. Nicht nur Ernachen knetete mit heißen Backen ihren Teigklumpen, auch wir Jungen steckten möglichst oft unsere gierigen Schnuppernasen durch die Küchentür.

Tante Luise lehrte uns die Weihnachtslieder. Sie liebte es bei diesen schönen Vorweihnachtsarbeiten, mit ihrer leicht zittrigen Altstimme immerfort zu singen. Wir Kinder sangen freudig mit. Singen war ein Ventil für unsere sich steigernde Erwartung.

Und pünktlich zum Fest waren alle Arbeiten getan, und Haus und Hof blitzten vor Sauberkeit.

Am Heiligen Abend machten wir uns in der Dunkelheit abends auf den Weg zur Kirche. Meistens klirrte der Frost, es dauerte seine geraume Zeit, bis Muttchen uns Kinder alle in unsere besten, weißen Hemden und Sonntagshosen und darüber in genügend Jacken, Schals, Tücher und Decken gewickelt hatte. Für Väterchen legte sie seinen guten Anzug bereit, sie selbst und Tante Luise zogen ihre feinen Winterkleider an. Die lithurgische Weihnachtsfeier wollte keiner versäumen!

Schorsch und ich hatten am Vormittag den Schlitten gesäubert und hergerichtet und das Pferdegeschirr ordentlich gewienert. Und nun trampelten wir uns draußen die Füße warm. Ottmar half Väterchen den Schlitten herauszuholen und die Lore und den übermütigen Hans anzuspannen. Wir genossen ja jeden Weg, den wir nicht wie meistens zu Fuß laufen mußten. Aber auf die weihnachtliche Schlittenfahrt freuten wir uns ganz besonders! Endlich kamen auch die Frauen mit Ernachen heraus.

„Guck', Muttchen hat ihr Wollknäuel bei sich!" feixte Schorsch heimlich. Ernachen sah wirklich wie ein hüpfendes, dickes Knäuel aus in ihrer vielfachen Umhüllung.

Und dann fuhren wir los. Die Schlittenglöckchen bimmelten lustig durch die Dunkelheit. Auch von den Nachbarhöfen kam es herangeklingelt.

„Jetzt fahren wir in die Nacht hinein", sagte Muttchen, „und wenn wir wiederkommen, ist Weihnachten da!"

Weihnachten!

Georg stieß mich an, daß ich fast vom Schlitten fiel.

Vor Freude!

Weihnachten! Ich puffte den Bruder zurück. Schon der Klang des lieben Wortes jagte uns wonnige Schauer den Rücken hinunter.

In der Kirche in Schwanticken brannten viele Kerzen. Der ganze Gottesraum war erhellt von ihrem Glanz. Das muß den Lieben Gott ja freuen, dachte ich. Und in unserer Kirche duldete er bestimmt keine von all den bösen Geistern.

Schnell blickte ich zu Tante Luise hinüber. Sie sah wirklich ganz glücklich aus. Ihr kleines Gesicht leuchtete rot vor Kälte und freudigem Eifer. Lauthals stimmte ich mit den Brüdern in die Lieder ein, die wir ja aus der Schule und von der Tante bestens kannten.

„Vom Himmel hoch, da komm ich her..." Die Hirten in der kalten, dunklen Winternacht, die konnten wir uns wohl besonders gut vorstellen.

Auf der Rückfahrt standen schon die Sterne am Himmel.

„Guckt! Lauter Weihnachtssterne!" sagte Ottmar.

Es war prachtvoll, so in die Weihnachtsnacht hineinzufahren.

Zu Hause auf dem Hof versorgte Vaterchen erst die Pferde. Aber dann wurden die Lichter am Weihnachtsbaum in der guten Stube angezündet. Erwartungsvoll lauschten wir nach draußen. Mit einem klingenden Glöckchen kündigte sich der Weihnachtsmann an. Der war jetzt unterwegs von Hof zu Hof...

Das Glöckchen, es klingelte also, und dann hörten wir draußen auf der Treppe Gepolter.

Ernachen flüchtete auf Muttchens Schoß. Schorsch hatte vor Aufregung knallrote Ohren, aber Ottmar, der brachte sogar ein großartiges Lächeln zustande.

Draußen trampelte es über den Flur, und dann flog die Tür auf. Der Weihnachtsmann, in einen Schafspelz gehüllt, außen voller Rauhreif, stand vor uns. Den Sack mit Geschenken setzte er gleich ab, die Rute schwenkte er in der behandschuhten Faust.

Sein Gesicht, hinter der Mütze und einem langen Bart verborgen, bewirkte, daß es mir kalt den Rücken herunterkribbelte. Aber seine tiefe, rauhe Stimme kam mir seltsam bekannt vor.

Wir saßen mucksmäuschenstill, wagten kaum Luft zu holen. Auch die Erwachsenen schienen beklommen.

Ottmar sagte zuerst sein Gedicht unter dem lichterbrennenden

Tannenbaum auf. Seine Stimme klang fest, klar und sicher. Da hatte ich es schwerer. Mir saß ein unerklärlicher Kloß im Hals, ich mußte husten, und meine Zeilen kamen nur mühsam und stokkend heraus.

„Na, is'ja gut, Jungchen!" sagte der Weihnachtsmann mit seiner merkwürdig vertrauten Stimme, „hast dich ja abgerackert!"

Lächelte er hinter seinem Bart?

Schorsch zappelte vor Aufregung. Seine aufgerissenen Augen wirkten noch größer als gewöhnlich, und er wäre fast in den Tannenbaum gefallen. Als auch er sein Gedicht hergesagt hatte, stimmte Muttchen erleichtert ein Weihnachtslied an.

Dann kam die Bescherung. Da steckten nun wahrhaftig keine Reichtümer in dem dicken Sack. Wir freuten uns über ein Paar von Muttchen gestrickter Winterstrümpfe oder, zum Beispiel, über gestrickte Handschuhe, denn die Winter waren ja sehr kalt. Auch für die Erwachsenen gab es Gestricktes oder Gewebtes. Dazu bekam jeder seinen Teller mit guten Äpfeln, mit Plätzchen, ein paar Bonbons und vielleicht eine Apfelsine, – die waren damals eine außerordentliche Seltenheit, besonders in unserem abgelegenen Landesteil! Weiter stellten wir keine Ansprüche an die Bescherung. Doch, halt: die Rute für vergangene Untaten, die wurde als Drohung in eine Ecke gestellt!

Als die Erwachsenen ihre Geschenke in Empfang nahmen, fiel mir auf, daß Ottmar mit leicht gerunzelter Stirn den Weihnachtsmann nicht aus den Augen ließ. Ich stieß den Bruder fragend an, aber er grinste nur. Grinste mal wieder so, als wüßte er ein Geheimnis, der Schlauberger.

Schließlich verabschiedete sich der Weihnachtsmann. Natürlich, er hatte noch mehr Besuche zu machen. Polterte wieder über den Flur und draußen die Treppe hinunter. Zog dabei das linke Bein etwas nach. So ähnlich wie wir es von dem alten Heinrich kannten, der bei Ludins auf dem Hof arbeitete und der früher einmal beim Holzfällen im Winter einen Unfall gehabt hatte.

Tante Luise wollte, daß wir noch ein paar Weihnachtslieder sängen, und wir taten ihr gern den Gefallen. Ihr Lieblingslied war das alte „Eurem Hirten bringet Lieder...", in dem besungen wird, wie die Hirten jubelnd ihren neugeborenen Herrn loben und anbeten.

Ach, wie sangen wir mit frohen, erleichterten Herzen, und wie gemütlich hatten wir es um den schönen, lichterglänzenden Weihnachtsbaum!

Aber beizeiten gingen wir alle zu Bett. Denn in der Frühe des ersten Weihnachtstages veranstaltete Lehrer Sembritzki, wie in jedem Jahr, eine Frühpredigt in der Schule. Dazu mußten wir in aller Herrgottsfrühe aufstehen, um noch einen guten Platz in dem vollkommen überfüllten Schulgebäude zu bekommen.

Schon vor Mitternacht weckte Muttchen uns. Sie hatte meistens die Nacht durchgewacht, um die Zeit nicht zu verschlafen. Wegen des reichhaltigen Programms begann nämlich die Frühpredigt schon um drei Uhr morgens, und viele Leute von den weiter entfernt liegenden Höfen kamen bereits um Mitternacht, um noch einen bescheidenen Stehplatz zu erwischen. Denn so unbeliebt Sembritzki auch sonst war, seine Frühpredigt, die wollte bestimmt keiner versäumen. Daran wendete er immer viel Mühe und Energie und dachte sich jedes Jahr sowohl neuen Raumschmuck, als auch wieder andersartige Darbietungen seiner Schüler aus.

Wir Kinder schlüpften also schlaftrunken in unsere weißen Hemden und schmückten uns mit bunten Bändern. Vaterchen hatte schon angespannt, und bald ergriff uns die allgemeine Aufregung vor der bevorstehenden Feierlichkeit.

Wir beneideten Ernachen kein bißchen, die, klein wie sie noch war, mit Tante Luise zu Hause blieb. Ach, wieviel entging dem armen Schwesterchen!

Als wir durchs Dorf, durch Giesanken, fuhren, sahen wir in jedem Hause Licht und an den Fenstern Gestalten vorüberhuschen: überall rüstete man sich zur Frühpredigt.

Die Schule war hell erleuchtet. Sembritzki, kaum wiederzuerkennen in seinem festlichen Anzug, schlängelte aufgeregt zwischen den Besuchern, zwischen Begrüßungen und letzten Vorbereitungen, hin und her und schien alle Hände voll zu tun zu haben.

„Tag, Jungchen!“ begrüßte er uns, „Robertchen: siehst’ die Leiter? Der Kranz hängt schief. ’ne Idee nur, aber ’s stört. Und da drüben, Schorschchen, scheint der Zweig locker...!“

So verkürzte er uns die Wartezeit. An einem solchen Morgen ging tatsächlich etwas wie ein seltenes, wohlwollendes Strahlen von ihm aus. Ich glaube aber, ohne die alte, gute Frau Lieken wäre alles weniger gut gelungen. Sie war es, die die Fußböden geschrubbt und die Fenster geputzt und mit einigen der größeren Schüler die beiden Klassenräume mit Tannengrün geschmückt hatte. Sembritzki selbst hängte dann Kränze und Girlanden auf und bestimmte die Standorte für die unzähligen Kerzen. Es scheint mir heute wie ein wahres Weihnachtswunder, daß in den menschenüberfüllten Räumen bei all den Kerzen nie ein Unglück geschah. Aber ich kann mich an keinen Brand erinnern. Sembritzki bewies in den Veranstaltungen seiner Frühpredigten wirklich Talent!

Dichtgedrängt, Kopf an Kopf bis zur Außentür, standen die Menschen und sangen nach Anweisung des Lehrers Weihnachtslieder. Dann folgten die Darbietungen der Jungen und Mädchen. Es wurden Gedichte aufgesagt, Sembritzki selbst hielt eine Ansprache, in der von der Geburt des Jesuskindes die Rede war, und schließlich wurde die biblische Weihnachtsgeschichte in einer Art Krippenspiel dargestellt. Im Mittelpunkt standen Maria und Joseph bei der Krippe des Heiligen Kindes, davor knieten Hirten und die drei Könige. Die besten Sänger und Sängerinnen stellten in weißen Nachthemden und mit Flügeln an den Schultern die Engelschöre dar.

Ich blieb meistens im Hintergrund, wurde höchstens mal als schweigsam knieender Hirt gebraucht oder als Schaf verkleidet. Aber Daniel, der Glückspilz, durfte in einem Jahr einen schönen, blonden Joseph darstellen und lehnte mit glänzenden Augen stolz an seinem Stock neben Maria, dargestellt von der hübschen Maria Kowallik. Da beneidete ihn so mancher.

Das Krippenspiel wurde wieder von Gedichten und Liedern umrahmt. Den Abschluß der Feier bildete ein Gedicht, das, solange er in diese Schule ging, Ottmar mit seiner klaren Stimme vortragen durfte. Den Text weiß ich nicht mehr, nur noch, daß es mit einer Fürbitte für Lehrer und Gemeinde endete.

Damit war die christliche Weihnachtsfeierlichkeit vorbei.

Froh und leichten Herzens ließen wir uns gegen Mittag von den braven Pferden im Trab nach Hause ziehen. Wie im Flug ging's über den sonnenglänzenden, verharschten Schnee, durch den winterweißen, glitzernden Wald. Die Erde lag wie in geschmückter, weihnachtsfeierlicher Ruhe da unter die weite Himmelshelligkeit hingebreitet. Nur die Schlittenglocken klingelten leise in die Stille.

Vor uns lagen nun die Weihnachtsferien, die kurzen Tage und die langen, dunklen Abende voller Kurzweil und Vergnügen.

Ich sagte schon: richtig arbeiten durfte man nicht, aber faul herumsitzen konnten wir natürlich auch nicht, weder wir Kinder, noch die Erwachsenen. Denk dran: Fernsehen gab es noch lange nicht! Und eine Beschäftigung, wie zum Beispiel Lesen, war wirklich nicht jedermanns Sache damals. Also wurde in der Zeit von Weihnachten bis zum Heiligen Dreikönigstag, während der „Zwölften“, tagsüber eine Arbeit verrichtet, zu der man sonst nicht kam und die doch nötig war, das Federreißen. Die im Laufe des Jahres angefallenen Hühner-, Gänse- und Entenfedern brauchte man ja, um die Betten zu stopfen. Ach, Marjellchen, Du kennst natürlich nicht die richtigen, prall gestopften, riesigen, weichen, ostpreußischen Betten. Schade! Die waren nämlich berühmt!

Die Oberbetten wurden mit schieren Daunen gestopft, dafür mußte also nichts gerissen werden, aber die Kopfkissen und die herrlichen, weichen Unterbetten, die stopfte man mit gerissenen Federn. Weißt, solche Federbetten bekam jede Bauerntochter mit in ihre Aussteuer, und zwar nicht nur für sich selbst, sondern auch für ihren Mann, das erste Kind, den Gast, und so weiter. Wenn ich Dir nun sage, daß in ein Federbett die Daunen von ungefähr 25 Gänsen gestopft wurden, dann kannst Du Dir selbst ausmalen, wieviele Federn für Kissen und Unterbetten gerissen werden mußten. Und: meistens gab es mehrere Töchter auf einem Hof.

Es war eine langwierige Sache, das Federreißen, aber doch eine leichte, eine Kinderarbeit. Die Federn durften nicht geschnitten werden wie die maschinell hergestellten. Die lagen dann so steif und glatt aufeinander. Nein, sie wurden Stück für Stück mit der Hand abgestreift, also mit ihren Häutchen von den Kielen gezogen. Dann kräuselten sie sich von selbst wie Locken und gaben den Kissen so ihre luftige, flauschige Wärme.

Das Federreißen war eine rein weibliche Angelegenheit. Schon morgens, zeitig gegen zehn Uhr, trafen sich die Frauen und Mädchen auf einem der Höfe, reihum natürlich. Jede brachte ihr Sieb oder Blech mit, jede beeilte sich schon so früh wie möglich zu kommen, um einen guten Platz auf der Ofenbank zu ergattern.

Und dann wurden die Tonnen mit den verschiedenen Federsorten hereingerollt.

Wenn nun die Reihe an unseren Hof kam, machte Muttchen ein besonders gutes zweites Frühstück und holte die Flasche mit dem süßen Schnaps vom Bord herunter. Denn an Essen und Trinken durfte es selbstverständlich nicht mangeln! Tante Luise hatte zwar beim Anblick der Schnäpschen eine steile Sorgenfalte auf der weißen Stirn, aber Mutterchen als Hausfrau setzte schließlich ihren Willen durch.

„Bei den anderen gibt es das auch“, erinnerte sie, „denk’ nur an Maria Ludins guten Birnenschnaps!“

Und dann hatten Vaterchen und wir Jungen drinnen nichts mehr zu suchen. Die Stube war voller Weibergeschnatter, voller Lachen und Klatsch, manchmal voller Singen – und immer emsiger Arbeit! Muttchen und die Tante waren ja nicht so redselig, auch Lene Amoneit und Frau Ludin waren eher schweigsame

Frauen. Die behäbige Gertrud Lobotka aber liebte ein „Erzählchen“ über alles und wurde höchstens von der flinken, rundlichen Laura Kulessa an Schwatzhaftigkeit übertroffen. Lachen konnte die tüchtige, kleine Frau Skellka am besten, die wegen ihrer vielen Töchter am meisten zu tun hatte. Etwas Strenges hatte ja immer die dürre Henriette Rudanski an sich; und die schöne Julie Kowallik schließlich gab der ganzen Gesellschaft einen Tick ins Vornehme.

Maria Ludins große Töchter waren natürlich dabei, die habe ich schon immer als Erwachsene in Erinnerung, und dann Daniels große Schwestern, die albernen Backfische.

Als wir Kinder größer wurden, mußten Ernachen, Maria Kowallik, Regina Skellka und ihre kleinen Schwestern natürlich auch mitmachen beim Federreißen.

Aber ich glaube doch, am liebsten waren die Mütter unter sich. Am liebsten schickten sie die ständig kichernden Mädchen mal hinaus, zur Essenszubereitung etwa oder zum Beschicken auf dem Hof, und kümmerten sich dann in Ruhe um die wirklich wichtigen Ereignisse. Ernachen erzählte mir später einmal, daß, soviel auch geschwatzt wurde, das Wichtigste doch nicht so einfach laut ausgesprochen werden durfte! Oh nein, es wurden höchstens Andeutungen gemacht. Man konnte sich auch etwa mit heimlichem Fußanstoßen verständigen. Auf diese Weise dauerte es seine Zeit, bis auch die Letzte begriffen hatte, worum es ging.

Am gründlichsten wurden natürlich die Männer durchgenommen. Der eine war zu leichtsinnig, der andere zu träge, der dritte zu geizig..., und so wurde allmählich alles offenbar.

Zwischendurch gab es natürlich ein reichhaltiges Mittagessen von allem, was von den Weihnachtstagen so übriggeblieben war: Stampfkartoffeln und Gänsegrieben etwa, Mehlsuppe, Schmorkohl oder Bratkartoffeln mit Grützwurst.

Ehe man sich's versah, kam auch die Dämmerung, kurz nach drei Uhr mußte man schleunigst aufhören zu arbeiten. Selbst das Federreißen war nur während der Tage, nicht aber während der heiligen Nächte gestattet!

Doch vor dem Kaffetrinken durfte keine sich verabschieden! Es gab guten Kaffee, Fladenkuchen und reichlich Pfefferkuchen.

Immer schafften es die Frauen, die Arbeit so gut einzuteilen, daß bis zum Dreikönigstag alle Federn gerissen waren. Na, und am Ende dieser Tage gab es auch keine Geheimnisse mehr. Man war allem auf die Schliche gekommen, hatte alle Ereignisse und alle Männer wieder einmal durchschaut. Am Ende war der eigene Mann doch noch der beste, fanden die meisten.

So waren die Frauen unter sich. Und so sind sie, glaub' ich, heute nicht anders.

Die abgerissenen Federkiele durften, sowohl wegen des Gestankes als auch wieder wegen irgendeines Aberglaubens nicht verbrannt werden. Sie wurden hinausgetragen und, da man sie wegen des Frostes ja nicht vergraben konnte, an eine Weggabelung gestreut. Überall dort und an den Grundstücksgrenzen fand man am Ende des Federreißens diese Häufchen von Federkielen.

An den Abenden waren die Männer und jungen Burschen wieder zugelassen. Ja, sie waren geradezu unentbehrlich, weil abends nicht Klatsch und Tratsch, sondern Geschichten erzählt und Späße gemacht wurden. Das ging natürlich nicht ohne die Männer!

Lach' nur voller Vorfreude in Dich hinein! Wir wußten damals jede Gelegenheit zu fröhlichem Beisammensein beim Schopf zu ergreifen und mit vollen Zügen auszukosten. An den Abenden also sammelte sich eine fröhliche Runde von Nachbarn in einer der Bauernstuben. Die Älteren saßen bei einem „Erzählchen" zusammen. Ich erinnere mich, daß immer eine grüne, vierkantige Halbliterflasche auf dem Tisch stand, die im Laufe des Abends mehrmals geleert wurde. Wir Kinder hockten mit runden Augen im Hintergrund.

Die längsten Geschichten, die mit den weitesten Aus- und Abschweifungen, erzählte der behäbige Ludwig Rudanski. Er unterbrach sich oft selbst mit einem in der Voraussicht der witzigen Höhepunkte so plötzlichen, sich steigernden, blubbernden Lachen, daß sein mächtiger Bauch unter dem Hemd nur so bebte. Auf dieses Wackeln und Bibbern wartete ich als Kind immer von einem gut ausgesuchten Beobachtungspunkt aus und hatte daran mehr staunendes Vergnügen als an den langatmigen Geschichten selbst.

Sehr lange, aber vor allem sehr unheimliche Sachen wußte Friedrich Kowallik zu erzählen. Darin war zum Beispiel von Moorgeistern, Gespenstern oder fürchterlichen Unholden die Rede, denen entweder Kowallik selbst oder der eine oder andere seiner Bekannten persönlich begegnet war. Kowalliks kluge Stirn unter dem braunen, schon spärlichen Haar begann dann umso mehr zu glühen, je öfter er mit dem Taschentuch zur Beruhigung daran herumwischte, und seine sonst so tageshellen Augen wurden zu aufgeregten, schmalen Schlitzen. Seine Geschichten fand wenigstens keiner langweilig – im Gegensatz zu denen des alten Gustav Ludin, der immer keinen Höhepunkt und kein Ende finden konnte, aber nie eine Unterbrechung duldete –, aber Friedrich Kowallik war nicht leicht zum Reden zu bewegen. Er mußte erst ein paarmal zu der grünen Flasche greifen, und manchmal begann er gerade erst einen mühsamen Anfang, wenn die anderen eigentlich schon gehen wollten.

So ein „Zwölften"-Abend war eine lebhafte, interessante und gemütliche Angelegenheit. Zuerst wurde von Vieh und Wirtschaft geredet, später kam man dann zu gruseligen Räuber- und Gespenstergeschichten. Wenn es gar zu unheimlich wurde, wenn also etwa der Kowallik mit seinen schmalen, stechenden „Geschichten-Augen" auf Touren kam, dann sahen Georg und ich zu, daß wir rechtzeitig heimlich auf Vaterchens Knie oder neben Mutterchens Rockzipfel kletterten.

In der anderen Zimmerecke waren die Jugendlichen inzwischen manchmal lautstark zugange. Sie spielten alle möglichen, altertümlichen Spiele, wobei besonders das Küssen wichtig war und einiges Gequietsche und Gelächter der Mädchen auslöste. Ich erinnere mich an den „Plummsack", der immer herumgehen mußte. In späteren Jahren hatten wir selbst unser Vergnügen dabei, haben Streiche und jede Menge Dummheiten angestellt, haben gespielt und uns sogar geprügelt und geärgert...

So kamen wir reihum bei den Nachbarn zusammen. Wir Masuren, so sagt man allgemein, sind ein gemütliches Völkchen, begabt mit treffsicherem Mutterwitz und auch Herzensgüte. Beides kam jedenfalls in den „Zwölften", diesen heiligen und unheimlichen Nächten zum Ausdruck. Außerdem zeigte sich eine bis zur Wildheit gesteigerte Ängstlichkeit: die eigentliche Stille und vielleicht verzagte Besinnlichkeit des Jahreswechsels übertünchte man, wohl unbewußt meistens, mit besonders viel Lärm, Getöse und Beschwörung verschiedener Glücksbringer. Höhepunkt dabei war natürlich der Neujahrsbeginn. Der hatte noch besondere Bräuche.

Am Altjahrsabend verkleideten sich manchmal einige Jugendliche und zogen als Schimmelreiter, Ziegenbock, Storch, Erbsenbär und in anderen Verkleidungen von Haus zu Haus. Schimmel und Ziegenbock deuten auf Begleiter heidnischer Gottheiten hin. Der Storch ist natürlich der Erbenbringer, der „Adebar" oder „Od-beran". Der rückte besonders den jungen Mädchen zu Leibe und versuchte sie mit seinem langen Schnabel ins Bein zu zwicken. Diese verkleideten Gestalten tobten wie eine wilde Jagd von Haus zu Haus und in manchem Jahr auch von Gehöft zu Gehöft. Man hörte sie auch schon von weitem, sie vollführten gewaltigen Lärm mit Brummtopf und Teufelsgeige. Das waren aus Holzkistchen selbstgebastelte Musikinstrumente, mit denen man ein schauriges Getöse zustandebringen konnte. Dazu sangen die

Jugendlichen in jedem Haus ihre „Gute-Wünsche-Lieder“. Jedes Familienmitglied wurde besonders angesprochen; sowohl an gute Nahrung wurde gedacht, als auch an Familienglück, Viehbestand und Erntegunst. Als Belohnung bekamen die als Glückssymbole Verkleideten dann Geschenke. Das waren meist Kuchen, Bier, Schnaps oder auch Geld.

Als wir klein waren, erschraken wir jedesmal über so viel Radau, denn, abgesehen von den Zwölften, war es ja still bei uns. Wir waren Waldbewohner. Die Winterabende störte weder Auto-, Bahn-, noch Flugzeuglärm, weder Radio, Fernsehen, noch Musik und auch kein Laut von Nachbarn. Selbst die waren zu weit entfernt. Sonst schrie nur das Käuzchen an Winterabenden, ein Tier bewegte sich im Stall oder ein Ast knackte unter der Schneelast.

Und Silvester also plötzlich dieses Gelärme! Aufregend war das! Wir wohnten ja einige Kilometer vom Dorf entfernt. Meistens beschränkten sich jene verkleideten Gruppen auf größere Ansiedlungen. Aber manchmal drangen sie auch zu uns in den Wald vor.

Immer näher kam dann die laute, wilde Gesellschaft, über den Hofplatz, die Treppe herauf, polterte an die Tür...! Und Vaterchen – wir begriffen es nicht – öffnete seelenruhig und schmunzelte.

Da tappte der dicke Erbsenbär herein, mit drehenden Bewegungen der Ziegenbock, tänzelnd der Schimmelreiter und unberechenbar der Storch. Mutterchen wehrte ihn lachend ab.

„Oh, danke nein! Wir haben genug kräftige Erben!“

Aber die Wünsche für einen immer gut gedeckten Tisch nahmen wir gerne entgegen, damit gab es schon ab und zu Probleme bei uns...

Zum Dank hatte Muttchen ihre Fladenkuchen bereitstehen. Aber wir Kinder atmeten heimlich auf, wenn die tolle Gesellschaft wieder abzog.

In anderen Jahren, wenn solcher Silvester-Trupp ausblieb, veranstalteten wir selbst etwas ungewohnten Lärm. Wir schossen einfach ein paarmal in die Luft. Zur Abschreckung der Geister und zum Vergnügen.

Später trieben dann Ottmar und seine Freunde Heinz Marquardt, Richard Ludin, Max Skellka und Käthes Bruder Franz ihren Mummenschanz bei uns. Und wieder ein paar Jahre weiter tobten wir selbst, Georg und ich, Daniel, Pawel, Fritz und der dicke Joseph, verkleidet und lärmend durch die Gegend. Böse Geister gab es jedes Jahr und gibt es wohl auch noch.

Früh am Neujahrsmorgen ging Vaterchen hinaus und malte draußen an die Türen und das Hoftor jeweils drei Kreidekreuze zur Vertreibung solcher bösen Mächte. Darauf legte besonders Tante Luise großen Wert, wie Du Dir denken kannst.

„Hast' an die Türen gedacht, Fritzchen?" fragte sie regelmäßig am Neujahrsmorgen. Und wenn Vaterchen ihr dann beruhigend zugenickt hatte, ging ein Lächeln der Erleichterung über ihr Gesicht, und sie stimmte ein freudiges Danklied an. Nun erst konnte auch sie sich voll und ganz auf die noch bevorstehenden Feiertage freuen.

Ja, so war das bei uns während der „Zwölften". Wir brauchten nicht zu überlegen, was wir mit der Zeit anfangen sollten. Die Zeit, sie fing genug mit uns an. Wir langweilten uns ganz und gar nicht.

Wahrscheinlich trugen die im Gegensatz zu den kurzen, heißen Sommern langen und eisigen Winter auch dazu bei, recht eng aneinanderzurücken. Zu mehreren ließ sich die Einsamkeit leichter ertragen. Diese Wintereinsamkeit, sie war auch Schuld daran, daß jedes unbedeutende Ereignis aufgebauscht wurde – wie Du es von den Frauen beim Federreißen gehört hast – und sie verstärkte die Bereitschaft, immer und überall Übersinnliches zu vermuten. Ja, besonders die Winter ließen uns die Abhängigkeit von der unbelebten Natur, von bösen Mächten, spüren. Sie machten die Menschen klein und ängstlich – und wild und übertrieben in ihrem Bemühen, sich gegen diese mächtigen, bösen Geister zu wehren, die Dämonen mit Glückssymbolen zu beschwören, zu bannen oder zu täuschen. Und, natürlich, man hatte das Christentum! Die frohe Botschaft, gerade zur kalten, winterlichen Jahreszeit, wurde mit allem nur möglichen Ernst und größter Hoffnung begrüßt und gefeiert. Ohne sie kam man bestimmt nicht aus.

Jetzt sind die Adventskerzen vor mir fast heruntergebrannt. Weihnachten steht wieder vor der Tür und klopft an. Klopft an, damals wie heute. Auch heute kommen wir ohne Weihnachten nicht aus, glaub' mir.

Ich wünsche Dir und Thomas gute und mit Segen erfüllte Festtage und drücke Dich in Gedanken, Marjellchen,

Großvaterchen

## *Mein lieber Großvater!*

Nun haben Thomas und ich den Umzug hinter uns.

Wieder einmal ein Umzug, wieder einmal ein Neubeginn, diesmal weit weg in einer ganz und gar fremden Stadt.

Wie Du weißt, hing der Umzug mit Thomas' neuem Arbeitsplatz zusammen. Arbeit ist wichtiger als Wohnen. Aber meine liebe Heimatstadt ist nun in weiter Ferne und Vergangenheit. Soweit überhaupt jene große Stadt meine Heimat war, denn auch dort bin ich ja öfter von einer Ecke in die andere gezogen. Soweit überhaupt also eine dieser Ecken eine Art Heimatecke war – ich weiß nicht recht, welche. Wenn überhaupt dieses alte Wort Heimat heutzutage noch eine Bedeutung hat.

Ja, nu' spring' nicht gleich empört aus dem Sessel! Ich weiß wirklich nicht, wo meine Heimat sein soll. In dem Haus, in dem ich die ersten Lebensjahre verbrachte, wohnen heute Fremde. Und in den späteren Wohnorten, naja, da gab es immer Dinge und Umstände, die ich mehr und solche, die ich weniger mochte. Nein, wirklich, wenn es sowas wie Heimat heute noch gibt, dann hat dieser Begriff nicht nur mit einer Örtlichkeit zu tun! Vielleicht mit Vater und Mutter, mit der Familie? Am ehesten fühle ich mich da beheimatet, wo ich meine Kindheits- und Jugendjahre verbrachte. Da spielte der Raum eine Rolle, der durch die Eltern mit geschaffen wurde. Er hatte sowohl Geborgenheit, als auch Grenzen. Ich denke, das war wichtig: begrenzte Geborgenheit. Das war mein Zuhause.

Genau das hattet Ihr doch auch früher in Eurem Masuren!

Was ist denn mit Dir, Großvater? Wenn du heute nach Giesanken fahren würdest, wären auch dort fremde Menschen. Was würdest Du finden? Die Wälder, die Seen, die Birke vielleicht und den Brunnen mit dem guten Wasser auf dem Hofplatz. Nur Teile, nur Bruchstücke. Und eine neue Wirklichkeit. Dahinter könntest Du das Frühere von Dir selbst, – also Dich als Kind –, mehr träumen als wiederfinden. Oder?

Liebes Großvaterchen, jetzt habe ich Dein Foto ausgepackt. Es steht wieder auf meinem Schreibtisch und ist vertraut und lieb. Weißt Du noch, wie ich damit anfing: mit dem Foto und mit Dir?

Wie ein wirres Puzzle war der Anfang. Jetzt sieht dieses Puzzle zwar noch nicht fertig, aber doch schon nach etwas aus! Nach etwas Gutem, das man immer wieder von allen Seiten betrachten und liebgewinnen muß! Nach etwas, das man regelmäßig staubwischen und an einen sonnigen Arbeitsplatz stellen sollte!

Unser gemeinsamer Verdienst. Dank Dir!

Für heute schließe ich mit vielen alten und neuen Grüßen. Und mit dem Gedanken, daß es mir mit der neuen Umgebung vielleicht so gehen könnte wie mit Dir, Großvater: eines Tages habe ich sie mir vertraut und zu einem Stück neuer Heimat gemacht, was meinst Du?

Falls es so etwas wie Heimat noch gibt!

Es umarmt Dich

Deine Friederike

# *Mein liebes Marjellchen!*

Salz und Brot auf Deine neue Fensterbank, Salz und Brot für einen guten Neuanfang!

So bist Du also auch „vertrieben" worden. Ach, nein, vergleichen läßt sich das natürlich nicht: Euer geregelter Umzug, bei dem Eure gesamte Habe mit Euch selbst ohne Verluste transportiert worden ist, und die Flucht und Vertreibung damals in den letzten, eisigen Januartagen 1945, völlig überstürzt und mit nichts als dem nackten, unsicheren Leben! Siehst du, wir haben ja nicht nur Bett, Tisch und Schrank dalassen müssen, auch eben Fotos, Bücher und Erinnerungsgegenstände.

Das wollen und können wir nicht vergleichen. Ich will Dir auch nicht die grauenhaften Erlebnisse jener Flucht schildern, so wie Deine Großmutter Gustchen, meine Mutter, Tante Luise und Nachbarn sie erlebten und, nur zum Teil, überlebten.

Auch der Neuanfang mit weniger als Nichts in den Händen war anders und unvergleichbar.

Aber die Heimat, da sind wir, die wir die Flucht und Vertreibung – häufig wie durch Wunder und Zufälle! – überlebten, doch sicher: unsere Heimat ist Masuren.

Masuren, die Heimat, seit damals nicht nur weit entfernt, sondern auch bis jetzt verloren, in fremden Händen. Nein, über die Bedeutung des Wortes Heimat brauchten wir uns allerdings nie den Kopf zu zerbrechen.

Heutzutage, vielleicht hast Du da recht, sind die Menschen wohl heimatloser. Jedenfalls was die Ortsgebundenheit des Wortes Heimat betrifft, nicht? Abgesehen von der Notwendigkeit der vielen Umzüge gibt es genügend Formen modernen Nomadentums. Denk nur an die ganze Wohnwagen- und Campingkultur im Sommer! Führt Heimatlosigkeit zu solchen Formen des Massentourismus und Massennomadismus? Führt dazu heutzutage der bloße Traum und Abglanz vom heimatverbundenen, naturverbundenen Leben? Ein Traum hat immer seine Verrücktheiten, weil er eben nie wahr wird.

Aber wir Alten, ich zum Beispiel, haben ja unsere Heimat gehabt. Sie war Wirklichkeit, und ihr Bild tragen wir, schmerzvoll, sehnsüchtig, mit uns herum. Sehnsüchtig, weil es unwiederbringlich ist.

Unwiederbringlich?

Vor einigen Jahren unternahm ich, wie Du gehört haben wirst, eine Reise nach Masuren. Sowas ist ja möglich.

Mit Deiner Großmutter, die damals noch lebte und Tante Ernachen machte ich mich auf den Weg in die Heimat.

Was fanden wir? Nun, bei schönstem ostpreußischem Hochsommerwetter fuhren wir jene Straße entlang, die von Treuburg nach Schwanticken führt. Es ging uns viel zu schnell. Auf der Anhöhe vor der Abzweigung zum Hof mußten wir erstmal anhalten, Umschau halten und gründlich Heimatluft schnuppern.

Kein Wölkchen stand am hohen Himmel, und wie wunderbar weit konnte man sehen!

Da lagen einsam die alten Höfe, als wäre die Zeit stehengeblieben. Aber beklemmend leer waren die Felder, weit und breit kein Mensch zu sehen.

Diese Stille!

Leise und scharf zog es durch unsere Herzen. Etwas war hier zurückgeblieben seit unserer Flucht. Leise und traurig. Hatte die ganze Zeit gewartet ...?

Unsere Gedanken liefen nun in atemloser Hast den alten Schulweg entlang, bei Bauer Lobotka, Kowallik und Ludin vorbei und zurück. Die ganze Vergangenheit, sie stürzte über uns herein. Wir hatten Mühe zu atmen. Einzelne Tränen kullerten heimlich in die alte Erde.

Plötzlich hörten wir Kranichrufe. Wie jubelnd, mit ständigem „Gruii – gruii" kreisten fünf Vögel über Amoneits Wäldchen. Sie schwebten wie Segelflugzeuge, aber das Kreischen durchschnitt die Stille. Alles um uns schien zu Leben zu erwachen. Wir atmeten auf. Wir verstanden die Begrüßungsrufe.

Da hakten sich Gustchen und Ernachen bei mir ein, und zu dritt gingen wir zu unserem Hof hinunter.

Nicht mehr ganz so beklommen, aber doch noch halb wie in einem Traum saßen wir auf dem Brunnenrand. Tranken und ließen das gute Wasser wie die alte Zeit durch unsere Finger und Gedanken rinnen. Lange Zeit ...

So war das mit der Fahrt in die Heimat. Und in die Kindheit. Die wurde wieder lebendig in heimatlicher, früherer Umgebung. Wie oft sehe ich mich in Gedanken als kleinen Jungen mit kurzgeschorenem Dickkopf durchs Unterholz am Seeufer schleichen oder über die Wiesen rennen, weit, weit unter dem endlos blauen Himmel dahinlaufen ...

Endlos scheint überhaupt die Kindheit. Aber eines Tages wächst man heraus. Menschen verändern sich, Dinge, Tiere, und Gebäude und Einrichtungen ändern ihre Form. Was bleibt, sind Himmel und Erde.

Wiesen, Felder und Wald, Sommerluft über einem See, Vogelrufe, das allein ist wie früher. Das Fehlende, ja, das hatten wir in uns, als wir in die Heimat fuhren.

Davon müssen wir erzählen.

Und darum, Marjellchen, laß uns nicht vergessen, ab und zu den Alltag beiseite zu legen und von alten Zeiten zu schabbern. Das wünsche ich uns beiden noch oft: so ein gemeinsames Schabberstündchen! Und eines Tages, das wünsche ich Dir auch –, werden auch Dir die Enkel mit fragenden Augen auf den Schoß klettern. Und was Du ihnen erzählst, das wird dann auch zu ihrer Kindheit dazugehören und zu ihrer Heimat beitragen.

Liebes Friedchen, ich wünsche dir viel gutes Neues und gutes Altes! Und für Dich selbst immer einen behaglichen Platz mittendrin! Sieh zu, daß Du diesen Platz zu einem glücklichen Posten machst zum Ausschauen, Überschauen, Lauschen und Ausruhen.

Und vergiß nicht, daß Du selbst immer das größte Stück Deiner eigenen Heimat bist!

Es grüßt Dich und begleitet Dich in Gedanken,

Dein Großvaterchen

# *Quellen*

Das große Hausbuch der Volkslieder, hrsg. Walter Hansen, Mosaik Verlag, 1978

Deutsche Lieder, Insel Verlag 1980

Rudolf Grenz: Der Kreis Treuburg, Verlag Albrecht Czygan – Treuburg/Lübeck, 1971

Fritz Skowronnek: Das Masurenbuch, Verlag Otto Janke, Berlin 1916

Hans-Ulrich Stamm, Ruth Maria Wagner: So war es damals – Ostpreußen, ehe wir gehen mußten, Staats- und wirtschaftspolitische Gesellschaft e. V. 1974

Alte Sitten und Bräuche – aus der Dorfchronik von Sattycken, Kreis Treuburg, o. J.

Max Kullick: Erinnerungen an Sorden (Sordachen), o. J.

außerdem und hauptsächlich:

Richard Kossak sei Dank für sein Erzählen!

# Ostpreußen im HUSUM TASCHENBUCH

*Kindheitserinnerungen aus Ostpreußen*
Hrsg. von Gundel Paulsen, 2. Aufl., 140 Seiten, broschiert

*Weihnachtsgeschichten aus Ostpreußen*
Hrsg. von Gundel Paulsen, 10. Aufl., 117 Seiten, broschiert

*Witze aus Ostpreußen*
Hrsg. von Carl Budich, 4. Aufl., 58 Seiten, broschiert

*Ludwig Bechstein,*
*Aus dem Sagenschatz der Ostpreußen und Pommern*
3. Aufl., 64 Seiten, broschiert

*Annemarie in der Au, Das Jesuskind in Ostpreußen*
Eine heitere Legende. 2. Aufl., 62 Seiten, broschiert

*Heinrich Eichen, Die Elchbraut*
Eine Erzählung von der Kurischen Nehrung. 104 Seiten, broschiert

*Grete Fischer, Letzter Sommer in Ostpreußen*
Erzählungen. 2. Aufl., 72 Seiten, broschiert

*Grete Fischer,*
*Niemals vergeß ich auf all meinen Fahrten*
Geschichten aus Ostpreußen. 2. Aufl., 87 Seiten, broschiert

*Dieter Grau,*
*Stallupöner Geschichten*
Geschichten und Bilder aus dem Land zwischen Trakehnen und Rominten
94 Seiten, broschiert

*Eva M. Sirowatka, Ich weiß ein Land*
Ein Ostpreußenbuch, 5. Aufl., 80 Seiten, broschiert

HUSUM
HUSUM DRUCK- UND VERLAGSGESELLSCHAFT
Postfach 1480 · 2250 Husum

# Regionalia im HUSUM TASCHENBUCH

**Anekdoten** aus Baden-Württemberg · aus Bayern · aus Berlin · aus Hamburg · aus Hessen · aus Niedersachsen · aus Ostpreußen · aus Pommern · aus Schlesien · aus Schleswig-Holstein 1 · aus Schleswig-Holstein 2 · aus Westfalen · vom Militär – **Entdecken und erleben (Reiseführer):** Niedersachsens Kunst · Niedersachsens Literatur · Schleswig-Holsteins Geschichte · Schleswig-Holsteins Kunst · Schleswig-Holsteins Literatur – Berlin im **Gedicht** – Schlesische **Kinderreime** – **Kinder- und Jugendspiele** aus Schleswig-Holstein 1 · aus Schleswig-Holstein 2 · aus Schleswig-Holstein 3 · aus Westfalen – **Kindheitserinnerungen** aus Hamburg · aus Oberschlesien · aus Ostpreußen · aus Pommern · aus Schlesien · aus Schleswig-Holstein · aus Westfalen – **Komponisten** aus Schleswig-Holstein – **Legenden** der kanadischen Indianer – **Lügengeschichten** aus Schleswig-Holstein – **Märchen** aus Baden-Württemberg · aus Niedersachsen · aus Schleswig-Holstein · aus Westfalen – **Redensarten** aus Hessen – **Aus dem Sagenschatz** der Brandenburger und Schlesier · der Hessen · der Niedersachsen und Westfalen · der Ostpreußen und Pommern · der Sachsen · der Schleswig-Holsteiner und Mecklenburger · der Schwaben · der Thüringer – **Volkssagen** aus Niedersachsen – **Sagen** aus Baden-Württemberg · aus Franken · aus Hamburg · aus Schlesien · aus Schleswig-Holstein · aus Südtirol · aus Westfalen – **Schulerinnerungen** aus Franken · aus Hamburg · aus Niedersachsen · aus Schleswig-Holstein – **Schwänke** aus Bayern · aus Franken · aus Niedersachsen · aus Schwaben · aus Schleswig-Holstein – **Sprichwörter** aus Hessen · **Sprichwörter und Redensarten** aus Mecklenburg · aus Schleswig-Holstein – **Plattdeutsche Sprichwörter** aus Niedersachsen – **Weihnachtsgeschichten** aus Baden · aus Bayern · aus Berlin · aus Brandenburg · aus Bremen · aus Franken · aus Hamburg · aus Hessen · aus Köln · aus Mecklenburg · aus München · vom Niederrhein · aus Niedersachsen · aus Oberschlesien · aus Ostpreußen · aus Pommern · aus dem Rheinland und der Pfalz · aus Sachsen · aus Schlesien · aus Schleswig-Holstein 1 · aus Schleswig-Holstein 2 · aus Schwaben · aus dem Sudetenland · aus Westfalen · aus Württemberg – **Witze** aus Hamburg · aus Mecklenburg · aus Ostpreußen · aus Pommern · aus Sachsen · aus Schleswig-Holstein

**HUSUM**

**HUSUM DRUCK- UND VERLAGSGESELLSCHAFT**
**Postfach 1480 · 2250 Husum**